鲁迅：大先生，小日子

菜馍双全 著

作家出版社

战士的日常生活，是并不全部可歌可泣的，然而又无不和可歌可泣之部相关联，这才是实际上的战士。

——鲁迅《这也是生活》

目录

有趣的人，从不说自己有趣（自序）

大约2010年，我住首图隔壁，之后的三四年，在那里读完了能找到的鲁迅传记，以及别人写他的文章合辑，沉浸其中——准确地说——是深深地迷恋，比玩FIFA和《魔兽》还过瘾。

从未如此热切地喜欢一个老男人。

读别人写他的书，也读他自己的书——像掘开了藏宝洞，数不清的宝贝叫人大呼过瘾，来不及清点一番，便捡起来直接往我的麻袋里头扔，只是宝贝太多——最终背走的，不过少许。

迅哥儿太有魅力！

为方便读他，枕头边、厕所里、书桌上，伸手可及处都放了他的作品，别人读他的文学他的思想，我更乐意读他的生活，他的姿态，他的咖啡与茶，他的处世之道，他的花边八卦。

我喜欢《呐喊》，喜欢《朝花夕拾》，喜欢《故事新编》，喜欢《中国小说史略》，甚至那本《中国矿产志》，最爱读的，是他流水账一般的日记：昨天花多少钱，今天买几本书，昨个儿到谁家吃饭，明个儿看什么电影，后天要给谁随份子——貌似有一搭没一搭，却又像处处设了伏笔，那些琐碎乏味的日常，是我理解鲁迅的最佳切入点，是认知民国社会生活的一面镜子。

鲁迅于我，像先知。

每每看到社会新闻，我就想太阳底下无新事，先看看鲁迅说了啥，随后翻书，果然可以找到相关内容——从不叫人失望，我们说着的，鲁迅都说过；我们没说的，鲁迅也说过——论深刻，论辛辣，仍然无人可及。

他写过许多预言一样的句子，那些句子放到今天仍不过时。

鲁迅于我，很鲜活。

他那么热烈，又那么峻冷。那么平易，又那么幽默。

他到底是写三味书屋的迅哥儿，到底是写鲁镇趣事的迅哥儿，到底是写少年闰土的迅哥儿，到底是给萧红提过穿衣建议的迅哥儿，到底是懂得如何享受绍兴老酒的迅哥儿。

他有情趣，下最好的馆子，坐时髦的车子，看电影时选最好的位子。

他有自己的小浪漫小花招，他有自己的大情怀大思考。

他说：无穷的人们，无穷的远方，都与我有关。

鲁迅于我，甚有趣。

不是鸡汤文里的有趣，不是无趣的人天天挂在嘴上的有趣，不是偶然流露的有趣，不是为赋新词强说趣的有趣，不是"好看的皮囊千篇一律，有趣的灵魂万里挑一"里的有趣。

他的有趣，是十万和百万里也未必可以挑一的有趣。

他的有趣，是"随风潜入夜，润物细无声"的有趣。

他的有趣，是不知不觉细想之下才恍然大悟的有趣。

他写作时饱受叫春的猫儿骚扰，抓起竹竿追打它们。猫儿故意逗他一样，过会儿又回来，叫得更欢，人与猫来来回回拉锯。

厦门大学任教时，有头猪当着他的面啃相思树，鲁迅一时气极，竟和那头猪展开一场决斗。

萧伯纳和鲁迅说："都说你是中国的高尔基，但我觉得你比高尔基漂亮。"鲁迅天真地毫不辞让，说："我老了会更漂亮！"

从不逛公园的鲁迅给公园下过一个定义："公园的样子我知道的……一进门分作两条路，一条通左边，一条通右边，沿着路种着点柳树什么树的，树下摆着几张长椅子，再远一点有个水池子。"

他将想象力和创造性施于汉语："乌鸦炸酱面""烙五百零三张大饼的工夫""四条汉子""革命咖啡店"，都令人喷饭。

看得我乐不可支。

世人只记住了他的战士身份、文学家的头衔，却忘了他有趣的真面目。

唯有他的老友马幼渔的女儿马珏意识到这一点："看了他的作品里面，有许多都是跟小孩说话一样，很痛快……在我想来，大概同小孩差不多，一定是很爱同小孩在一起的。"

一个有趣的人，从不说自己有趣，也少讲"有趣的灵魂万里挑一"，有趣于他而言，不过是生活的点缀，丢在地上的弹珠——无须刻意，俯拾皆是。

读鲁迅读到不能自已，便下了写写鲁迅的决心，写他的生活琐碎，他的人际关系，他的享受生活的方法，他的抚养孩子的技能，他的忧伤、明媚和撒娇——写有异于那个传统认知里的鲁迅。

至于深刻思想、学术功底、书法造诣，交给专家们评定好了。

我要自作多情地将这本书，献给鲁迅先生。

我无法保证这书里一定是真鲁迅，但我能保证的是，这本书更接近鲁迅。

当然，鲁迅本尊如果看了，未必满意，大约会叹口气，说："这世上只不过又多了一层对我的误读罢。"

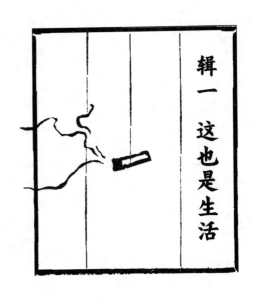

辑一　这也是生活

鲁迅的酒量

　　鲁迅的作品中，"酒"实在是重要的元素之一。正因了酒精的作用，他笔下的人物立马活灵活现起来。

　　即便阿Q这般贫穷的落魄人物，亦是常常需要饮些酒的，因此，与之有关的话题和行为，也常在酒店里展开。而形容枯槁的孔乙己的首次出场，索性直接安排在咸亨酒店中："孔乙己是站着喝酒而穿长衫的唯一的人。他身材很高大；青白脸色，皱纹间时常夹些伤痕；一部乱蓬蓬的花白的胡子。穿的虽然是长衫，可是又脏又破，似乎十多年没有补，也没有洗。他对人说话，总是满口之乎者也，教人半懂不懂的。"迂腐之态，跃然纸上。而近乎写实性质的小说《在酒楼上》，从头到尾，整个故事的发生与展开，都是在酒楼上，酒一入愁肠，便成了倾诉情感的最佳道具。

　　如果不喝点小酒，这些人物的生动性怕要差上三分。

　　酒于鲁迅，亦是成长中深刻的记忆。

或者说，他的每一滴血液、每个毛孔里，都有酒的分子存在。

鲁迅的家乡绍兴，乃是著名的绍兴老酒的产地，乡邻街坊几乎家家可以自行酿制，于这样的氤氲香气里成长，与酒的接触必不会少。可以想见的情景是，在鲁迅的少年时代，或者是悠闲的时节，或者是年夜的饭桌上，父亲或其他男性长辈，鼓励迅哥儿与他们喝一杯——这是制造其乐融融的欢庆气氛的重要手段之一。

鲁迅的父亲好酒，酒量极大，无人对饮时，叫上大儿子与自己饮上一杯亦在情理中。

周作人说："我的父亲是很能喝酒的，我不知道他能喝多少，只记得他每晚用花生米水果等下酒，且喝且谈天，至少要花费两点钟，恐怕所喝的酒一定很不少了。"

绍兴老酒属于酿造酒，它以精白糯米酿造，酒精浓度在 14 度至 18 度。按其酿造方式可分为元红酒、加饭酒、善酿酒及封缸酒（又称为"香雪酒"）。

绍兴老酒风味独特，香醇厚道，这得益于当地甘洌的泉水、酿造的技术以及岁月的淬炼。

据说，绍兴当地爱酒的人，甚至可以将一年所收糯米，全部用于酿酒。

由此可见，好酒者在这块土地上从来不缺。

酒坛子打开，香气四溢，鲁迅的思绪必然无法停下，文采亦来得迅猛。因之，鲁迅的文脉与故乡，总有千丝万缕的联系。

周作人说，绍兴人吃酒，几乎全是黄酒，吃的人起码两碗，称为一提；若是上酒店去只吃一碗，那便不大够资格；实际上普罗大众都有相当的酒量，平常之所以少吃，还是因为经济关系，一般人吃上两碗，不成任何问题。

对鲁迅而言，亦是如此。种种迹象表明，他的酒量也着实不一般。

但他的酒量到底有多大？快成了一个谜。

与鲁迅过往密切的亲友，对这个问题大都闪烁其词，语带含糊，鲜有几个人说清楚他的酒量。只有周作人曾明确讲过这件事：鲁迅的酒量不大，可是喜欢喝几杯，特别是与朋友对谈的时候，例如在乡下办师范学堂那时，与范爱农对酌。

许广平的回忆称，鲁迅"绝不多饮"，但未交代酒量大小："人们对于他的饮酒，因为绍兴人，有些论敌甚至画出很大的酒坛旁边就是他。其实他并不至于像刘伶一样，如果有职务要做，他第一个守时刻，绝不多饮的。他的尊人很爱吃酒，吃后时常会发酒脾气，这个印象给他很深刻，所以饮到差不多的时候，他自己就紧缩起来，无论如何劝进是无效的。但是在不高兴的时候，也会放任多饮些。"

曹聚仁的回忆，则显得糊涂："我和鲁迅同过许多回酒席，他也曾在我家中喝过酒，我知道他会喝酒；他的酒量究竟多少，我可不十分清楚。"

曹聚仁因此揣测，鲁迅小说《在酒楼上》的描述，便是鲁迅自己的酒量："'一斤绍酒，十个油豆腐，辣酱要多！'而好友范爱农要比鲁迅能喝一些，要两斤多。"

鲁迅日记里，也常见到与朋友宴饮的记录，他和郁达夫、许寿裳、萧红、萧军、林语堂、李小峰等人，都曾一起饮过酒。从这些人的文字来看，几乎无人认真留意过鲁迅的酒量，这至少可以说明两点：一、鲁迅是理性的饮酒者，很少酗酒，少豪饮，以适度为宜，基本不多喝；二、鲁迅喝酒，多为怡情，少作发泄，享受是其要义。

鲁迅爱喝几口，倒是不争的事实。曹聚仁评价他"会喝酒"是对的，没有相当的饮酒经验和体会，肯定"不会喝"，只有经过切身体验和感悟的人，才能体验酒之妙处，才称得上"会喝酒"。"会喝酒"不是一般的评价，大约也有两层含义：一是爱喝能喝，二是知晓酒中真义，喝到恰到好处。

真正能体会酒之妙处的人，才称得上"会喝酒"。

酒和毒品类似，能引人上瘾，易成为精神的寄托物；但酒亦能提神，轻啜细品，酒入喉咙，然后又进入五脏六腑，爬满每一个细胞，令它们都鼓舞。五六分醉时，便可以忘记人世间一切烦恼，求得短暂的温柔乡，排解掉内心的寂寞和孤独。但饮酒却要有个分寸，倘若拿捏不住，使自己酩酊大醉，便会伤肝伤胃伤身伤心。

会喝与不会喝，便是看这分寸的拿捏。显然，鲁迅是会喝的人。当然，也不能不说偶有例外，谁还没个失去理性的时候，鲁迅是人，自然也有一般人之缺点。

当年鲁迅独身一人来京,到教育部做无聊乏味的公务员。他最先寄居于冷僻清静的绍兴会馆,人地两生,不免常被孤独侵袭,又不开伙做饭,大多时候自个儿在附近的餐馆里解决,因此,寄情于酒,喝上几口是自然而然的事情。

到后来,情况渐次好转,身边有了三五好友,常在一起把酒言欢,与住处绍兴会馆毗邻的广和居自然成为他们常去的酒馆,广和居主营鲁菜,菜品未必对他的口味,但因为近,也算一件省心的事了。

教育部同事齐寿山对鲁迅崇拜有加,鲁迅也喜欢他的脾性,二人性格相投,一见如故,常于公事之余,神侃天下,尽得妙语,十分相得。因此,鲁迅在日记中夸张地记载"晨头疼,与齐寿山闲话良久始愈",好的朋友如一剂良药,友谊之融洽可见一斑。

在生活上,齐寿山称得上鲁迅的最佳帮手,三十余次借钱给鲁迅,助其摆脱困境。与这样的朋友相处,十分快意也哉,不喝点小酒怎么行?

因此,鲁迅日记里,便常可以读到二人一起喝酒的记录。试举两例,1915年9月10日晚,鲁迅应邀去齐家吃蟹,席间痛饮,深夜才归,但并不见有喝醉的提法;1925年8月14日教育部下令免去鲁迅职务,三天后"晚往公园,寿山招饮也",鲁迅猝然遭难,受到当局打击,朋友仗义置酒为之去惊,可见其用心良苦。

在北京的酒友中,除去齐寿山外,还有三位也着实亲密，一是许寿裳，一是沈兼士，一是钱稻孙。许氏是鲁迅的绍兴同乡，留日同学，终生挚友，曾参与鲁迅人生的许多重大转折；沈氏系北大国文系教授，著名小说家；钱氏则是鲁迅的教育部同事，著名翻译家。

酒要和好友一起喝，饭也要好友一起吃，鲁迅虽则理性，但也是性情中人，痛饮之时，并无忌惮，放开而为之。但大多时候，他还是相当理性，细饮慢品，在友情的包围中，体味酒之妙处。酒在此时，真有为友情加温、为聊天助兴之功效。

因此，若要较真，探究起鲁迅真正的酒量，还真是难说清楚。即使身边亲友的记录，也未必见得确切，因为各人凭了记忆去验证，却恰是未见另外场合下之鲁迅。

一般的说法，大都认为鲁迅酒量有限，不胜酒力——但这种说法未必靠得住。

他的亲密酒友沈兼士的话就推翻过这个论断："酒，他不但嗜喝，而且酒量很大，天天要喝，起初喝啤酒，总是几瓶几瓶的喝，以后又觉得喝啤酒不过瘾，'白干''绍兴'也都喝起来。"

许钦文的回忆也支持沈氏的说法："他的喝酒实在也有点凶，且不说在酒的本身上面；有一回，他把酒拿到老虎尾巴里喝（老虎尾巴是指鲁迅的住处，笔者注），下酒的是小小的一碟炸馄饨，他把胡椒粉接连加了三次。"又说，鲁迅常叫人"买十个铜子的白干！"，十个铜子，在当时差不多买一斤左右便宜的白干，这酒量可谓不小，当然，他也未必一次给喝完。

其实，凡爱喝几口的人都明白，饮酒这事，跟天时地利人和有关系，在什么地方喝，在什么时间喝，和什么人喝，都很重要，酒逢知己千杯少，话不投机半句多。一杯两杯可以醉，一瓶两瓶却也可以清醒如初。同一个人，不同年纪，酒量也有很大差异，所以酒量大小这件事无法一概而论。

酒桌上的交往是鲁迅与人交往的重要方式，许多的文人和朋友，便是在这酒席之上相识并相知的，但也是这酒桌，令他与人产生罅隙和矛盾。

唐弢在《第一次会见鲁迅先生》中，记述了这样一件事：在酒桌上，鲁迅批评林语堂，说他"每个月要挤出两本幽默来，本身便是件很不幽默的事"，这隐隐让林语堂不快。终于，又一次酒桌上，因相互间久存的误解，俩人大吵一架，自此双方隔阂甚多，终成陌路，不再联系。

鲁迅向来是酒桌上的中心人物，他对于任何事，本就有自己鲜明的主张，因酒精的刺激，则这主张更显精辟。与知心的朋友一起喝酒，他向来是谈笑风生，逗人发笑，根本不是表面上看到的那样严肃。

鲁迅饮酒的次数甚多，据萧振鸣《鲁迅与他的北京》统计，鲁迅日记中仅与广和居相关的宴饮记录就有六十四次，其中不乏"甚醉""颇醉""小醉"。

如此一想，鲁迅只在北京一地参加过的酒局就颇为可观了。

《两地书》中，他与许广平关于饮酒的探讨也颇不少，随手便可摘出几例。

> 我已不喝酒了，饭是每餐一大碗。（鲁迅 1926.9.14）

> 祝快乐，不敢劝戒酒，但祈自爱节饮。（许广平 1926.9.18）

> 是日，不断的忆起去年今日，我远远的提着四盒月饼，跑来喝酒，此情此景，如在目前，有什么法子呢！（许广平 1926.9.23）

> 我身体是好的，不喝酒，胃口亦佳，心绪比先前较安帖。（鲁迅 1926.10.28）

> 这几天全是赴会和饯行，说话和喝酒，大概这样的还有两三天。这种无聊的应酬，真是和生命有仇，即如这封信，就是偏私里三点钟写的，因为赴席后回来是十点钟，睡了一觉起来，已是三点了。（鲁迅 1927.1.6）

> 他今天还要办酒给我饯行，你想这酒是多么难喝下去。（鲁迅 1927.1.6）

果然是"酒精考验"的无产阶级革命家！

好在他有一点，对自己酒量有比较科学和正确的认识，到一定程度，别人再怎么劝酒，他是决不再喝了。

鲁迅自认并不嗜酒，这一点他曾多次强调。

1925 年，他在文章中交代："我向来是不喝酒的，数年之前，带些自暴自弃的气味地喝起酒来了，当时倒也觉得有点舒服。先是小喝，继而大喝，可是酒量愈增，食量就减下去了，我知道酒精已经害了肠胃。现在有时戒除，有时也还喝，正如还要翻翻中国书一样。但是和青年谈起饮食来，我总说：你不要喝酒。听的人虽然知道我曾经纵酒，而都明白我的意思。"

1926 年，时在厦大教书的鲁迅在写给许广平的信里说："酒是自己不想喝，我在北京，太高兴和太愤懑时就喝酒，这里虽然仍不免有小刺戟，然而不至于'太'，所以可以无须喝了，况且我本来没有瘾。"

可以看出，对酒，鲁迅基本没有特别大的瘾，虽一度"曾经纵酒"，情绪起伏时、"太高兴和太愤懑时"喜欢来点，但基本是点到为止。

但酒一度成了论敌攻击他的理由。

1927 年始，创造社对鲁迅有一波声势浩大的攻击，这波攻击持续了足足有三年时间。

如叶灵凤，曾在上海《戈壁》杂志第 1 卷第 2 期上发表过一幅题材为《鲁迅与酒》的漫画，据《鲁迅全集》注释，这是一幅模仿西欧立体派的讽刺鲁迅的漫画，并附有说明："鲁迅先生，阴阳脸的老人，挂着他已往的战绩，躲在酒缸的后面，挥着他'艺术的武器'，在抵御着纷然而来的外侮。"

鲁迅曾在《革命咖啡店》里回应："叶灵凤革命艺术

家曾经画过我的像，说是躲在酒坛的后面。这事的然否我不谈。现在我所要声明的，只是这乐园中我没有去，也不想去，并非躲在咖啡杯后面在骗人。"

如冯乃超，批鲁迅"常从幽暗的酒家的楼头，醉眼陶然地眺望窗外的人生"。

鲁迅1929年6月1日写给许广平的信里也提到："在上海，创造社中人一面宣传我怎样有钱，喝酒，一面又用《东京通信》诬栽我有杀戮青年的主张，这简直是要谋害我的生命，住不得了。"

1934年，鲁迅给萧军萧红的信中说："我其实是不喝酒的；在疲劳和愤慨的时候，有时喝一点。现在是绝对不喝了，不过会客的时候，是例外。说我怎样爱喝酒，也是'文学家'造的谣。"

按理说，别人喝不喝酒、喝多喝少，也并不关创造社什么事，但因为他是鲁迅，他那么"醉眼陶然"地来一下，就成了别人攻击他的理由，确实冤枉。

鲁迅对酒虽然没大瘾，却总爱喝点，许广平亦曾因此特别担心他的身体，尤其是到上海后。

就鲁迅的饮酒问题，她曾向郁达夫求教："周先生平常喜欢喝一点酒，还是给他喝什么酒好？"

郁达夫提供的答案是黄酒。

许广平很无奈，告诉郁达夫鲁迅喝黄酒老要喝很多，所以换给他喝五加皮泡的黄酒了，但五加皮酒性烈，她便在平时把瓶塞拿开，好让酒气消散些。

郁达夫借此机会，很是认真地为许广平普及了一番酒水的常识，并告诉她，第一选择是优质的陈黄酒，第二选择是啤酒。至于五加皮泡的酒，为健康计，还是不要喝了。

我的结论是，鲁迅的酒量比一般人大不少，也能喝、会喝，但他大多时候适可而止，酒品不错。

左手香烟，右手甜点

鲁迅除了爱喝几口之外，还有两个最大的爱好，一是抽烟，一是吃甜点。

鲁迅爱抽烟不是什么秘密，但看他的画像、照片或雕塑，常是手执香烟做思考状，更增几分心忧家国天下的情怀，让人忍不住肃然起敬。抽烟的形象，是为他加了分的。无论是与他过往密切的亲人、友人，还是仅有一面之缘的路人、粉丝，都对他抽烟印象深刻，他们的回忆文字里，有许多关于他抽烟的描述，边抽烟边与人谈笑风生，亦是他特色，于烟雾缭绕当中，或闲扯家长里短，或纵论天下文章，颇有些"谈笑间，樯橹灰飞烟灭"的潇洒气概。

马珏《初次见鲁迅先生》：

他手里老拿着烟卷，好象脑筋里时时刻刻都在那儿想什么似的。

荆有麟《送鲁迅先生》：

　　说到抽烟，我便提到鲁迅先生抽烟的可以。

李叔珍《与鲁迅的一席话》：

　　"你几时回来的？"他擎着一枝（支）烟给我，说出这句话。

钟敬文《记找鲁迅先生》：

　　面部消瘦而苍黄，须颇粗黑，口上含着支掉了半段的香烟，态度从容舒缓。

周建人《关于鲁迅的片断回忆》：

　　鲁迅遇了这种情形实在有些忍耐不住，吐出一口香烟的烟气，说道……

白危《记鲁迅》：

　　他抽了两口香烟，默默地注视着展览的作品。

阿累《一面》：

坐在南首的一个瘦瘦的五十上下的中国人，穿一件牙黄的长衫，嘴里咬着一枝（支）烟嘴。跟着那火光的一亮一亮，腾起一阵一阵烟雾。

周粟《鲁迅印象记》：

　　他手里燃着烟卷正在和内山先生谈话。

南风《我与鲁迅先生的认识和来往》：

　　他的香烟抽得很厉害，一直到完，就没有断过。

白曙《回忆导师鲁迅二三事》：

　　鲁迅先生长长吸了一口烟，又从口里鼻里喷出去，然后盯着我们，微微笑了笑说……

奥田杏花《我们最后的谈话》：

　　鲁迅这样说着，又燃起了烟卷。

俞芳《我记忆中的鲁迅先生》：

鲁迅先生吸着香烟，静静地坐在桌旁，工作、学习、写文章。

徐梵澄《花星旧影》：

　　先生吸着纸烟，讲到这里，停下了，缓缓说："这就是所谓黑暗了！"

　　他的烟瘾甚大，鲁迅在 1928 年 6 月 6 日写给章廷谦的信中交代："我酒是早不喝了，烟仍旧，每天三十至四十支。"换算一下，按时下二十支装，大约是日均两盒。

　　曹聚仁说，每一个和他熟悉的人，都知道他是烟不停手的，一面和客人谈笑，一面烟雾弥漫；工作越忙，烟也抽得越多。

　　鲁迅抽烟始于何时，无从可考。但至少可以肯定的是，他于日本留学时，已犯有很严重的烟瘾。彼时，清政府向留学生发放的费用，交完学费之后，所剩无几，鲁迅大多用来买烟了。

　　等到归国之后，他的烟瘾被彻底地"发扬光大"。

　　1909 年 8 月，鲁迅自东瀛归国，担任浙江两级师范学堂的生理学和化学教员。在此校教书的时候，鲁迅吸卷烟在学校已甚有名，同学和老师都知道。他平日吸的都是强盗牌，极为廉价。这符合他一贯节俭的个性，当然也有经济的原因。

鲁迅那时晚上总睡得很迟，喜欢熬夜，强盗牌香烟和条头糕是他每夜必备。香烟提神，条头糕解饿，因这两种物品，晚上的时光变得舒适而惬意。漫漫长夜，无心睡眠，抽一支烟，吃一口糕点，精神头上来了，读读书，算是很好的享受。

当时，学校的斋夫陈福，每晚在摇寝铃以前替他买好强盗牌香烟和条头糕。

与鲁迅同事的夏丏尊，常去找鲁迅闲谈，每次摇寝铃的时候，他总能看到陈福拿着强盗牌香烟和条头糕来。

鲁迅常向人坦承自己是个烟鬼的事实，在给韦丛芜的信里，他说"仰卧，抽烟，写文章——确是我每天必须做的事情中的三桩事"，假如抽烟也有境界的话，鲁迅已修炼至最高层——生命不息，抽烟不止。

他对烟的喜欢，令初次去他家里拜访的许广平印象深刻：一支完了又一支，中间不用洋火，因为前面的接了后面的，满地都是烟灰、烟尾巴。

到广州之后，许广平为他抽烟方便，常买了烟嘴送他。后来，鲁迅也便养成用烟嘴抽烟的习惯，用烟嘴最直接的好处是，不怕烧了手、烫了嘴。

直到逝世的前一天，他仍然在抽烟，老朋友内山完造对此印象深刻："那时候，先生坐在台子边的椅子上，右手拿着香烟。但，脸色非常坏，呼吸好像也很困难。"

我们也只能猜测，今生今世，烟是鲁迅的情人，戒不掉，忘不了，只能相伴终生。

鲁迅是一个理性的人物，有极强的意志力，但对烟，他似乎一点办法没有。他对烟的爱，成了他逃不掉的宿命。任谁也能明白，他的健康的损失，他的早逝，跟抽烟显然不无关系。

这告诉我们，再伟大的人物，也都有种无法克服的弱点。

烟和酒一样，是一种媒介、一种道具，有人借酒来浇胸中块垒，吐露不快；有人借烟来完成思考，形诸文字。烟酒当然是有害的，倘若只强调它们有害的部分，也不合理。

鲁迅爱抽烟，跟这个人爱听戏、那个人爱打麻将一样，基本没有什么分别。只是，烟中含有尼古丁，对身体健康完全没什么好处。

因鲁迅自己抽烟，他笔下的人物亦不能幸免。

《孤独者》里的魏连殳，《在酒楼上》里的吕纬甫，都是嗜烟者，其实这两个人物的形象，又何尝不是鲁迅某种程度上的自我刻画？他们过着穷困潦倒的生活，一身无处施展的才华，只得借了这迷离的烟雾，暂时求得一丝宽慰。

这些烟并不全是抽掉的，许多烟是写作时抽，写得兴起时便给忘了，抽了一半，自燃一半，忘情时烟还会烫了手，甚至烧掉衣服。鲁迅在厦门时，某次因为喝酒太多，回宿舍竟然抽着烟入梦，身上的棉服被引着，烧了一个大洞。即便这样，也没有给他多少教训，该抽的也还是抽。

他对烟的品牌没有特别的爱好，完全视经济条件而定，条件差时，抽便宜的；条件好时，可以抽便宜的，也可以抽贵的。杭州时抽强盗牌，到了北京，抽哈德门、红锡包，到了上海，抽品海牌。他虽嗜烟，但不喜独占，有与人分享的习惯。有一次，有人送他黑猫牌香烟，他转手就和朋友及兄弟分了。在上海时，他自己抽便宜的，招待客人，则用好烟。

鲁迅向来注意抽烟对别人的影响，在公共场合，比如演讲什么的，他一般是去后台或找个没人的地方抽；倘是私人的聚会或家里，他会去开窗子驱散烟雾，或者站得远远地抽。他很能因个人的喜好而顾及别人的感受，这对一个嗜烟者来说，终是难得的。

其实鲁迅也曾下决心戒过烟的，只是没有成功。在北京时因为生病，医生经常加以劝诫，促使他做了戒烟的打算，并付诸实施，但效果并不好，最后的结果也只是"不喝酒少抽烟"而已。

与许广平热恋时的1926年，他从厦门写信给许广平，表示要戒烟的宏愿："我回忆在北京因节制吸烟之故而令一个人碰钉子的事，心里很难受，觉得脾气实在坏得可以。但不知怎的，我于这一点不知何以自制力竟这么薄弱，总也戒不掉。但愿明年有人管束，得渐渐矫正，并且也甘心被管，不至于再闹脾气的了。"

这封信与其说是在决心戒烟，还不如说是示爱，是鲁迅式的撒娇，甚而还包含着点求婚的小意思：等咱们成为一家人，就有人管我了，到那时我心甘情愿地被你管束，绝不会发脾气哦。

鲁迅对甜点颇为喜爱，无论去到哪儿，他都有意尝试一下，不管是在杭州、北京、厦门，还是广州、上海，这一习惯始终相随。鲁迅日记中，关于他到稻香村购买点心的记录，便有十数次之多，这是名副其实的热爱。

稻香村源于苏州，是进入京城的第一家"南店北开"的糕点铺。前店后厂，自制各式南味糕点，好看好吃，深受各方人士的欢迎。鲁迅是浙江人，对江浙风味的稻香村食品自然偏爱——但他那口味刁钻的二弟周作人，并不会认同他对稻香村的态度："可怜现在的中国生活，却是极端地干燥粗鄙，别的不说，我在北京彷徨了十年，终未曾吃到好点心。"稻香村等一干点心铺子，从未入过周作人的法眼。

鲁迅和周作人闹掰，从八道湾搬出来居住，母亲鲁瑞和妻子朱安也跟了过来，每每买了糕点回家，先请母亲挑拣享用，再让朱安选她爱吃的，然后才归他自己享用。

他去到厦门时，当地饭菜不对他胃口，便吃点心自我补充，他写信告诉许广平，"此地的点心很好"，只是，令他烦恼的一个问题是，买来的点心无处可放，而厦门蚂蚁又太多，随时找上他的点心，最后只得扔了。

跟抽烟一样，鲁迅对点心也并不挑剔，不论什么品种，都会尝一尝。他对点心没什么戒备，凡到各地，也以品尝当地的点心为乐事。条头糕、饼干、嵌桃麻糕、玫瑰白糖伦敦糕……没有什么是不能试的。他不只喜欢中国甜点，对外国点心也一样向往，他也去北京东城的法国点心铺，买蛋糕过过瘾。

某次，有人带给他河南的特产柿霜糖，他立马爱上了这特产，频频在日记和作品里提起。鲁迅还把柿霜糖当成珍贵的待客之物，曾经用它招待一位河南籍高姓女士，以为人家会夸上一番，哪知高女士见多不怪，未当稀罕物，还告诉他，你这个柿霜糖是河南汜水出产的，他这才想起对方是河南人，便自嘲"请河南人吃几片柿霜糖，正如请我喝一小杯黄酒一样，真可谓'其愚不可及也'"。

大约是太爱点心之故，导致鲁迅的牙齿很不好，他的日记里便有数次看牙病的记录。

1913年5月3日，鲁迅到王府井徐景文牙医处看牙，按约定补了四颗牙齿，从牙医那儿出来，转身到稻香村买了一元的小饼干——在鲁迅这儿，治牙和吃甜点可以并驾齐驱，两不耽误。

鲁迅大方地承认自己馋，在美食面前，他一点儿都不扭捏。

他曾对曹聚仁说："我们都是马二先生，吴敬梓写马二先生那么馋，吴敬梓自己一定很馋的。"马二先生是《儒林外史》中的人物，对吃别有一番研究。而鲁迅自己，也一样有研究，比如《在酒楼上》里的那句"酒味十分正；油豆腐也煮得好，可惜辣酱太淡薄"，便是他于食物的精彩见解。鲁迅喜欢的下酒菜，是茴香豆、冻肉、油豆腐、青鱼干，这四种小菜，对他可是永久的蛊惑。

小菜味美，海鲜亦是所爱，鲁迅对蟹情有独钟，日记里有数次吃蟹记录。但北京不比江南，此地不产蟹，自然属贵重之物，吃蟹的机会不比南方，但只要争取，机会自然也会有的。比如，遇老友齐寿山请客，菜品中有蟹，自然要多吃几只，吃爽了，喝爽了，兴奋了，回家时夜色已深；比如，星期天无事，到集市上买蟹自己煮来吃，过过嘴瘾。

除了蟹，鲁迅还爱吃山药，山药是好东西，不但可以当主食，更可以增强人体免疫力，益心安神，宁咳定喘，延缓衰老，鲁迅有胃病，吃上一碗山药粥，实在是最好不过的食物。

鲁迅是浙江人，火腿亦是其至爱之一，凡熟悉鲁迅的朋友，如果在家里招待他，都会使用金华火腿做菜，满足他这个嗜好。曹聚仁的夫人王春翠为招待鲁迅，曾特意做了火腿冷碟，而这道菜未引起鲁迅的注意，不免让曹夫人心生惆怅。

与鲁迅相熟的朋友送礼物时，常送他火腿。他自己也是烹饪火腿的行家，在厦门时，常用火腿做菜。更有传闻说，鲁迅曾于1936年托冯雪峰送火腿给毛泽东，至于这传闻是真是假，当事人都已不在，也便无从证明。

吃之外，鲁迅还喜欢喝茶，鲁迅日记中亦频频出现喝茶的记述，观音街的青云阁、东安市场的中兴茶楼、中央公园的来今雨轩，都有留下过其足迹，去得最多的则是青云阁，并非此处有特别的地方，主要是它顺路。青云阁并非茶楼，它是个综合性的商场，其中设有若干茶社，最著名的一家叫玉壶春，这是鲁迅常光临的地方。

那时候的茶楼，大多既可以喝茶，也可以品尝各种点心或者面食，因此，懒得吃饭的人，去喝茶的同时，再来份点心或面食，照样可以填饱肚子，就不用专门去吃饭，类似于现在的餐吧。而东安市场的中兴茶楼则要更高档些，不只可以喝茶，也能摆酒席请客，兼有酒楼的功能。

鲁迅喝茶算是频繁的，诸朋友中，许寿裳、刘半农、钱玄同、孙伏园等人都曾有与鲁迅品茗的经历。

想来，他与朋友们的聊天，无非是闲谈、叙旧、约稿、交换对时事的看法等。来今雨轩是他最爱的茶楼之一，他在北京的数年间，多次光临此地。1926年8月13日，与齐寿山合译的《小约翰》完稿，便约了几个朋友，往来今雨轩办个小型庆祝会；同年秋，鲁迅将离京南下，朋友们又在来今雨轩为他送别。1929年5月鲁迅回北京省亲，住了不到二十天，曾两次到来今雨轩，一次是赴李秉中的婚礼，另一次是赴沉钟社杨晦、冯至等人的宴请。

来今雨轩之所以受欢迎，一是它的地理位置，位于中央公园内，环境极佳；二是它的档次较高，菜也烧得精美。

除来今雨轩外，中央公园还有许多茶座，鲁迅光临的亦不在少数。

茶叶方面，鲁迅对杭州的龙井多有偏爱，也喜欢普洱。

2009 年，广东曾做过一次许广平鲁迅藏清宫普洱茶的拍卖，仅用时 5 分钟，一块重 3 克的普洱茶砖拍出 12000 元的高价。因鲁迅之名，普洱也大升其值，平心而论，不过是拍卖市场上的一种炒作行为而已。

鲁迅喝茶，绝非细斟慢饮的功夫茶，他喜欢大口大口喝，茶要浓，口感要重，他追求饮茶的自然朴实，排斥把饮茶作为品质生活的装腔作势。因此，他不喜功夫茶，拒绝慢悠悠的鉴赏。

他曾写过《喝茶》一文，并非生活小品，只是借以讽刺某些文人的无病呻吟。

这一点，怕是他和林语堂等人的本质区别了。

在北京时，他爱使用一只有盖的旧式茶杯，泡浓茶；到了上海，改用小壶泡茶，对茶的品质也有了一些讲究，要喝新鲜的好茶，依然很浓。有时候，他还劝许广平也一起喝，正是在上海，许广平学会了喝浓茶。

鲁迅好茶，对洋饮料亦不排斥，他曾喝过几回咖啡，只不过咖啡不是他特别喜欢的饮料罢了。在鲁迅日记中，曾有数次与朋友和同事共饮"加非"的记录，这"加非"，就是现在的"咖啡"。

民国之初，经常到咖啡馆里坐坐，大约是非常小资和时髦的行为了。

鲁迅也爱看电影。电影对他而言，不只是娱乐，不只有增长见识的作用，更是精神上的放松。这一爱好始自北京，去上海之后才逐渐形成，沪上十年是他生活相对稳定富足的时期，也是看电影最为频繁的时期。

根据《鲁迅日记》，在上海生活的十年，共看电影141场，特别是从1933年4月迁居虹口后的三年，鲁迅看电影的次数明显增多，达到95场次，几乎每周一场。但凡有好电影几乎从不错过，甚至一看再看。大多数时候是一家老少驱车同赴影院。

鲁迅对座位很挑剔，要坐最好的位置，付最高的票价，这倒一反他对于生活所持的节俭态度。他给出的理由是：看电影是要高高兴兴，不是去寻不痛快的，如果坐到看不清楚的远角落里，倒不如不去了。另外的原因，便是许广平有些近视，需要照顾到她。对待自己的爱人，他大多时候是体贴的。

从另一角度看，住在上海的鲁迅，口袋里有银子，经济生活算富裕，腰杆自然硬起来，说话也底气十足。

在他生命的最后十年，看电影频率之高，涉及类型之广，估计整个上海滩难有出其右者，绝对算得上超级影迷了。

鲁迅所看电影的类型，多种多样，侦探片、打斗片、滑稽片、生活风景片他都看，最爱的还是自然风光片，比如《南极探险》《人兽奇观》等，有的看了还不止一遍；他也爱看五彩卡通片，陪儿子海婴一起看，父子俩都非常开心。

对好莱坞的戏，鲁迅大多不感冒，觉得它们非常浅薄，但偶有例外，比如陈查理的探案片，便是他喜欢的，几乎每映必看。

苏联的电影，亦是他所钟爱，不管远近，只要上映，也总要去看。在逝世前十天，他还看了由普希金小说改编的《复仇艳遇》，并视它为"最大慰藉、最深喜爱、最足纪念的临死前的快意"，并向友人郑重推荐"不可不看"。

对国产电影，鲁迅持相当鄙视的态度，评价起来也毫不客气："现在的中国电影，还很受着'才子加流氓'式的影响……看了之后，令人觉得现在倘要做英雄，做好人，也必须是流氓。"即便当时轰动一时的片子如《姊妹花》，他也懒得去看了。

去哪里吃饭

吃饭是人生中最重要的事情之一。民谚说得实在：人是铁，饭是钢，一顿不吃饿得慌。

鲁迅的骨头虽硬，但肚子还是会饿的，饭还是要吃的。

不过，去哪里吃饭着实是一个问题。正如眼下各大城市的白领们，一到下班时分，大都愁肠百结，为晚上去哪儿吃和吃什么而犯愁，只好去美食网站上扒拉饭馆，挑得头晕眼花，也未必能觅到一个合适的聚餐地。

鲁迅日常的生活，甚是俭朴节约，但在吃饭这方面，却并不是小气的人，三天两头下馆子。初来北京那几年，只身一人，无家无口，又不喜欢做饭（也可能是做饭不好吃，日记里几乎找不到他下厨做饭的记录）。因此，下馆子是件常有的事。

只不过那时候物价低廉，也非去什么高档大饭店，尚算经济实惠。《鲁迅日记》中，只是有记录的餐厅就多达六十五家，其中既有普通的小饭馆，也有高档的大酒楼，既有简单的面食铺，也有优雅的西餐厅，鲁迅口味之丰富多彩由此可见一斑，亦称得上美食家一枚。

许多吃饭的地点，都是与朋友、同事、老乡一起去的，或者谈事，或者聚餐，又有些是纯属请客或被请。同事聚餐或者领导请客，一般会去高档些的馆子；朋友雅聚谈心，小酌几杯，自然是小馆子；倘若日常吃饭，只为填饱肚皮，面铺一类的苍蝇馆子就可以了。

鲁迅去得最多的饭馆，乃是城南的广和居，并非这店里的菜品多好吃，口味如何特别，只是因为离得近。就近用餐，吃完回到住处，往床上一躺就可以休息了，非常方便。如果犯懒不想动，或者所住的会馆里来了朋友，门都不用出，叫会馆里办事的人通知一下，把菜送到住处即可——有外卖的生活最是容易叫人滋生懒虫。

在当时，广和居名气挺大，是北京"八大居"之一，坐落于宣武门外菜市口附近的北半截胡同路东，与绍兴会馆所在的南半截胡同相距甚近，鲁迅来此用餐，算是近水楼台。广和居历史悠久，成立于道光年间，曾是王公贵族、名士文人的雅聚之所。每当用餐时分，门外停了各种马车，屋内人头攒动，举杯提箸，觥筹交错之声此起彼伏，热闹无比。

广和居由此而闻名一时。

鲁迅1912年5月5日到北京，隔天的5月7日，便"夜饮于广和居"，此后每月来这家饭店用餐不少于四五次。加上从菜馆叫菜的次数，广和居简直算得上他的专属食堂。

当然，从经济的角度，鲁迅一般不叫硬菜，大鱼大肉几乎不点，除非是特别情况。周作人曾在《补树书屋旧事》讲过："客来的时候到外边去叫了来，在胡同口外有一家有名的饭馆，还是李越缦等人请教过的。有些拿手好菜，如潘鱼、沙锅豆腐等，我们当然不叫，要的大抵是炸丸子、酸辣汤，拿进来时如不说明便不知道是广和居所送来的，因为那盘碗实在坏得可以，价钱也便宜，只是几吊钱吧。"

便宜——当然是最主要的。鲁迅和朋友们的要求都不高，"反正下饭总是行了"，钱省下来可以做更重要的事。

鲁迅另一常去的饭店会贤堂，离他的居住地则有点远了。

会贤堂位于什刹海的前海北沿，光绪十六年，山东济南人王承武看中这块地方，便在此开设会贤堂饭庄。王氏曾是张之洞的家厨，擅长鲁菜，把这会贤堂经营得风生水起。因其特色鲜明，口味独到，会贤堂很快风靡京城，成为京城"八大堂"之首。

王承武当初看中此地是因为房屋面积大且地理位置极佳，周围有醇王府、恭王府、庆王府等各大府邸，王府中人及张之洞等达官显贵，自是最具消费能力的人群。

会贤堂以湖为邻，环境优越，开业之后贵客盈门，生意兴隆。此外，该饭店还设有戏台，以供欢娱。

梁启超、王国维、钱玄同、胡适等文化界著名人士都曾在会贤堂留下足迹。五四运动爆发前后，又有不少进步教授来这里聚会，探讨新文化运动。

1912年，鲁迅受命负责京师图书馆的筹备工作，因距离会贤堂较近，夏秋之际曾三次来会贤堂就餐。

老下馆子也不是办法，大多时候还是在会馆里吃。如无改善伙食的需要，或者喝啤酒需要下酒菜，一般就在会馆里解决了。

每逢星期天，鲁迅便特别叫佣工去市场买只鸡或者肘子，煮熟了来喝酒。在无聊乏味的生活里，他自有一套消磨时光的方法。

鲁迅上班的教育部，位于西单牌楼，距离西单大街极近，周围餐馆多，吃饭甚是方便，但今天吃这家，明天吃那家，换来换去，总不是办法。后来，便与另外三个同事合伙，到海天春饭店包饭，每天四个菜，每个人每月五元。

这主意看起来不错，合伙吃饭，不但可以品尝更多的菜品，还可以借此方法省钱。

但吃了不到半月，饭菜质量却直线下降，便不再去吃，剩下的钱，也向店家索要回来。商人重利，在饭菜里做手脚，只想多赚钱，没考虑把生意做长远。

那时的教育部，还真不是一般穷，建部伊始，诸事皆为初创，居然连供自己部员吃饭的食堂也没有。今天想来，实在不可思议，好歹也是一中央部委，总不至于建个食堂的钱也没有吧？估计是真没有。

鲁迅最常去的餐馆有两个，一个是益锠西餐馆，一个叫和记牛肉铺。

两家都是普通平常的餐馆，并非什么名店。益锠是家小西餐馆，仅有两间门面，它开在宣内大街上，离鲁迅工作的教育部甚近，环境不错，价格公道，吃了几次，感觉不错，便成了常客，以至于有段时间也在这家餐馆包饭，六天共一块五。西餐馆里整洁、安静，适合聊天，所以，隔三差五的，鲁迅和同事们常在这家小餐馆请客，一伙人边吃边聊，享受难得的惬意和清闲。

对鲁迅而言，吃西餐绝不算什么稀罕事，城中有名的西餐馆，也颇去过几次，吃多了中餐，偶尔换换口味，也是不错的选择。

和记牛肉铺是家以出售牛肉为主的铺子，一楼是临街的外卖窗口，二楼则可以吃面。这家铺子以清汤大块牛肉面最为好吃，价格也便宜，鲁迅常常拉了同事好友如齐寿山、陈师曾一起前往用餐。

如今想来，这小小餐馆的一张饭桌上，文学家、翻译家以及天才画家各食一碗面，也算这家餐馆的无限荣光了。放在今天，店家定然和他们拍了照，置于醒目位置，作为招徕客人的手段。

附近的餐馆吃得腻歪了，有时懒得出来吃饭，便想着随便凑合一顿。于是，买些点心或馒头，喝点牛奶，打发一下饿瘪的肚子了事。

这跟现在 CBD 上班的白领们何其相似。

谁和鲁迅一起晚餐

随便翻翻鲁迅日记就知道，会友是鲁迅日常生活中的重要内容之一。益友如良茶，绝不可缺，与君一席谈，胜读几本书。

既是会友，聊到高兴，又哪能不吃饭呢？吃饭的中间喝点小酒，酒上了头，话也稠密，大家都格外放松，气氛便也热闹，闲聊或者深谈，也才格外生动有趣，常常妙语连珠。

与鲁迅一起晚餐，听他畅谈古今中外，点评时局或者人物，讲个笑话或者故事，闻者皆以为大有收获。

与鲁迅吃晚饭，吃的根本不是饭——那系心灵的桑拿浴、思想的按摩器。

想和鲁迅一起晚餐的人，真的是很不少。

但鲁迅想要晚餐的人，怕是不很多，一则他对吃，向来随意，少搞正式的饭局；二则他向来珍惜时间，不大肯浪费时间去吃很久的饭。

因此，细看看，去上海之前，吃吃喝喝的事虽也常有，但大都是一帮光棍或者准光棍们的扯淡闲聊聚会而已，鲁迅在北京组的最为正式的一个饭局，大约是全家搬进八道湾的第二年春天，特设家宴两桌，邀请一帮朋友来家里吃饭，参加者有十五人之多。

去了上海之后，经济上稍为宽裕，有爱人和儿子陪伴在旁，有三五好友唱和往来，正式的饭局也多起来。

身处上海的险境当中，不但要躲避敌人的追踪，还不能公开自己的住址。基本上，鲁迅在上海的生活，除了经常出入内山书店之外，大都是深居简出。而饭局，差不多是他最常采用的社交活动方式。

鲁迅和许广平刚一到上海，他的饭局便正式开始了。

刚刚放下行李，便由他过去的学生、彼时的北新书局老板李小峰做东，设了一局，邀请众多朋友来欢迎这位大文豪。这顿设在全家福饭店的宴请，开启了鲁迅饭局的全新篇章。

在这次饭局上，年轻貌美的王映霞因为是首次与这位文化界的偶像级人物吃饭，兴奋不已，"都不知道说什么好了"。

饭桌上的鲁迅，表现得十分绅士。如遇陌生人一起吃饭，总先为对方介绍身边的爱人，"这是密丝许"。这一举动令王映霞记忆深刻。鲁迅面对王映霞这位大美人，称之为"密丝王"。

和鲁迅经常吃饭的人，或者是老友，或者是故交，像郁达夫、林语堂；或者是他的学生及青年朋友，像李小峰、孙伏园、许钦文、叶紫等。大家彼此熟悉，所以气氛总是很融洽，却在一次饭局上与一位友人形成不欢而散的局面——便是和林语堂的决裂。

因为版税的纠葛，鲁迅和北新书局差点打上官司，由于郁达夫从中积极斡旋，才将此事化于无形，北新书局就此请客吃饭，亦有希望今后合作愉快的意思。席间，林语堂无意间提起张友松——正是此君的鼓励，使鲁迅决定和北新诉诸公堂。鲁迅听到了张友松的名字，以为林语堂是在责备自己，便从座位上站起来，大声说："我要声明，我要声明！"两人因此而争辩，声调也升高不少，弄得面红耳赤，从此交恶。

一次小小的误解，断送掉两人的友情，实在令人懊恼。但，这不是唯一令鲁迅闹心的饭局。

另有一次不愉快的饭局，因《译文》杂志引起。事情比较复杂，简短截说。

生活书店请鲁迅、茅盾、郑振铎三人吃饭，谈《译文》杂志的合作事宜，书店方面出席饭局的是邹韬奋、毕云程、胡愈之、傅东华四人。这顿饭算是个工作餐，纯粹为谈《译文》杂志的事，生活书店是该杂志的出版方，鲁迅、茅盾、郑振铎三人为合作方。

生活书店单方面提出，要撤换黄源的《译文》编辑职务。鲁迅仗义，决定为这个小青年打抱不平，饭也不吃，直接闪人，让书店方十分尴尬，也因此结下梁子。

鲁迅后来的饭局上，多了两个东北来的年轻人。

1934 年 12 月 17 日，鲁迅特别写信给萧红萧军，邀请他们到梁园豫菜馆吃饭，时间是两天后的下午六时，怕他们记不住日子，又特意注明是星期三，并详细交代了菜馆的地址，广西路 332 号。

信中还说，"另外还有几个朋友，是可以随便谈天的"，明眼人一下子就能看出来，鲁迅打算把二萧介绍给自己的朋友。往俗里讲呗，是二萧要进入鲁迅的社交圈了。

二萧接到邀约，心情自是激动，困顿于人生地疏的上海滩，无亲无友，大文豪这般客气邀请他们赴宴，当然有值得激动的理由。两人接到邀请信后，急忙找出一份上海地图，查找餐厅的位置；为显得正式，萧红又特意为萧军置办了一件像样的衣服。

此次晚餐，一共有九人在座，除鲁迅一家三口外，分别是茅盾、叶紫、聂绀弩和夫人周颖以及二萧，而受邀的胡风和梅志夫妻缺席。缺席的原因，可能是没有接到鲁迅发出的邀请信。

酒菜上来之后，许广平到门外转了一圈，看没有什么可疑的人，便回来向鲁迅耳语几句，然后鲁迅便以主人的身份介绍各位客人。讲到二萧时，鲁迅特地加上一句："他们是新从东北来的。"

这次饭局上，鲁迅特别把叶紫介绍给二萧，萧军的个性易强横蛮干，只凭一股子热情做事，这是鲁迅所担心的，因此他找叶紫来关照二萧，就是想寻个对萧军诱导和制约的人，后来，叶紫和萧军果然成为很好的朋友。

这顿饭吃得开心，谈话也进行得愉快。

归去的路上，二萧彼此挽着胳膊，趁着这酒劲儿，竟一路小跑起来。

此后，鲁迅与二萧走动频繁，吃饭的事自然也常有。及至更加熟悉之后，二萧成为周府的常客，留饭也是自然事。

倘若说和鲁迅吃顿饭尚不算太难，要把鲁迅请到家里来吃饭，便是真正有难度的事了。

不过，鲁迅还是会去相熟的朋友家里走动，吃饭亦不过是一个幌子，聊天叙旧谈事情才是主旨，曹聚仁的夫人王春翠和胡风的夫人梅志都有关于请鲁迅吃饭的记忆。

她们眼里的鲁迅，有一个共同点，那便是和蔼可亲，对菜品和酒水并不在意，更喜欢高声谈笑，享受和朋友在一起的时光。

鲁迅对于主人家里的女性，总体现出特别的尊重，或者夸她们的手艺，或者夸她们的个性。

鲁迅去胡风家做客的那次，是全家人一起去的，细心打扮过，鲁迅穿了深灰色的长衫，还戴了顶礼帽，许广平着了旗袍，海婴则穿了定做的童装。

不但如此，鲁迅还给主人家的孩子带了三件礼物，想得可谓周到。

鲁迅的个性，一般而言是内敛的，在饭桌上，却偶有例外。

　　有那么一次，鲁迅和一群朋友吃晚饭，有几个人喝多了，鲁迅也不例外，他眼睁得很大，举着拳头喊："还有谁要决斗！"

借钱或捐款

文人耻于谈钱，是传统。事实上，谁缺了钱都活不了。

鲁迅很明白这个理儿，所以对钱，他从不忌惮，相反，他总是一再强调钱的重要性。看看他的日记，那简直就是一个记账本——事无巨细，但凡涉及用钱的，一律记录之。

可见他对经济生活之重视。

经济上的独立，是他与敌斗争的重要砝码。不低头，不弯腰，那是因为兜里有银子，说话时才显得腰板足够硬气，斗争起来才有底气。起码，不用为五斗米折半天的腰。

他曾深有感触地说："钱这个字很难听，或者要被高尚的君子们所非笑，但我总觉得……钱——高雅的说罢，就是经济，是最要紧的了。自由固不是钱所能买到的，但能够为钱所卖掉……为准备不做傀儡起见，在目下的社会里，经济权就见得最要紧了。"因此，当有朋友因为工作不顺遂打算辞职时，他并没有武断地支持对方的想法，而是劝对方认真想一想，至少要考虑一下那份薪水。

鲁迅曾经感慨：穷极，文是不能工的。

肚子尚且填不饱，心思如何能安放在创作上，哪里写得出好文章？

当然，鲁迅也并没有视钱如命，他自愿做公益，捐钱财，也曾借钱给许多人，借出的数目有多少、借给了多少人，估计是没办法统计出来，因为借出去的这些钱，很多是有去无还的，还有低调借出，并没有指望归还的。

教育部如果不欠薪的话，鲁迅着实算殷实富足的公务员，看他下馆子的记录就能明白这个理儿。刚来北京的那一段，他还借了不少钱给别人，故旧、学生、同乡、亲戚、同事都有向他借钱的记录。比如，1912 年 12 月 27 日这一天，就借给许寿裳 70 元、张协和 20 元，救两位老朋友的急。

那会儿鲁迅脸皮还比较薄，对来借钱的人很少拒绝。

他说："我有铜钿在袋子里，别人家来借，我总不能说没有的吧！"人实在，面皮薄，编个瞎话都不肯。

鲁迅也常借别人的钱，比如北京两次买房，都曾不同程度负债。因经济所迫，不得不求助于他人，借钱给他的，基本上都是要好的同事和朋友。他借了别人的钱后，感念别人的帮助，也常回借。正是靠着朋友与同事之间的互帮互助，他才得以度过因买房造成的经济窘境。许寿裳、齐寿山、孙伏园等人都曾借钱给鲁迅。

成名之后，稿费好赚了些，又兼着几家大学的课，挣钱有道，日子开始变得殷实。特别是定居上海后，靠着大学院特约撰述员的 300 元薪水以及高人一筹的版税，他腰包逐渐鼓起来，这一时期的鲁迅，基本上是借钱给别人而不向别人借钱了。

他常借钱给贫穷的青年，也借给急需帮助的老友，甚至他还曾借钱给共产党。

鲁迅绍兴时的学生商契衡入北大读书，成为周家常客。1913 年年底，商氏因学费无着，向鲁迅借学费 120 元，在那个时代，这不是个小数字。因手头紧张，鲁迅与商氏协商，分期借出这一款项。鲁迅对这个商姓学生的资助，竟达三年之久，总共借出 300 余元。不得不说，在早期自己并不宽绰的情况下仍努力去帮助年轻后辈，鲁迅体现了良好的师者风范。正是在鲁迅不遗余力的资助之下，商氏才得以顺利完成学业，毕业后留在北大图书馆工作。

有的青年向鲁迅借钱，鲁迅给了，便有更多的青年来跟他借钱，甚至于有些青年，把鲁迅当成摇钱树，堂而皇之地跑来跟他要，他们的脸皮也实在够厚。

"时常有到自己这儿要钱而来的青年，对于搞文学的青年，我作为先辈，对于困难的人感到应该给以帮助，就给了。但是对于搞别的事情的人，我没有感到给钱的义务。说到有钱，那么在实业界多的是比我更有钱的人，就向那里去要吧。"鲁迅为此甚是苦恼。

这话一出口，想必很多人再来上门借钱，就会说自己其实是个文学青年了。

曾有一个学生，向鲁迅借5块钱，鲁迅给了他。学生临走的时候说："等我借了阎王债来还你吧。"态度恶劣，让人无语，那学生的意思差不多就是——这钱就当打个水漂吧，还是不可能还了。

鲁迅曾认识一个叫李秉中的青年，李是北大的旁听生，听鲁迅讲中国小说史。李秉中于1924年年底南下广州，怀揣的正是鲁迅借给他的20元路费，当时鲁迅自己的经济也拮据，先遭遇教育部欠薪，又因购买房子欠下大笔债务，这20元是挤出来的钱。自己处在水火当中，却可以救人于水火，这份帮助弥足珍贵。

急别人之所急，鲁迅对朋友或青年的帮助，甚而有股子江湖义气在。

1929年8月6日，青年木刻家陶元庆因患伤寒，医治无效去世，终年三十七岁。其好友许钦文将此噩耗告知在上海的鲁迅，鲁迅深为悲痛，"夜得钦文信，报告陶元庆君于六日午后八时逝"。随后，许钦文去沪，鲁迅"付以钱三百"，并叮嘱许钦文"为陶元庆君买冢地"，妥善处理后事。痛惜之余，鲁迅还打算出版陶元庆的遗作。许钦文募款建墓之总募款数不到350元，鲁迅独出300元，怜悯之心由此可见一斑。

1930年1月20日，鲁迅得知韦素园病情转重，立马函告北京家里，从家用中借与李霁野100元，叫他给韦素园治病。1932年8月1日，正值而立之年的韦素园逝世于北平同仁医院，葬在北平西山碧云寺下的万山公墓。鲁迅得到消息深为悲痛，在给台静农的信中说："素园逝去，实足哀伤，有志者入泉，无为者住世，岂佳事乎。"鲁迅亲手书韦氏碑文，"呜呼，宏才远志，厄于短年。文苑失英，明者永悼"。并著文《忆韦素园君》，对其评价甚高。

危难之中，雪中送炭，再也没有什么比这更让人感觉到温暖了。

更曾有号称鲁迅忠实信徒的青年廖立峨，从厦门跟他到广州，又从广州跟他到上海，以鲁迅的干儿子自居，住他家，吃他家，还给鲁迅找了个儿媳妇，逼着鲁迅给他找工作。

鲁迅托老友郁达夫帮忙，好不容易为廖氏谈妥了一个报馆的工作，但报馆不愿付薪水，鲁迅想定的主意是，薪水由他给报馆，再由对方发放。但这时，廖老兄和他媳妇儿却要求离开，临走时向鲁迅索120元及衣被等物十余件。

鲁迅大方地借钱给别人，引来了更多人向他借钱，有一个他的老朋友也特地跑来借钱，老友一开口就是500元。鲁迅救人之难，自己没有那么多，便向别人转借，转借的朋友相信鲁迅为人，便给他那老友一个千余元的存折和一个图章，让他自取500元。可哪里知道，那老友从此杳无信息，自动失踪。鲁迅写信去催，老友只寄回来一个图章，折子上的钱已经取光了。遇到这档子破事，还得他亲自来擦屁股，颇有点"赔了夫人又折兵"的尴尬。

还有人曾多次借过鲁迅的钱，不但不还，还设法暗示鲁迅，不要让别人知道借钱的事，以免令其没有面子。

鲁迅第一次与萧红和萧军见面时，除了倾听两位青年的生活经历以及文学创作外，还特意交给他们一个信封，说："这是你们所需要的。"信封里装的是 20 元钱。耿直的萧军告诉鲁迅，回去坐车的零钱也没有了，鲁迅笑笑，又从口袋里拿些零钱。

后来，二萧写信向鲁迅表示感谢，并为此觉得不安，鲁迅反而不让他们放心上。

不只借钱给相识或素不相识的青年，他还借钱给共产党。

中央特科的吴奚如，通过胡风向鲁迅借了 30 元，然后写了一个收条给鲁迅，鲁迅看也没看这收条，就把它放到烟灰缸里，不言而喻，为革命工作计，这点钱于他不算什么的。

左联因为办杂志经费短缺，鲁迅每月从自己的收入里拿出 20 元予以赞助。但对于这赞助，他亦有自己的前提：事业是大家的，大家亦须根据个人的情况而有所表示，而不是只拿他当冤大头。他写给胡风的信里说过："前天遇见徐君，说第一期还差十余元……我说，我一个钱也没有。其实，这是容易办的，不过我想应该大家出一点，也就是大家都负点责任。从我自己这面看起来，我先前实在有些'浪费'，固然，收入也多，但天天写许多字，却也苦。"

他明白，若开了这个口子，好像这做杂志的钱，以后都要自己来出才可。

即便是做好事，也须有自己的原则。不然只能适得其反，将自己陷进泥坑里。

钱固然重要，但在鲁迅看来，钱如果花在有用的地方，比窝在自己手里更好，除了帮助青年之外，他有时间也会做公益，当然，是用很低调的姿态。

1924年7月，鲁迅一行人到西安讲学，挣了一笔外快。钱挣得容易，让鲁迅感到很不安，他找来孙伏园商议："我们应该把陕西人的钱在陕西用掉。"他说的用掉，其实是做公益事业，留下必要的路费之外，他和孙伏园各拿出50元，捐给当地的剧社易俗社。易俗社以"编演新戏曲，改造旧社会"为宗旨，成立十几年，编大小新剧二三百个，多以反封建反迷信提倡新生活为主，当时在西北享有盛誉。鲁迅之所以中意易俗社，与它之移风易俗促进新思想的发展密不可分。不但捐款，更亲制"古调独弹"的四字匾额，赠与该社做纪念。

剩余部分的钱，则全部赠西北大学的校工，同行的夏元琛不主张赠与，他说："工人既不是父母，又不是儿子，而且下一趟不知道什么时候才来，我以为多给钱没有意义。"

鲁迅很鄙视这说法，又特意告诉孙伏园，仍按照原先商定的办。

除以上的各种情形之外，尚有政府机关摊派给公务人员的各种名目的捐款、为各种民办机构的捐款、办杂志的捐款，以及如见车夫衣薄主动帮人买衣服的赞助等，到底他捐过多少钱，着实无法统计出一个具体的数字。

有些是主动的公益，有些是被动的公益。

许多社会团体以为鲁迅的钱好赚，便找上门来向他求捐。比如，他写给窦隐夫的信里特别提到"被捐款"的事："我不能说穷，但说有钱也不对，别处省一点，捐几块钱在现在还不算难事。不过这几天不行，且等一等罢。"

我猜度，对于这一次捐款，他并非不情愿，只是类似的找他捐款的人太多了，忙于应付这些，也让他头痛不已。

其实，谁的钱是好赚的呢？

他拼了性命写稿，换点散碎银子过生活，个人也有不小的压力吧。

欠薪大作战

长安米贵，居大不易，加之兵荒马乱，多攒点银子，心头才安生。

鲁迅在北京时，盖房、买书、家用、应酬、助人等等，用钱处着实不少，照实来讲，如果薪水能够足额发放，以鲁迅当时的公务员待遇，比今日许多外企、大厂有过之而无不及，但教育部常常欠薪，便常令他捉襟见肘，有入不敷出之感。被迫无奈之时，只能借钱度日，一度还借过高利贷。

欠薪的大背景，乃是1917年之后。军阀混战，政府的军费开支十分浩繁，大量的钱财被挪用，教育经费也一再被挤压。以1919年的中央预算为例，海陆军费竟占预算支出的42%，而教育经费却不及预算支出的1%，以此比例，薪水不能正常发放，也实是非常自然的事情。

教育部欠薪，始于1917年，自此开始，广大教育战线的公务员一直无法足额领取薪水，之后愈演愈烈，连这不足额发放的薪水，也需要分数次方能领取到手，此种情况一直延续到 1920 年。而这一阶段，鲁迅的经济情况亦因此而明显吃紧。

教育部同事终于忍无可忍，为了维护自身权益，大家自发组成索薪团，他们知道跟教育部要钱必定无果，二百余人的庞大索薪团直接前往财政部，跟当时的财政总长李思浩理论，可见其目标明确，只奔钱而来。鲁迅也是这次索薪团的成员之一。

李总长爽快地答应了大家的要求，签发了支票，事后大家都知道上了当，这不过是一张空头支票。

钱财之于生活，自然十分重要，鲁迅对索薪的态度，却并不算太积极，大约他明白，索薪的希望不大，与虎谋皮，通常是没有用处的。

想让马儿跑，又不给马儿吃草，这事看起来十分不靠谱。全靠薪水生活的公务员自然要起来反抗了。1921 年 8 月 15 日，教育部同事因欠薪长达五个月而召开全体会议，这一次，他们没有选择向政府索薪，而是决定停止办公，以消极办法来赢得主动。

于此情形之下，终于有了效果，9 月中旬时，大家终于收到 5 月份的薪水。发了这个月，下个月又中断了，10 月 24 日，众人不得不再次索薪，还是没有发放，只是返还了之前以捐款名义扣下的 60 元而已。11 月 14 日，教育部全体公务员因催发薪水未果，再次决定集体罢工。之后的 12 月 16 日，教育部十五名科长、主任联名呈文中华民国政府，鲁迅列名其中，五天后再次召开全体大会，决定通电全国，申明北京政府摧残教育之罪，同时呈文政府、国务院提出全体辞职并索还欠薪。即便如此之决绝举动，也只换来了 6 月份的三成薪水。

据《鲁迅日记》载，1920 年至 1921 年被拖欠薪水的情形大致如下：1920 年共收入 1 月至 9 月教育部薪水 2640 元，平均每月 220 元，拖欠三个月薪水 900 元。1921 年共收入教育部薪水 2490 元，平均每月 207 元 7 角，共拖欠半年多薪水。

前前后后，教育部共拖欠鲁迅薪水达 9240 元之多，如按月均 300 元计，差不多等于白上两年半的班——这笔钱摊到任何一个靠领薪水过生活的公务员身上，都堪称一笔庞大数字。

因教育经费紧张而受灾的，不只是教育部，各官办学校皆处于水深火热当中。鲁迅做公务员之外，亦在大学里兼职，因此是双重受灾户，两方面的薪水都受到严重影响，苦不堪言。

奋战在教育第一线的广大教职工的索薪活动，也是一波接着一波，亦因为索薪问题，时常与当局冲突，有时候甚至发生流血的情况。

1921 年 6 月 3 日，国立八校教职员向政府索薪，在新华门前遭到军警殴打，受伤十余人。1923 年 1 月，因强烈抗议教育总长彭允彝克扣教育经费，撤换法专、农专校长，北京大学校长蔡元培提出辞职，学界爆发了"挽蔡驱彭"运动。19日，北大、法专、工专等校学生数千人赴国会请愿，遭到大批军警包围毒打，三百余人受伤，造成重大流血事件，激起全国学界的极大愤慨。许多地方的学生会、教职员联合会纷纷发表宣言通电，抗议北洋军阀政府的暴行，声援北京学生的正义斗争，形成了全国性的"驱彭运动"。

政局的持续动荡，战争的无休无止，使北洋政府财力更受重创，不管谁在台上，都难以解决教育经费严重不足的现实问题。

到了1923年，竟传出教育部要拍卖部内资产以抵欠薪的事情。这大约只是一个传闻，并非真正的消息，鲁迅作为教育部所属的公务人员，在接受记者采访时，还特别做了辟谣。他认为，这绝不是教育部里的主意，可能是有人给报纸写了信，说是如果拍卖，《四库全书》可以卖很多的钱。

鲁迅身在官位，尚以大局为重，不想给教育部添乱。他在被动地参加过几次索薪活动之后，本就无几的热情基本消耗殆尽，之后几乎不见参与索薪的行动。

大约是其公务员身份，索薪着实不便，因而他对教育部的索薪活动不算太积极，但在教师索薪队伍中的鲁迅，却像换了一个人。1921年北京教育界索薪罢教，鲁迅也主动停止在各校的授课，予以积极响应。

1926年1月15日，鲁迅参加"各校教职员联席会议"，他以女师大教师的身份出席，16日，则去北大集合多人去国务院索学校欠薪。这次讨薪大约半年后，他就离开北京去了厦门大学任教。

　　几乎可以肯定的是，直到他离开北京，教育部欠他的薪水也根本没可能补得齐，这笔款项最终只能打了水漂。

租房与买房

　　离日回国之初，不管在杭州还是在绍兴做教师，鲁迅都未曾正面遭遇过住房问题，但他来北京之后，单位不再提供宿舍，这问题切实地需要直面了。

　　他进京的第一个住处是绍兴会馆，一住就是七年半。通常意义上的会馆，是指某省、某府、某县设在北京的类似招待所和同乡集会的地方，凡有同乡介绍，便可以住进去，不管住长住短，一律不收费用，只按时、按节给看管会馆的长班一些赏钱就可以了。

　　虽然不用交房租，但居住条件委实不佳，幸好头一年有至交许寿裳同居于此，偶尔也有好友或同事同乡来访，精神上尚不算太寂寞。

　　鲁迅住绍兴会馆里的藤花馆，附近的福建邻居常在夜半高声喧哗，因此惊扰了他的美梦。曾因气不过跑出来呵斥过对方一次，但并不管用，隔了一段时间重又吵闹起来。

鲁迅为此甚是苦恼，由此才决定搬到补树书屋居住。环境差点他可以忍受，只要能让他安静地睡觉以及研究学问。对一个好静的人来说，任何不合时宜的喧闹，对他的生活都是极大的干扰。

补树书屋之得名，是因为这里有棵槐树，然则这树上却又吊死过一个女人。它前挨着供奉绍兴历代乡贤牌位的"仰蕺堂"，后靠着供奉文昌魁星之类神位的"晞贤阁"，这一处居所，真堪称与鬼神为邻。

但鲁迅并不以此为意，反有庆幸之感，他受过新式的科学教育，学过医，自然不信鬼神，反觉得这里清静，便义无反顾地搬来了。别人弃之如敝屣，他却像捡了个大便宜。

1916年5月6日下午，鲁迅搬进补树书屋。同年的9月3日，三弟周建人来京，要借住大哥这里，鲁迅便动手重新裱糊了房子，使它看起来焕然一新，而不至于显得太过寒碜。

其实，房间里的设施相当简陋。据周作人回忆，他住补树书屋期间，曾生过一场病，那阵儿房间里没有便器，小便只得先尿进大玻璃瓶，大便则拉在铺着粗草纸的洋铁簸箕里，然后由鲁迅端着倒入院子东南角的茅厕去。

安静是得到了，却又生出另外的苦恼：一是每年夏秋之交，槐树上会生出许多槐树虫，这槐树虫又叫吊死鬼，可以吐丝，直接从树上挂下来，不小心便会碰到身上脸上，掉在地上的虫子，会爬得到处都是，惹人生厌；二是不知是谁家的猫常常跑了来，在屋顶上乱叫一气，以至于惹恼了鲁迅，他便拿来竹竿把猫打散。偏偏猫儿们淘气，有故意气鲁迅的意思，过一段又重新回来，还是叫得欢快，双方多次拉锯，鲁迅只有无奈的份儿。

总有些烦恼相伴，大约才是生活的本来面目。

但相对于安静的环境，几只吊死鬼、几只乱叫的猫儿、阴森恐怖的氛围，又算得了什么呢？住在补树书屋的那几年时光，总体上还过得去。无聊乏味的公务之余，这里是他的精神家园，鲁迅成为彻头彻尾的宅男，枯坐于此，读佛经、抄古籍和碑帖，任岁月点点滴滴流逝，却也过得充实知足。

补树书屋虽地处偏僻，还是会有客人或者朋友来访，其中一个便是他留日时的同学钱玄同，这个浙江同乡的肥胖身影，隔三差五地在补树书屋内晃动。此君前来的目的，是劝鲁迅为他编辑的杂志写稿子，那时候钱氏便认定周氏兄弟的见解属国内一流，后来事实证明了他的眼光。

1918 年 5 月，鲁迅的第一部白话文小说《狂人日记》在《新青年》杂志上发表，鲁迅也借此机会，开始了由公务员向一个作家和思想者的嬗变。

不久之后，鲁迅决定实施一项宏大的计划：举家北迁，带领全家人来京定居，共享天伦。

这样的想法很久前就有，只是困顿于经济状况未有改善，无法实现而已。现在，手头上有点积蓄，他更坚定了自己的想法：与两位弟弟一起，守候在母亲大人的膝下，同尽孝心，安心过生活。

此前，因族人要联合卖掉绍兴新台门的老房，母亲和全家人没了住的地方，也有投奔他的打算，这更坚定了他买房的决心。

买房非是小事，何况周家这一大家子人，须找一个较宽敞的所在。

为买房子，鲁迅费尽周折，找中介，看房，与房东讨价还价，最后终于定下来位于西直门内八道湾的一套房。费用由他和周作人共担，他出大头，周作人出小头，凑上老家卖房所得的 600 元，另贷款 500 元，才终于付清这笔款项。

鲁迅分三次交付房款，首付款为 1750 元，并拿出首付款的十分之一 175 元作为中介费，第二次付款 400 元，第三次付款 1350 元并拿到房产契，三次总付款 3675 元。房屋交付后，又找人装修、付木工等花费共 315.1 元，至此，这次置房的总支出为 3990.1 元，这在当时的鲁迅无疑是一笔巨款。

鲁迅对这套房子甚为满意，一是房间多，近三十间，适合一大家子居住，不至于拥挤；二是空地大，适宜孩子们玩耍，这是他买房前便考虑的因素，他自己没有子女，却是出于对侄儿侄女的一片关爱。

周家于 1919 年 8 月买下这套房，11 月 21 日，鲁迅和周作人先行搬入，12 月，将家人从绍兴接来，时间果然是十分紧凑。

有关房间的分配，鲁迅也有一番考量。这座宅院共三进，周作人一家和周建人一家住后院，鲁迅在外客房南屋辟一处独居，夫人朱安和母亲分别住在中院北屋相邻的房间里。

他到中院北屋来看母亲，与母亲聊天话家常，不免要遇到朱安，但他几乎不进朱安的卧室——显然，他对这桩婚姻仍保持着一贯的敌意和抗拒。后院也常去，大多是兄弟三个聚一起闲聊。平日里为生计，大家各忙各的，周建人在北京蹉跎了一阵子，并未找到合适的工作，吃了一段时间闲饭，自己面子上过不去，经二哥周作人托关系，去了上海的商务印书馆当编辑。

八道湾的这所院子，兄弟俩的许多朋友都曾大驾光临，周氏兄弟是新文化运动的干将，是《新青年》杂志的主要撰稿人，这座院子自然也成了文化运动主将们会面的重要地点之一。

另有两位特别访客值得一提：一是俄国的盲诗人爱罗先珂，他寄住在八道湾长达一年多的时间，几乎成为周家的一分子；二是毛泽东于 1920 年来此拜访周作人，彼时，他还只是北京大学的一位寂寂无名的图书管理员。

全家团聚，共享天伦，其乐融融，是鲁迅真正盼望的生活，如今成为现实，幸福不言而喻。然而一件蹊跷事件的发生，彻底打碎了他的美梦，重创了他的整个身心。这一事件的发展，乃至成为现代文坛上最大的一桩公案——

究竟是何原因让兄弟俩撕破脸面，至今无人能解，虽有种种说法，但都因为没有足够的证据支持而显牵强。

1923年7月14日，鲁迅在日记里写："是夜始改在自室吃饭，自具一肴，此可记也。"他未说明原因，也未说明发生什么。

可以明确的是，此日之后，兄弟间的情谊戛然而止，迅疾得令鲁迅没有思考的空间，没有回旋的余地，他想要约周作人面谈，却被直接拒绝——十几天后的8月2日下午，鲁迅搬离了八道湾这个他衷心寄寓了美好梦想的地方，临时迁移到砖塔胡同61号租住，母亲鲁瑞和夫人朱安与他同往。

新搬的居住地，空间狭小，十分拥挤，与八道湾宽阔的大院子形成鲜明之对比，鲁迅一时还无法适应。可以想见，他的情绪低落至极。

8月17日，他接到周作人送来的一封绝交信，其语气淡漠悲凉，信中说"以后请不要再到后边院子里来，没有别的话。愿你安心，自重"，就这样，"兄弟怡怡"仿佛一只斑斓的肥皂泡，瞬间破灭。

鲁迅是足够坚强的人，却不得不因为亲兄弟的失和而抽出时间来疗治感情的伤。好在房东家聪明可爱的三个女儿，与陷于痛苦中的鲁迅多有交谈。生活中无意闯进的童趣与欢乐，让他难过而落寞的心情渐有好转。后来，俞家姑娘俞芳对此一时段的鲁迅，多有回忆。

另一种疗伤的办法，当然是文字。使用那些方块字，或者做学术研究，或者编写故事，都可以让他获得一种暂时的逃避，尽可能不去想兄弟间发生的伤心事。在砖塔胡同居住的九个多月，鲁迅创作方面的成就甚为显著：不只校勘《嵇康集》，编定《中国小说史略》下卷，还连续创作出小说《在酒楼上》《幸福的家庭》《肥皂》及《祝福》。

租来的房子终是过渡，不可能住得长久，又因老母和夫人在身边，没有理由让她们跟着自己过居无定所的漂泊生活，鲁迅不得不又一次做出买房的决定。但自从搬到八道湾，为供养一大家子，着实需要一大笔支出——他薪水不算低，但手头总是紧张，眼下并无积蓄。加上当时教育部的薪俸欠得厉害，鲁迅收入大幅下降——这第二次买房，不得不向朋友伸出求救之手，并为此欠下一屁股债务，很久之后才得以还清。

1923 年 12 月，鲁迅看中阜成门内西三条胡同的一处小四合院，花 800 块大洋买了下来。这 800 元都是借的，向许寿裳和齐寿山各借了 400 元。房子有些破旧，要改造的部分较多，鲁迅又花将近 500 元进行翻修，并置办一些简单的家具，交纳税款。

这第二次买房并装修的总费用，共 1354.5 元。

可以说，两次买房，重创了鲁迅的经济命脉，以至于在此后很长的一段时间里他都生活在经济的重压之下。沉重的债务负担，令他不得不广开财源，时时想着法子多挣些银子。

他甚至买过彩票想要撞撞大运，当然大运并未光临他。

1924 年 5 月，鲁迅和母亲及朱安一起搬进来。正是在这所院子里，他写下"在我的后园，可以看见墙外有两株树，一株是枣树，还有一株也是枣树"。

这是一座小小的三开间四合院，母亲鲁瑞居北屋的东间，夫人朱安居西间，中间是餐室。鲁迅改造北屋时，在北屋中间向后的地方接出去一间房子，他称之为"老虎尾巴"——是他的工作室兼卧室。东厢房是女仆的卧室，西厢房做厨房，南房是书房。小小一进院子，安排得十分充实，满满当当。跟八道湾相比，条件是差点，但总算是一个五脏俱全的家了。

这是他在北京的最后一处住所，也是他购买的最后一处房产——现在，这个小院子成为北京鲁迅博物馆的一部分。

为平添生活气息，他还特别请花匠栽植了丁香、碧桃等草木。直到现在，鲁迅手植的丁香树尚在，若春夏之交去，整个小院里都能闻到丁香花的香气。

此后，他便再没有买过房了，在上海的十年时间，都是租房居住。

1927 年 10 月 3 日，鲁迅和许广平抵沪，从此展开与这个城市长达十年的缘分。因初来乍到，还没有房子可住，暂时住在共和旅馆里。

他们的第一个住处在景云里 23 号，是单幢的石库门住房，有三层楼。房子是弟弟周建人帮找的，他自己也住在附近。订好住处，然后购置了床、桌子、椅子等简单的家具，布置成一个家。但这一次，跟前些年买房或者租房有很大不同——陪伴他身边的，乃是亲密的伴侣许广平。从此时起，他们开始了相濡以沫的幸福生活。

鲁迅是文化名人，在某些方面而言，与许广平的同居，在他而言仍有诸多顾虑，他的处理方式也自有独特的地方：他住二楼前屋，让许广平住到三楼去，两人的住房人为地隔开一段距离。不得不说，这是为了应付来自外界的压力，但颇有些掩耳盗铃的意味。

此事乃至引起了朋友的好奇心，某次，在拜访过鲁迅返回的路上，林语堂问郁达夫："鲁迅和许女士，究竟是怎么回事？有没有什么关系的？"

与其说这样的相处方式减少了外界猜疑，还不如说更像是自寻烦恼，因为流言从不曾因为他们不住到同一间屋而变少，许多明枪暗箭不请自来：有的针对鲁迅本人，说他抛弃正妻而勾引女学生；有的射向许广平，言她破坏别人家庭云云。

这个家里，因此而弥漫着一种特别的压抑感。

恼人的不只是这些，在这里，又遇到在北京住藤花馆时相同的问题。景云里靠近大兴坊，北面通向宝山路，夜里行人不息，相当吵闹，而隔壁的邻居更是日夜搓麻，高声谈笑，令他头疼不已。没办法，只得选择搬家，好在仍在附近，搬到景云里18号，与周建人同住。

不久，东南朝向的17号空出来，因东边再无人家相邻而清静了许多，鲁迅便入住 17 号。弄堂对面的 10 号和 11 号甲，住过茅盾和冯雪峰。据茅盾讲，从他家的凉台上，便可以看到鲁迅的家。

到 1930 年发生的两件事，又让鲁迅起了搬家的决心。

先是有一颗子弹穿过鲁迅桌前的窗户，把写字台后面的一把椅子打穿，幸好当天鲁迅并未坐那里写作，否则那颗子弹有可能要了他的命——事实上，那颗子弹不过是警察和绑匪之间的一场枪战所引发的乌龙事件，但也证明景云里的治安确实混乱；另一件事，则是邻居律师的儿子玩火，险些制造了一场火灾。

想搬家更为重要的原因是，当时鲁迅受到国民党通缉，此地已不再安全。因此从这年的 3 月起，鲁迅便开始四处看屋，寻找新的住处。

经日本朋友内山完造的介绍，鲁迅搬入了四川北路上的拉摩斯公寓，这是一排钢筋混凝土的四层楼公寓房，由英国人拉摩斯建造。鲁迅居此期间，因参与中国民权保障同盟和左联的活动遭到当局通缉，辗转多处，先后避居于花园庄旅馆和内山书店等处。

这所公寓里，曾来过两个特别的客人，分别是中共的高级领导人陈云和陈赓。陈云来此的目的是转移瞿秋白夫妇，而陈赓仅是来上海养病顺便拜访而已。

后来，拉摩斯公寓也变得不再安全。

不得不迁入现在的山阴路大陆新村 9 号，大陆新村是由大陆银行为职工建造的，砖瓦、水泥等均从英国进口，建造可谓精致。大陆新村都是独幢的别墅，一共三层，一层为客厅、餐室和厨房，二层和三层分别是大人和孩子的卧室。

鲁迅所住的别墅有自己的铁门，铁门后面是个小花园，种着桃树、石榴树、夹竹桃、紫荆花，以及可吃的丝瓜和南瓜，他曾赠送这自种的南瓜给内山书店的老板内山完造先生。

鲁迅和许广平住二楼，二楼有两间屋，前间是工作室兼卧室，后间是储藏室。

三楼也有前间和后间，前间是整幢楼居住条件最好的地方，南面有个小阳台，能够享受充足的阳光，呼吸新鲜的空气。后间是客房，供来客居住。瞿秋白和杨之华就曾在这里居住过一段时间。

特别值得一提的是，当时大陆新村已安装了煤气灶、浴缸和冰箱，在当时看来，这生活条件十分先进了。只是，因为燃气太贵，很少有人用煤气灶，这东西便成了摆设。这房子的前后门，还分别装了门铃。

当然，租金自然不菲，每月需付 60 块大洋，这是鲁迅人生中最后的一处寓所，一直住到去世。

怎样做父亲

　　鲁迅做父亲，与其说是他切切的盼望，倒不如说是一次切实的意外，他和许广平觉得形势所迫，可能一时不能安定，并没有打算要孩子。

　　但因为避孕的失败，周海婴出生了。因其出生地为上海，故鲁迅为之取名海婴。

　　鲁迅对这个儿子相当怜爱。与敌争斗，他意气十足，而刚刚诞下的小儿子，却令他呈现出父爱温柔细致的一面，他颇为这温柔而自豪，因此后有诗句云：无情未必真豪杰，怜子如何不丈夫。

　　大约是晚来得子，鲁迅对儿子周海婴总透着一种溺爱。他从不打骂儿子，也很少对儿子提太多要求，永远一副乐呵呵的态度。在这个相信棍棒底下出孝子的传统国度里，他体现出一种另类的姿态。

　　他害怕自己抽烟熏了孩子，便有意识地主动与他隔开；每到夜里十二点，他必然会上楼，主动代替保姆来照顾孩子一两个小时。他照顾孩子时，常常弄出各种声音来逗孩子开心。

海婴快睡时，他便唱自己编的摇篮曲：

小红，小象，小红象，

小象，红红，小象红；

小象，小红，小红象，

小红，小象，小红红。

鲁迅两口子还亲自给孩子洗浴，许广平托着孩子，由他来洗，只是因为手段不高明，致使海婴生病，最后只好请医院的看护来洗，以至于后来落下了后遗症，不敢再给孩子洗澡；他还特意叮嘱许广平，每小时都要查看一下孩子的尿布，以免弄湿屁股令孩子难受。

虽已为人父母，但两个人都没有过养育婴儿的实际经验，一旦遇事，大多手忙脚乱，不知如何是好。鲁迅学过医，相信自己有发言权，许广平一般听他的，但可惜鲁迅学的并非专门的儿科，所以由着他的意见去处理的不少事儿，也不过是错误的示范，给夫妻俩多一种教训而已。

在抚养孩子方面，俩人实在是走了一段弯路。

海婴一生病，鲁迅就坐卧难安，老来得子，他比一般人都要珍惜得多。

海婴稍大些，鲁迅即便再忙，每天都会抽出时间来陪海婴玩。

鲁迅一般靠在藤躺椅上，活泼调皮的海婴要么和他挤在一起，要么坐在他的身上。

海婴经常向父亲问问题："爸爸，侬是谁养出来的呢？"

"是我的爸爸、妈妈养出来的。"

"侬的爸爸、妈妈是谁养出来的呢？"

"是爸爸、妈妈的爸爸、妈妈养出来的。"

"爸爸、妈妈的爸爸、妈妈，一直从前，最早的时候，人是哪里来的？"

鲁迅便告诉他："从子——单细胞来的。"

海婴没完没了，又问："没有子的时候，所有的东西都从什么地方来的？"

这问题不是一两句话能说清楚，说多了五六岁的小孩又不理解，鲁迅便说："等你大一点读书了，先生会告诉你的。"

小孩子问题总是很多，鲁迅平时性格易急，但在儿子这里，他是出了名的好脾气。在童稚的儿子面前，一切坏情绪都无影无踪了。

海婴越来越调皮，有时候气不过，必须要打他时，鲁迅也只会虚张声势，故意把架势做得很足，打得很响，但其实不痛的，只是制造效果。但就这虚张声势的打，也没有几次。

许广平回忆说，鲁迅教育海婴的方式，"顺其自然，极力不多给他打击，甚至不愿拂逆他的喜爱，除非在极不能容忍，极不合理的某一程度之内"。

他自己在童年受过严格的私塾教育，并不认可那样的教育方式，因此他自己对海婴便采取格外宽容的态度，让他自由地玩耍，给他宽松的环境。

海婴喜欢玩具，他就去玩具店亲自为儿子挑选玩具；有朋友送海婴一辆儿童三轮车，海婴很喜欢，天天骑来骑去，骑坏了，便要求父亲再给买一辆，他毫不犹豫地答应。

海婴小时候喜欢一种叫积铁的玩具，积铁是用各种金属零件组成的玩具，他用这些零件学会了组装小火车、起重机，装好了再拆，拆完了再装。鲁迅和许广平对此总予以鼓励，也增加了儿子对技术的兴趣。

父亲去世后，海婴对技术的兴趣不减，他用储蓄多年的压岁钱交纳学费，报考南洋无线电夜校，并于1952年考进北大物理系，从此走上科研道路，日后更进入广电部门工作，成为一名无线电工程师。

鲁迅爱看电影，儿子也喜欢，有了合适的新片，鲁迅一准儿携妻将子坐汽车去电影院，他总是买最好的座位，一家三口其乐融融沉浸于影像所创造的世界中。鲁迅一向珍惜自己的时间，这看电影的机会便是难得的全家共享的美好时光。

有次吃晚饭时，海婴听说享誉世界的"海京伯"马戏团到上海演出，迫不及待地想去观看。但鲁迅考虑到马戏团大多为猛兽表演，且又是在深夜临睡前，担心孩子受到惊吓，没有带他去看。海婴当时并不理解父亲的苦心，十分失望，自然又哭又闹。

第二天，鲁迅耐心地跟儿子说明原因，答应再找别的机会，白天陪他去观看。鲁迅在1933年10月20日的日记中有这样一条记载："午后同广平携海婴去海京伯兽苑。"终于满足了孩子的这一要求。

鲁迅对海婴，极尽尊重之能事，常注意聆听孩子的各种意见和想法。

有次，鲁迅在家宴请朋友，桌上摆了一盘鱼丸，海婴面前也放了一小碟，他先夹了一个尝，觉得味道不新鲜，嚷着说菜坏了。众人从大盘中拣来尝了尝，都说是新鲜的，以为是孩子随便乱说。鲁迅把海婴碟子里的菜拣来尝了尝，果然味道变了，赶紧吐了出来。鲁迅说："孩子说不新鲜，一定有他的道理，不加以查看就抹杀是不对的。"

有朋友送了海婴两套丛书，一套是《儿童文库》，一套是《少年文库》，许广平把内容较深的《少年文库》先收了起来，让海婴看浅显的《儿童文库》。海婴反复翻阅了多遍，不久翻腻了，便向母亲索取《少年文库》，许广平说让他长大些再看，而海婴则坚持要看这套书。争论的声音被鲁迅听到，他便让许广平收回成命，把《少年文库》给儿子。

对于儿子看什么、怎么看，他也从不干涉，完全顺其自然。

早在1919年，鲁迅远未成为父亲之时，他便发表了那篇著名的文章《现在我们怎么做父亲》，其中特别强调

"父母对于子女，应该是健全的产生，尽力的教育，完全的解放"，给孩子充分的自由，顺应孩子的天性，是鲁迅教育理念中的应有之义。只是，鲁迅的殷殷期望，即便是到今天，离变成现实也尚有很长一段路吧。

大概他自己童年吃过足够多的苦，便希望后辈不再像他那样承担折磨。正像他写的那样："自己背着因袭的重担，肩住了黑暗的闸门，放他们到宽阔光明的地方去；此后幸福的度日，合理的做人。"外人看来在教育儿子方面的"无为"，于他而言其实是"解放"。

周海婴作为鲁迅唯一的儿子，得到的爱比一般小孩则更为丰盛些。其实，鲁迅不只爱自己的儿子，就连侄儿和侄女们，也是他衷心喜欢的。之所以当初买下八道湾那套大宅子，很重要的一个原因就是：院中有一大片空地，可以任由侄儿侄女们玩耍。

他对孩子的未来，似乎从未有过明确的规划，放任海婴的天性发展，既不让他背书，也不给他规定课业，不给他负担，努力给海婴一个富足快乐的童年氛围。他说："孩子的世界，与成人截然不同；倘不先行理解，一味蛮做，便大碍于孩子的发达。"

因为鲁迅学过医，对于性教育，他更有一番超前的认识，远比当时的一般家长开放。他对海婴的性教育，从幼儿时期就开始注意了。夫妻俩洗浴的时候，从不禁止儿子进进出出，如果海婴有什么疑问，他当场就解答，不把性当成神秘的事。鲁迅以为，儿子看见双亲的身体，便对于一切人体有所了解，也就不会觉得惊奇了。他常提起当年在日本留学时，中国留学生跑到日本的男女共浴浴场，往往不敢跑出水面，怕给日本女性见笑。

鲁迅去世时，海婴才七岁。在他的遗嘱里，有一条特别提到年纪尚幼的儿子：孩子长大，倘无才能，可寻点小事情过活，万不可去做空头文学家或美术家。

大约是他见识过太多空头文学家和美术家的嘴脸吧。

辑二 摩登时代

没有 *style* 就是一种 *style*

鲁迅是不太注重外在的人，对服饰大抵没有太多要求，经济条件是一个原因，容不得他浮华奢侈，因此他的生活走俭朴路线；但经济条件又不是唯一的原因，他挣的钱并不算少，只是对穿衣打扮这件事，本来就不上心，不给予太多的关注，这符合他一贯的作风。

看现在流传下来的鲁迅照片，大都是民国时最为普遍的长衫。中山装的也有，西装的偶尔看得到。事实上，日本留学期间的鲁迅，开眼看世界，思想大转变，不只是汲取知识时如饥似渴，反映到日常生活上面，对异国的服饰、发型、习俗亦生向往之心。西装，大概在这时候开始进入他的法眼。

值得留意的是，西装虽一度成为民国文人学者的主流衣着，但鲁迅自到京工作直到终老，一直爱穿的，却是最传统的长衫。

在南京读书时，鲁迅没余钱买衣服，只得穿条夹裤过冬。他身上的棉袍破旧得不成样子，两个肩部又薄又透，已经没有棉絮了。为抵御严寒，不得已吃辣椒来解决问题，辣椒吃得多了，渐渐成为爱好，是名副其实的嗜辣者，但因此而伤害到胃部的健康，得了严重的胃病。

甫回国任教于浙江两级师范学堂的鲁迅，开始穿的是留日时的学生制服，后来他找人做了件长衫，绝大部分时间都穿它，从端午到重阳，衣服基本都只是这一件。

后来终于做了件新衣服，叫西服裁缝做的，很像后来的中山装，他曾穿着这件衣服拍过照。

回到绍兴教书，制服是穿不成了，西装亦不可能——免得被人叫"假洋鬼子"，基本上还是穿长衫，结果这长衫就一直穿起来，成为他最基本的服饰元素。

鲁迅对穿衣，非但没有太多讲究，连穿了什么自己也不太注意。甚至于留给别人的印象里，多少有些邋遢、颓废。走在大街上，军警看到他，通常会眼前一亮——眼前这个干瘦矮小、衣着不整的人，看上去就是个"瘾君子"——把他抓起来，大可以敲一笔竹杠，结果却是失望。

许广平初次见鲁迅，对这位老师的印象也是打了折扣的：

> 褪色的暗绿夹袍，褪色的黑马褂，差不多打成一片。手弯上，衣身上的许多补钉，则炫着异样的新鲜色彩，好似特制的花纹。皮鞋的四周也满是补钉。

加上整体过于沧桑的外貌，整个一补丁老头儿。

心直口快的马珏（鲁迅北大同事马幼渔的女儿）说起这位长辈时，那才算得上口无遮拦："看他穿了一件灰青长衫，一双破皮鞋，又老又呆板，并不同小孩一样，我觉得很奇怪。鲁迅先生我倒想不到是这么一个不爱收拾的人！"

对鲁迅有此印象的，绝非马珏一人，她甚至代表了时人对鲁迅的基本印象，鲁迅身边亲近的人所写的回忆录，也有类似的细节。许广平说，鲁迅走在大街上，绝不会引起一个人的注意，看他的外貌、身段、服装，大都会把他归入迂腐、寒碜、土气的一类人。

为什么就不能好好打扮一下？

还是许广平最懂——

"囚首垢面而读书"，这是古人的一句成语，拿来转赠给鲁迅先生，是很恰当的。我推测他的所以"囚首垢面"，不是故意惊世骇俗，老实说，还是浮奢之风，不期引起他的不重皮相不以外貌评衡一般事态，对人如此，对自己也一样。

鲁迅如此简朴，即便成名后仍穿着留学时的裤子。

母亲鲁老太太看不下去，让孙伏园劝劝儿了穿新棉裤，鲁迅的回答却是："一个独身的生活，绝不能常往安逸方面着想的。岂但不穿棉裤而已，你看我的棉被，也是多少年没换的老棉花，我不愿换。你再看我的铺板，我从来不愿意换藤绷或棕绷，我也从来不愿意换厚褥子，生活太安逸了，工作就被生活所累。"

鲁迅还把这新棉裤给扔了出来。

这一件事，让人觉得鲁迅实在有点儿过分——似乎太不近人情了，不就是穿件新衣服、换条新棉被，又有什么要紧？

亦有好事者考证，鲁迅之所以不穿这条新棉裤，是因为它是朱安做的。

鲁迅和朱安之间虽无夫妻感情，但也待在一起很久的时间，他们有彼此间相处的模式，还不至于糟糕到当场给对方难堪使对方无法下台的地步。鲁迅对朱安，基本的尊重和同情也还是有的，从生活中的一些细节里可以看出来，比如，他买了点心，也会拿到朱安屋里，让她挑选；比如，到上海后，还一直给朱安和母亲鲁瑞寄生活费。

何必把新棉裤当场扔出来，收下不穿便是——这条所谓的史料站不住脚。

鲁迅之不爱穿新衣，许广平还有一个说法比较新奇。

沉迷于自己的理想生活的人们，对于物质的注意是很相反的。另外的原因，他对于衣服极不讲究，也许是一种反感使然。据他自己解释说，小的时候，家人叫他穿新衣，又怕新衣弄污，势必时常会监视警告，于是坐立都不自由了，是一件最不舒服的事。因此，他宁可穿得坏些，布制的更好。

一般的小孩子，有谁不爱穿新衣？

对穿着的漠视，给鲁迅带来一些意料不到的麻烦。

在厦门时，鲁迅曾拿了一张厦门大学会计室开的支票，到市区的银行取款。工作人员接过支票，看了一眼衣着普通甚至略显邋遢的鲁迅，带着怀疑的眼神问："这支票是你的吗？"

鲁迅抽一口烟，给他个白眼，不理他。那人连问三次，鲁迅又重复此前的动作。

没办法，银行只得打电话给厦门大学会计室，待证实这位不修边幅的取款人就是该校教授周树人之后，才帮他办了领款手续。

内山完造在《我的朋友鲁迅》里记录了他和鲁迅的一段对话。

鲁迅：我昨天去太马路上的卡瑟酒店见了个英国人，他住在七楼的房间里，所以我进了电梯。可是开电梯的伙计好像在等什么人，一直不上去。因为一直没人来，我就催他赶紧送我去七楼，于是这伙计回过头毫不客气地把我从上到下打量了一遍，说："你给我出去。"我最后居然被赶出来了。

内山：啊？居然有这样的事？那个人真奇怪啊。那您后来怎么办的啊？

鲁迅：没办法，我只好爬到七楼去见了我要见的人，我们聊了差不多两个小时，走的时候那个英国人送我去坐电梯，正好赶上我之前要坐的那部电梯，英国人对我照顾有加，非常有礼貌。这回我可没被赶出去了，电梯里那伙计一脸惊异的表情。哈哈哈……

内山听后仔细地看了看鲁迅，"只见他一头竖直的板寸，脸上留着并不精致的胡须，一身简朴的蓝布长衫，脚上更是随意踏了一双棉布鞋，再加上亮亮的眼睛，这个形象钻进上海最奢侈的卡瑟酒店电梯里，被伙计以貌取人也不算稀奇了"。

又有一次，鲁迅到上海豪华的华懋饭店拜访史沫特莱，看门人把他浑身上下一打量，直截了当地说："走后门去！"

这类饭店的后门，是为运东西和供"下人"们用的。

这次鲁迅倒好脾气，绕了一个圈子，从后门进去。来到电梯跟前，开电梯的也是将他浑身上下一打量，连手都懒得抬，用脑袋向另一边摆了一下："走楼梯去！"

没法子，鲁迅只得沿着楼梯一层一层爬上去。

这个故事是鲁迅讲给曹靖华听的，鲁迅的结论是：穿着也不能等闲视之。道理虽如此，但他并没有因此而作出什么特别明显的改观。

大约是感受太深，他在一篇文章开头写道："在上海生活，穿时髦衣服的比土气的便宜。如果一身旧衣服，公共电车的车掌会不照你的话停车，公园看守会格外认真的检查入门券，大宅子或大客寓的门丁会不许你走正门。所以，有些人宁可居斗室，喂臭虫，一条洋服裤子却每晚必须压在枕头下，使两面裤腿上的折痕天天有棱角。"

初到上海时，鲁迅的蓝布夹袄破了，许广平给他用蓝色的毛葛重做一件，但鲁迅无论如何不愿穿上身，说是滑溜溜的不舒服，没办法，这件衣服只好转赠别人。

直到 1936 年，鲁迅因为生病身体瘦弱，经不起重压，许广平特地做了一件丝绵的棕色长袍，但没穿几次，鲁迅便去世了，这件衣服也便成了殓衣。

——这大概是鲁迅一生当中最讲究的一件衣服了。

虽对服饰并无特别的偏好，但关于服装的审美和装扮，他能说出一套又一套的道理。

萧红去鲁迅家，问他："周先生，你看我的衣服漂亮不漂亮？"

鲁迅从上往下看了一眼，说："不大漂亮。"

他给出的理由是："你的裙子配的颜色不对，并不是红上衣不好看，各种颜色都是好看的，红上衣要配红裙子，不然就是黑裙子，咖啡色的就不行了，这两种颜色放在一起很浑浊……你没看到外国人在街上走的吗？绝没有下边穿一件绿裙子，上边穿一件紫上衣，也没有穿一件红裙子而后穿一件白上衣的……"

鲁迅在躺椅上看着萧红："你这裙子是咖啡色的，还带格子，颜色浑浊得很，所以把红色衣裳也弄得不漂亮了。"

大约来了兴致，他继续说："人瘦不要穿黑衣裳，人胖不要穿白衣裳；脚长的女人一定要穿黑鞋子，脚短就一定要穿白鞋子；方格子的衣裳胖人不能穿，但比横格子的还好；横格子的胖人穿上，就把胖子更往两边裂着，更横宽了，胖子要穿竖条子的，竖的把人显得长，横的把人显得宽。"

之后，又把萧红的短靴批评了一下，说她的短靴是军人穿的，因为靴子的前后都有一条线织的拉手，这拉手据鲁迅先生说是放在裤子下边的。

这一大段关于搭配的言论，在今天看，可能被批评"直男"——却足以证明鲁迅是时尚方面的行家里手。与那些时尚专栏作者的意见比，鲁迅的意见看起来更有参考和实用价值。

萧红问他："周先生，为什么那靴子我穿了多久了而不告诉我，怎么现在才想起来呢？现在我不是不穿了吗？我穿的这不是另外的鞋吗？"

鲁迅答："你不穿我才说的，你穿的时候，我一说你该不穿了。"

——哈哈，他又颇懂得照顾别人心情，能够设身处地为别人考虑。

又一次，要赴一个宴会，萧红要许广平给她找一点布条或绸条束一束头发。许广平拿来了米色的绿色的还有桃红色的，二人共同选定用米色的。

许广平举桃红色的放在萧红头发上，很开心地说："好看吧！多漂亮！"

萧红也非常得意，很规矩又顽皮地等着鲁迅先生看她们。

鲁迅这一看，脸变得严肃起来，说："不要那样装饰她。"

这把许广平弄得有点窘。

不得不承认，鲁迅自己在穿衣方面虽然以朴素和简约为主，但他对服饰和造型的审美确有独到之处。

对于个人的形象，鲁迅一向采取顺其自然的态度，头发或者胡子，要等到非修理不可时，他才会考虑去趟理发店。这样做的后果是，常常让他看起来比实际年纪要大许多——很多的回忆录里，都当他是个老头儿，其实他全部的寿命也不过五十五岁。不过，从另一个角度看，这亦算一种别样潇洒，颇有魏晋名士风范，如果天天油头粉面，那便不是随性自然的鲁迅。

他的朋友马幼渔的女儿——马珏写过一篇关于鲁迅的印象记，那篇文章里有对鲁迅最为生动的描述："我心里不住地想，总不以他是鲁迅，因为脑子里已经存了鲁迅是一个小孩似的老头儿，现在看了他竟是一个老头似的老头儿……"凭借这段话，大约可以想象出鲁迅彼时的形象：

胡子有些长，脸上有些褶子，头发有些乱，很有修理的必要。

他不甚在意自己的外表，且以为没什么好在意的。

又有见过他的电车售票员回忆他时说："头发约莫有一寸长，原是瓦片头，显然好久没有剪了，却一根一根精神抖擞地竖着。胡须很打眼，好像浓墨写的隶体'一'字。"

而曹聚仁则称他"那副鸦片烟鬼的样子"。

总之，这是一个不修边幅的人，身上有股子自由散漫，又潜藏着些风流潇洒，并不在乎别人的眼光和看法。

陈丹青的说法是：鲁迅先生的长相非常不一般，这张脸长得非常不买账，非常无所谓，非常酷，又非常慈悲，看上去一脸清苦、刚直、坦然，骨子里又都是风流和俏皮……可他拍照片却一点都不做什么表情，意思是说：怎么样！我就是这样！

鲁迅未必会同意陈丹青的说法，他其实从不曾刻意制造出一种 style，于他而言，没有 style 就是一种 style。

全无刻意。

为什么搞收藏

古来文人名士，大都喜欢收藏，藏品无外乎名人字画以及各种古董。鲁迅也收藏，但收藏的名目却大不一样。由他的藏品，又大约可以看出他独到之趣味和审美。

首先，看他的藏品，主题分散，类别繁杂，主要包括古旧书籍、古碑拓片、陶俑、铜镜、古钱币、木刻版画。除此而外，还有其他一些零零碎碎的藏品。

其次，鲁迅收藏的性质大多属于玩票，不以投资为前提，花费也不多，不像某些知名藏家如张伯驹，为追求某件藏品，即便倾家荡产也在所不惜。鲁迅更有一些收藏，根本就没有花钱，是直接向朋友求来的，比如，他曾向陈衡恪求书求画。

再次，鲁迅所收藏之物品，以实用和研究为第一要义。比如，他的藏书，并非只寻求古本珍本，而是以学术研究为前提条件；他收藏拓片，也并非为了学习书法，领会古人书写的奥妙，更多还是做学术上面的研究。

至于鉴赏和把玩，在鲁迅那儿，并不是最主要的功能。

对于所收藏的文物，鲁迅也并无一般收藏家所具有的强烈占有欲。他曾将自己的部分藏品捐给博物馆。

早年在日本读书时，逛旧书摊就成为鲁迅的一大爱好，只是当时囊中羞涩，看到好书而舍不得买，也着实让人无奈。到北京后，借着所住的绍兴会馆距离琉璃厂相当之近的便利，逛旧书摊这一爱好得以强化。

1912 年 5 月 12 日，是鲁迅到北京后的第一个星期天，他并未趁着周末好好休息，而是迫不及待地与友人许寿裳、张协和等人相伴，来逛这著名的琉璃厂。于北京生活的十多年间，鲁迅逛琉璃厂之频繁，在文化人当中也属罕见，他一共去 480 余次之多，其中以 1916 年为最，多达 80 余次。当然，每次去基本上都不会空手而归，对于他这样的爱书人，不买几本书肯定会觉得对不起自己。每月花二三十块购书，获取遨游书海的快乐，算得上一件幸福的事。

累积下来，这十多年来，鲁迅购买了大量来自琉璃厂的二手旧书。也正是这一时期的广泛购买和阅读，使鲁迅的学术水准和写作生涯更上一层楼。假如没有这层层的积淀，又怎会写出诸如《中国小说史略》这般经典深刻的著作？

鲁迅所购的不少古籍，也成为他校勘辑录的对象，发现古书的错误，补足古书的缺失，对一个研究成癖的学者来讲，大约来得极有成就感。

鲁迅的这些藏书后来也成为宝贝，以至于鲁迅去世后，一度衣食无着的朱安为生活所迫，想要处理一部分藏书来过活，因引起许广平的反对而作罢。可见，这些精心搜集的藏书，因被鲁迅读过，也一定是升了值的。

在鲁迅所有收藏品中，最显专业功力的、投入精力最多的，则是拓片。

鲁迅收集碑拓，不局限于碑文，对于有画像的拓片，他亦是爱不释手，他是较早认识到汉石碑画像艺术价值的收藏者，是较早涉足石刻图像的研究者。鲁迅总共收藏汉画像拓片696幅，绝大部分都是精品，少数更是难得一见的珍品，是名副其实的汉画像收藏大家。

在收藏碑拓方面，只要财力能够允许，鲁迅基本上不犹豫。比如，洛阳龙门石刻全套1320枚拓本，价格十分昂贵，他也毅然买下。而他收藏拓本的途径，主要有两个：一是在琉璃厂的帖店里选购，二是通过同事以及好友，将触觉伸向全国各地，极尽收藏之能事。他当时的诸多同事和朋友，凡去外地，他都会寻摸机会向人家提出帮忙购买碑拓的要求。有些朋友知道他有此爱好，也会主动送他拓片。

通过持之不懈的努力，鲁迅在碑拓收藏方面的建树颇丰，藏品种类庞杂，数量也十分可观。

欣赏把玩之余，他还抄录碑帖，打发无趣的时光。所谓抄录，不仅仅是原样的誊写，更能从中发现可资研究的材料，补齐缺失的碑文，抄完之后，对照古人辑录的碑刻，又发现不少的错误，做出校正，这对于深爱碑拓的鲁迅，也是一项颇有成就感的收获。

1915年至1918年，鲁迅光抄录古碑一项，就达790种、近2000张，甲骨文、金文、真、隶、篆、草各种字体，他都摹写，且极有功力。鲁迅对自己所收集的金石碑帖进行整理，编辑了《俟堂砖文杂集》《六朝造像目录》《六朝墓志目录》等，并写下大量考证文章。

值得一说的，是鲁迅对《瘗鹤铭》的考证。《瘗鹤铭》号称"大字之祖"，原刻在镇江焦山石壁上，因遭雷击崩落于长江中。鲁迅对《瘗鹤铭》进行了大量的考证和研究，对碑的尺寸、字的布局和形态、碑的现状和所在地方做出了详尽的结论，并进行了校勘和补缺工作。根据字的大小，鲁迅对《瘗鹤铭》的文字顺序重新排列。鲁迅认为，《瘗鹤铭》"高约一丈三尺，广八尺。十三行，行二十三至二十五字"。

收藏碑拓这一爱好，伴随鲁迅度过了他人生中最是寂寞无助的时光，但此爱好并未因他的成名而停止，一直持续到生命的后期。1935年11月15日，鲁迅还写信给台静农，述说自己收到拓片的情况。他去世前的两个月，还收到一批别人寄来的拓片。

在鲁迅的诸多藏品中，古钱币、陶俑、铜镜等物亦占有重要位置。据《鲁迅日记》显示，鲁迅收藏古钱170余枚，从春秋战国直至明清，几乎各朝铸币都有涉猎，仅先秦货币就包括空首布、尖足布、圆足布、齐刀、赵刀、燕明刀等各种币型。他收藏的古代铜器有44件，包括铜镜、铜尊、铜佛造像与弩机、箭镞等兵器。他还收藏57件陶俑，包括38件人物俑和19件动物俑，其中以唐俑为最多，如白釉陶武士唐俑，神形兼备，系古代俑类中的精品，动物俑诸如青釉狮子、朱绘陶马、陶绵羊、三彩小鸟等也都精巧别致，十分珍稀。

鲁迅藏品中，还涉及多件明清青花瓷碗，如明代天启青花碗，清代康熙青花斗笠碗，清末民初的瓷质烟缸、酱色釉水牛摆件和红釉金鱼瓶等。

版画和日本浮士绘作品的收藏，则体现出鲁迅在美术方面的兴趣。

鲁迅喜欢欧洲版画，并尽其所能收藏，除在上海商务印书馆订购外，还委托友人代为求购，美国记者史沫特莱、留德的徐诗荃、旅苏的曹靖华等都曾受其委托，代购版画。德国和苏联的版画是其重点收购对象，而德国版画家珂勒惠支的作品则是鲁迅最爱。

鲁迅总共收藏版画原拓作品2100多幅，他多次举办版画展览，培养中国的青年版画家，并出版多册版画选集，对于中国版画的发展作出突出贡献，堪称"中国版画之父"。

鲁迅收藏的版画中，又有60余幅浮士绘，浮士绘是独具日本风格的版画艺术，其制作工艺复杂，价值昂贵，鲁迅收藏的浮士绘，有不少系日本友人赠送。

鲁迅的藏品中，还有一个独特的种类，便是身边朋友或同事的书画作品。

教育部人才济济，与鲁迅亲近的朋友和同事中，具书画修养者为数不少。先前的同学、彼时的好友及同事陈衡恪，即将成为名扬天下的全才画家，陈氏未得大名之前，鲁迅就发现他的价值。陈衡恪与鲁迅关系匪浅，个性爱好相似处极多，是谈得来的朋友。

陈衡恪多次为鲁迅作画，且治印数枚，这都是二人友情之见证。因从对方处获取了太多馈赠，有时过意不去，便给陈氏一些酬劳，以此作为回报。

他的同事中，钱稻孙和戴芦舲亦善画，均与鲁迅过从甚密，鲁迅曾向戴氏求画，其画亦深得鲁迅喜爱。

1924 年鲁迅搬进西三条胡同的新居，委托教育部二十九岁的年轻同事乔大壮写了一副对联——"望崦嵫而勿迫，恐鹈鴂之先鸣"，挂在他的书房老虎尾巴里，直到现在，这幅字还挂在那儿。

由此可见，鲁迅收藏别人的作品，不以年纪和知名度为先决条件，年轻人，作品好，一样受其关注。

并不爱演讲

鲁迅之低调，体现在各个方面，比如，他不在意作品的署名；比如，他不喜欢别人奉上的高帽；他也绝不像某些作家或名人，稍有点名气就往大学里跑，不是搞演讲，就是搞签名售书，生怕大家不知道他是谁。

对于演讲，鲁迅并没有人们想象中的热心，能推的就推，能辞的就辞。当然，邀请的人多了，有些又是老朋友，面子上抹不下，便不得不去。有时候，急切的青年们找到他，"连逼带劝，将你绑了出去"，青年的热血和激情，亦令他不忍心不去。

如此看来，鲁迅能成为演讲家，其实还是别人逼出来的本领，"被成为演讲家"了。

鲁迅演讲时，说的是国民政府推行的国语，但他有明显的绍兴口音。好在吐字清晰，只要认真听，一般听众听起来尚不算太费力。

鲁迅不是那种抑扬顿挫的演讲者，他也从来不是那种通过提高声调来鼓动和挑拨听讲者的情绪的人。鲁迅声音不高，甚而有点平缓，他不喜欢慷慨激昂。但他演讲时绝对投入，到开心处，经常自己哈哈大笑起来。

这，一点也不妨碍他的演讲受欢迎的程度。

鲁迅演讲前，大约会稍做准备，但基本上都没有现成的演讲稿，他属于临场发挥型，根据主题自行发挥，讲到哪儿是哪儿。因此，鲁迅的不少演讲，因为没有人记录，令现在的读者无从知晓其具体内容，实在可惜。

鲁迅属于"人来疯"型的演讲者，到的人越多，听众的反响越热烈，他个人的兴奋程度也越高，发挥得也越好。

鲁迅人生的初次演讲，始于他到京之初，时在教育部工作，而且是工作任务的一部分。那是1912年夏天，教育部在北京发起"夏期演讲会"，负责美术工作的鲁迅做《美术略论》的演讲，意在提倡美术的教育。

开始大规模的演讲，则是在成名之后。

请名人到校演讲，向来是高校之惯例，但名人演讲亦有差异，有人文章写得好，但话说得啰嗦，未必是好的演讲者。鲁迅不只文如其人，演讲亦如其人，观点鲜明，个性突出，从不吞吞吐吐，听他演讲，听他嬉笑怒骂，又比看他的文章更立体，更丰富，更让人兴奋。

仅举一例，可窥全貌。

1923年12月26日晚，鲁迅赴女高师演讲，题为《娜拉走后怎样》，时间为半小时。演讲现场人头攒动，可容纳数百人的礼堂座无虚席，连走廊上也站满了人，不但有本校学生，更有外校学生前来听讲，天气虽然寒冷，但大家热情不减。鲁迅没有废话，直接开讲，他尖锐地指出，对娜拉而言，只有两条路，要么堕落，要么回来。因此，他给出的答案是，女人要独立，要自由，必须有经济权，而获得经济权的途径，则是通过"深沉韧性的斗争"，要使"经济制度竟改革了"，女人才能真正获得自由解放。

在女校里，讲女性的解放和独立，观点又这般鲜明，难怪同学们的反响如此热烈。待演讲结束后，不少同学围着他，争着要和他讲话。

鲁迅的演讲，一般是应大学之邀请，也有中学邀请的，甚至于有部队的邀请，而演讲的内容大多是当下青年关心的社会热点。

鲁迅透过现象说本质，稍加点拨，便可令青年学生茅塞顿开，对社会的认识更为深刻。也有一些人生指南性质的演讲，比如《生活的意义与价值》之类，也有一些偏向于学术方面的演讲，如《中国小说的历史的变迁》等。

鲁迅对所邀请单位的选择，并不全看名声和影响，有些名头不响的学校，甚至更获他青睐，那是一股发自内心的同情使然。

在厦门时，厦大学生会创办了一所平民学校，该校成立会上，鲁迅欣然前来演讲，他特别强调"因它是平民学校，我就不能不来，而且也就不能不说几句话"，并且，鲜见地对该校的学生进行了励志教育："……你们贫民的子弟一样是聪明的，你们贫民的子女一样是有智慧的。你们能够下决心，你们能够奋斗，就一定会成功，一定有前途。没有什么人有这样的大权力：能够叫你们永远被奴役；也没有什么命运会这样注定：要你们一辈子做穷人。"

还是在厦门时，集美学校的校长叶渊邀请鲁迅到该校演讲，叶氏害怕鲁迅不赞同他的守旧主张，开讲前特意请鲁迅吃了一顿好饭。本来吃人家的嘴软，但鲁迅一点儿没留情面，演讲时一开始便批评这位叶校长："我在厦门的时候，听说叶校长的办学很拘束，学生极不自由，殊不敢加以赞同。"

这真叫人下不了台。

因鲁迅的影响甚大，有时连演讲也不得自由。1927 年 2 月 18 日，香港青年会邀请他去演讲，港英政府听到消息极为紧张，不但派人暗中加以严密监视，甚而事后的演讲稿在发表时也被删了其中敏感的部分。

鲁迅演讲的最高潮是"北平五讲"，而这五讲，足以载入中国演讲史。

据当时报章记载：

> 在各大学演讲，平青年学生为之轰动，历次演讲地方均门碎窗破。自十五年后，此种群众自动的热烈表现，唯东省事件之请愿运动差堪仿佛之。

1932年11月，因母亲病重，鲁迅到北平探望。这本来是一次私人的探亲活动，但因媒体的广泛报道，遂演变成重要的文化事件，众多单位都想借这次难得的机会，邀请鲁迅一讲，鲁迅亦从众多邀请单位中选择了五家，遂有"北平五讲"，每一讲都引发了轰动效应，各大报纸争相跟进报道。

第一次演讲的邀请者是北大的马幼渔，第二次是辅仁的沈兼士，第三次是女子文理学院的范文澜。前二者都是鲁迅曾经的朋友和同事，相交甚久；范氏是历史学家，鲁迅的同乡，又是老朋友许寿裳的亲戚，这些面子自然都是要给的。

来邀请鲁迅演讲的，本来还有清华大学刚上任的中国文学系主任朱自清，为表示诚意，朱自清本人亲自往周家去请。但两人交往无多，不算熟，鲁迅便谢绝了这一邀请。

其他的两讲，一是在北京师范大学，一是在中国大学，这两次，都是应青年学生代表强烈请求而去的。

所谓五讲，分别是《帮忙文学与帮闲文学》《今春的两种感想》《革命文学与遵命文学》《再论"第三种人"》《文艺与武力》，话题不离文学或文艺，但讲的都是当下社会，极具批判精神。在演讲中，鲁迅对现今的帮闲文人、政府极尽讽刺和嘲弄之能事，而对于青年，他则希望他们关注现实，争取自由。

五次演讲，十分成功，在北平文化界引起强烈反响。

其中，又以鲁迅在北京师范大学的演讲最为轰动，因听演讲的学生过多，会场不得不由教室改到操场。演讲结束，欢声雷动，学生们听得不过瘾，纷纷叫着："再讲点！"鲁迅应学生的要求，又讲了一些。

为了搞好这次演讲，北师大的学生特意组织了纠察队，做了严密的保安工作，以防止有人从中捣乱。

后来，鲁迅曾打算出一本《五讲三嘘集》，以收入北平之行的五次演讲，但终未能成。究其原因，不外有二：一是当时的记录稿不准确，无法使用，重新修订又是一项繁重的工作；二是因为内容敏感，如果出版，可能会引来一些麻烦，这不符合书商"不凶险而又能赚钱"的立场。

实在可惜了。

这五篇演讲，存世的仅有《帮忙文学与帮闲文学》和《今春的两种感想》。

不爱演讲，偏偏成为演讲家，这是时代的误会，也是鲁迅的宿命。

来，听周老师讲课

　　余生亦晚，无法亲见民国大师们讲课的风采，聆听他们的教训，实在遗憾。

　　假设给我一个机会，让我选两堂民国大师级人物的课，我得说，一是鲁迅，二是陈寅恪。听鲁迅，我想知道他是怎样幽默风趣，使得课堂上的气氛又是何等欢乐融洽；听陈寅恪，我想了解一代国学大家是如何将高深的学术问题娓娓道来，又如何论证每一个历史问题。

　　当然，都是痴心妄想。

　　但我们亦可以借助前人的记载，去想象鲁迅讲课的场景。

　　不论身在何方，鲁迅都是学生最为欢迎的老师，没有之一。他深得教师之法，从浙江两级师范，到绍兴中学堂，到最高学府北大，处处彰显着一个优秀教师的风采。

　　鲁迅的小身板往讲台上一站，便是目光的焦点。

　　他衣着简单，身穿旧袍，上面打着补丁，朴实似隔壁二大爷，这形象，初看便让人觉得亲切。比起那些衣着光鲜西装领带以及金丝眼镜的假洋鬼子，比起那些留着长辫顽固不化一口"之乎者也"的老年学究，周老师提前赢了一局。崇尚才华的民国时代，有真本事是硬道理，没有真才实学，穿得再光鲜、人设再独特都是白搭，没有金刚钻，揽不下瓷器活，端不得教师这碗饭，尤其是在全国最高学府的北大。纵然可能混得一时，但别想混过一世。

鲁迅讲课言简意赅，永不废话，上课就是上课，从来直入主题。

他操一口浓重的江浙口音，好在口齿清晰，字字句句还算真切，但你必须认真听，虽然他语速中等，说话不快不慢，但信息量大，知识点多，不做点笔记还真不行。想把他说的话都记下来也不现实，那就得迅速提炼要点。

他讲的是小说史，又分明不是小说史，他从小说讲到社会的演变，从小说讲到国民的精神，既有严肃批判，又有深刻剖析，他启发着你的思考，颠覆着你既有知识里一贯的结论。这样的课谁不爱？

鲁迅无意说笑话，但他所讲的话常让学生忍俊不禁，笑出声来。学生们笑着，气氛十分活跃，他并不怎么笑。大家笑过去，他接着讲课。很少的时候，他也会大笑，那是因为讲到特别开心了，大家又都感应得到，于是台上台下一起笑起来。

鲁迅讲课，是启发式教学，他并不强行灌输他的观点给你，也并不总觉得自己就是对的，遇到各种问题时，他会问：诸君对这个问题是什么看法？你得自己去想答案，然后他告诉大家他的答案，两相对照，令人记忆更为深刻。

听鲁迅的课，你得提前占座位。如果占不到，只能跟别人挤一挤，或者干脆站着了。因为听鲁迅课的同学太多，开课虽是在国文系，但外系的同学来听的也不少，外校的同学来的也不少。

听鲁迅的课，你还得准时，他作为老师，总是如此准时，让你不好意思不准时。不过他从不点名，应该到的都到了，点名也没有什么意义。

如果你想趁着课前、课间、课后请教鲁迅几个问题，那也得提前行动，他身边围了太多的青年，他们问了太多的问题，不积极点真轮不到你。下课后，鲁迅身边仍然有太多的青年请教问题，他预备了一支长铅笔，随时把来不及回答的问题记下来。

有时为节约时间，课间也省了，两节课连着讲，但时间仍不够用，不得已，还要拖会儿堂。

听课的人太多，便特别拥挤，连讲台上都布置满了位子，同学们都说："鲁迅先生真能叫座。"于是大家向北大中文系主任马幼渔要求，让鲁迅多增加一些课时，马氏也无奈，他跟大家解释："周先生这一点还说他不担任，因为从前选他的功课的多，受考试的很少，他说不懂文学史也不至于亡国。这一点钟，我一定可以强他担任。"

鲁迅的课很难得，抢到了位子，谁也不舍得不认真听。

亲爱的周老师

不论业务还是人品，鲁迅都算是教师界之楷模。

他的教师生涯，始自 1909 年 8 月，由日本刚刚回国时。之所以归国，实是不得已而为之。按他原本的打算，是要去德国继续深造。但家中老母需要赡养，尚在大学就读的二弟周作人因婚后经济紧迫亦需要贴补家用。

作为周家长子，鲁迅主动地承担起生活的担子。

要挣钱，需谋事。经已提前回国在浙江两级师范学堂担任教务长的好友许寿裳推荐，鲁迅进入该校担当教师，他分到两门课程，一门是化学，一门是生理学。谁又能想到，未来的文豪初入职场时，曾以教授化学和生理学为业。

鲁迅未必见得有多喜欢自己所教的课程，但作为谋求生存和发展的机会，初掌教鞭，他努力投入自己的角色，把枯燥乏味的课程尽量教出趣味来。

鲁迅教化学，最注重实验。某次他在教室里试验氢气的燃烧，因为忘带火柴，便去外面取，出门前他叮嘱学生，一定不要触动氢气瓶，以免混入空气，使其燃烧时爆炸。但调皮的学生未听他叮嘱，在鲁迅取火柴时趁机将空气放入氢气瓶。结果很是可怕——鲁迅点燃氢气引发爆炸，炸伤了他的手，鲜血溅满了衣袖和点名簿。

鲁迅开风气之先，在生理学课程上，勇敢地讲解了生殖系统这一章。讲课前他对学生提出的唯一要求是，不准发笑。他讲课的时候，态度是严肃的，如果有人发笑，这严肃劲儿便被破坏掉了。许多没有听到他课的学生，纷纷来讨要讲义。鲁迅的讲义写得很简单，使用许多古字来替代看来不雅的字眼，比如，他用"也"字表示女性生殖器，用"了"字表示男性生殖器，显然是经过精心设计的。

除去以上两门课程，鲁迅还担任着学校里教授植物学的日籍教员的翻译，每隔一周，他便和这位日籍教员带领全班学生到钱塘门外的孤山、葛岭、岳坟、北高峰一带，采集和制作植物标本。面对西湖如画美景，他并无任何眷顾，仿佛采集植物标本才是他全部的乐趣所在——对自然美景所表现出来的漠视，是他与中国传统文人不同的地方。

仅1910年3月间，鲁迅前后12次采集标本73种。他曾计划编一部博物学著作《西湖植物志》，只因后来环境变迁，未能得偿所愿，实在可惜。倘若这图书编成，鲁迅的著作又多一种类型，先前在日本留学时，他曾与人合作编著《中国矿产志》。

他是以新方法教学的老师，课讲得也好，不长时间，便在学校里引发极大的关注与热情，周树人的大名亦迅速为广大师生认知。关于这一点，好友许寿裳的话可以证明："鲁迅教书是循循善诱的，所编的讲义简明扼要，为学生们所信服。他灯下看书，每至深夜，有时还替我译讲义，绘插图。"

周树人老师的课，一时最受两级师范学生们的欢迎。

初入职场的鲁迅，以其全部的热情投入进来。他是优秀的周老师，备课积极，教课认真，可以打90分以上。

鲁迅满腔的爱，对学生可以毫无保留；对封建保守的教育当局，他则有强烈的反抗精神。正是这种敢爱敢恨的个性，让他在学生中的威信，进一步建立和巩固起来。

因担任浙江两级师范学堂监督的沈钧儒另有任用，由一个叫夏震武的官僚接任，这是个极端顽固保守的人物，上任的前一天，夏氏就给教务长许寿裳下了一道手谕，说明天到校接任，须令全体教师穿礼服齐集于礼堂，由他率领拜敬孔夫子。校内的教员大部分是留日归来的，早已接受新思想的洗礼，对于这般无礼的要求，大家都当成一个笑话。

第二天，当衣冠楚楚的夏震武来校时，赫然发现，前来迎候他的，竟是一群短发蓬松的教师，现场也无孔子牌位，十分生气，厉声斥责众人。许寿裳气不过，遂立即请辞，众教师效仿，鲁迅当然要支持老友，亦一起辞职，大家纷纷搬出校舍，以示决心。

夏震武一面写信给浙江巡抚增韫，请求支持他"谁反抗就辞了谁"的强硬手段，一面又指使在校同乡师生，为他奔走，劝诱教员们复课，但没收到什么效果。最后夏震武采取提前放假的办法遣散学生，企图借此使教员们屈服。此招一出，却引起杭州各校教员的反对，风潮有逐渐扩大之势。这次风潮坚持了两个星期，浙江巡抚增韫眼看教师心齐力坚，复课无望，只好叫夏震武辞了职，夏氏偷鸡不成反蚀一把米，好不懊恼。

因为夏震武平日里木头木脑，顽固不化，大家都叫他夏木瓜，因此这场反对夏震武的斗争，就取名为"木瓜之役"。有此胜利，教员们十分兴奋，鲁迅甚至还邀了几个人，到一家饭馆里聚餐，以示庆祝。

在这次战斗中，鲁迅始终处于第一线，勇敢坚定，因此被夏震武的支持者称为"拼命三郎"。

斗争虽是胜利了，但学校也已没有待下去的必要。1910年7月，鲁迅从浙江两级师范学堂辞职，回到家乡绍兴，任绍兴府中学堂博物教员，两个月后，升任学监。

不管做教员还是当学监，鲁迅坚持他一贯的行事方式。在教学方面，他仍然注重学生的动手能力和实际操作，带领学生采集标本，游览名胜古迹。更有值得一提的事件，乃是鲁迅组织二百余名师生，取道嘉兴、苏州，远赴南京参观"南洋劝业会"。

"南洋劝业会"是一次民族工商业的博览会，久居绍兴城的学子们借此机会，着实大开了一番眼界，这一周左右的参观，是他们人生中前所未有的体验。学生们感叹说，豫才先生真好，南京一行，胜读十年书。

鲁迅除了教习书本上的知识，他还希望对学生进行思想上的改造。

当革命的号角吹到绍兴城时，鲁迅便充当了急先锋，他鼓励学生上街进行宣传，散发革命传单，高呼革命口号。当革命党进城时，他率学生夹道欢迎。

革命军领导人王金发上台后，给了鲁迅200块经费，任命他为山会初级师范学堂的监督，鲁迅因在革命中的突出表现，更受学生欢迎。

但当革命军渐渐变质时，他又应革命青年的要求，写文章对都督王金发开骂。而这发表鲁迅文章的《越铎日报》，却又是在王金发的支持下创办。这可惹怒了王金发，遂决定停发鲁迅办学校的经费。

最终，绍兴也没办法待下去，鲁迅又一次辞了职。归国的短短两年内，两度辞职，他满腹的愤懑可想而知，他知道，绍兴这个地方再也待不下去了。

特别需要一提的是，鲁迅在绍兴中学堂的两个学生，以后也成为新闻出版界的知名人物。这两人分别是胡愈之和孙伏园，胡愈之曾任《光明日报》总编辑，孙伏园是著名副刊编辑，人称"副刊大王"。

不得不说，鲁迅在绍兴短短的执教经历，对他们的成长却有着至关重要的作用。

鲁迅再入教育界，又一次成为周老师，则是来北京的八年之后了。当时北大中文系打算增加一门中国小说史，系主任马幼渔找到周作人，商量请他教授，周作人本来已经稀里糊涂地答应，可临了却发现以自己的知识储备教这门课未免有些吃力，遂向马氏推荐自己的哥哥鲁迅，认为由他来讲更为合适。如此这般，北大的聘书便送到鲁迅手上了。

彼时，鲁迅已是名满天下的作家，他的到来，在北大很是引起一番轰动。来听他课的学生，除了国文系，还有别系；除了北大，还有别校。

鲁迅做事，预备工作做得好。为开这门"中国小说史"，他花了大量的时间翻阅资料，撰写讲义。单是为评述《水浒》，他就查看了一千多万字的古籍，可见其用力之猛，用心之专。

这位周老师讲课，不是照搬讲义，而是以讲义为基础，不断地加以生发，他讲的小说史，也并非只是纯粹的小说史，而是中国社会和国民灵魂的历史。比之一般的专业研究者，其水平高出许多。

每当上课，鲁迅通常提前半小时来休息室，许多等候他的学生便把他围起来。他解开黑底红色条纹的布包，将许多此前请求批阅的稿件拿出来，发给大家，并讲解他的意见，而后又将新的稿件收起来。如此，不知不觉便到了上课时间。

鲁迅讲课，有极强的情景感，严肃时教室寂静，全体学生随他一起陷入沉思；开心时全体又哄堂大笑，自心底引起无限共鸣。

听鲁迅的课是一种艺术享受，在这堂课里，时光飞快流逝过去了，以至于所有人都觉得不过瘾。

下课后，又有一群学子围上来，跟他讨论问题，他总不厌其烦地讲下去。

周老师与学生之间的互动，不只是在课堂上，他与同学的关系，也不只是师生的关系。他视青年是希望，是传承者，是友人，亦从不拿出老师的架子来，而可以与他们做平等的交流；青年们做事，他勇于当后盾，给予精神和物质的支持。

有一个叫许钦文的青年，并不是北大的学生，但在打工之余常来旁听鲁迅的课，一来二去也成了熟人。某次课后，鲁迅邀请这个经济贫困的小老乡到来今雨轩喝茶，当然是他请客，细心的鲁迅特别买了些包子给许钦文吃，为照顾对方感受，他还先吃了一个。

这事给许钦文留下的印象极深。

有一件事，亦体现鲁迅的教学风格。时鲁迅在女师大讲课，课堂上，前排的几个同学捣乱："周先生，天气真好哪！"鲁迅不理，同学不死心，继续说："周先生，树枝吐芽哪！""周先生，课堂空气没有外面好哪！""听不下去哪！"

明明她们不想上课，却要旁敲侧击，鲁迅笑了，答应立即下课，同学不依不饶，要求鲁迅带她们去参观，要去哪儿参观也不说，只让鲁迅指定，鲁迅便指定了历史博物馆——它属于教育部管辖，是鲁迅的分内事。他这个教育部的上级领导带同学们来参观，当然好招呼，馆内工作人员服务热情，认真解说，使这帮姑娘眼界大开，玩到一个开心。

鲁迅亦常在家里接待来访的学生，以自己深刻的见解去开启他们的心智，安抚他们的情绪，支持他们的行动。常去他家的学生中，有一个叫许广平，两人日久生情，到上海后结为连理，制造了一段师生间爱情的佳话。

在北大打开局面后，鲁迅在北京教育界闯出一片新天地，各高校纷纷找他担任教职，其影响在青年学生中日益扩大之外，另一不可忽视的重点，乃是给他带来更多的报酬，让他得以接济家人，奉养老母。教学也算他勤劳致富的一种手段。

吾爱吾师，更爱真理

人生路上有几个好老师至关重要。

鲁迅是真正幸运的人，正因有几个好老师教诲，才成就后来之鲁迅——假如没有他们，鲁迅会怎样？

我猜，至少不会像后来那么优秀。

入私塾之前，鲁迅曾先后跟随本家中的几位长辈学习，只是他们学问有限，时间一长，长辈的半吊子水平根本无法满足鲁迅日益增长的知识需求。

鲁迅人生中正式的第一位老师，乃是寿镜吾先生。鲁迅十二岁，被送到三味书屋就读，师从寿镜吾。三味书屋是绍兴东城最有名望的私塾，不但学费昂贵，且以招生严格闻名，每年只收学生八人。

塾师寿镜吾老先生须发花白，戴着大眼镜，是当地一个正直博学的人物，他对学生非常严厉，但并不打骂，虽准备了一把戒尺，用到的时候并不多——是老人家吓唬那些调皮捣蛋的孩子的道具。

鲁迅的父亲和母亲，在那个时代便建立了一个共识：不论什么样的情况之下，都不能打骂孩子。因此，在给孩子们挑选老师时，特意定了两条标准：第一，学问好，为人正直；第二，不打孩子。

寿老先生完全符合这样的标准。

鲁迅怀了敬佩心听寿老先生讲课，但不久便失望起来。在他的预想中，这位寿先生一定上知天文下知地理无所不知无所不晓，但当他问寿先生"怪哉"这虫究竟是怎么一回事时，老先生不但说不知道，脸上甚而还有怒色。之所以问这个问题，是因为鲁迅听说东方朔很博学，认识一种叫"怪哉"的虫，他以为先生也应该知道。

尽管有些微失望，但未过多久，两人的关系却亲密起来。

寿先生发现，这个叫周樟寿的小孩聪敏过人，喜欢思考，身上还有一股特别的倔脾气，跟他本人有几分相似；而周樟寿觉得，老先生教学虽然严厉，但对自己却格外照顾。

在对课上，周樟寿的表现特别出彩，远超其他同学。有次先生出题"陷兽于阱中"，其他孩子都对不出，周樟寿脱口而出"放牛归野林"，这句来源于《尚书》中的"归马于华阴之阳，放牛于桃林之野"一句，先生对此赞不绝口。

又有一次，寿先生出题"独角兽"，鲁迅对出"比目鱼"，先生称赞说："'独'不是数字，但有单的意思，'比'

也不是数字，但有双的意思，可见是用心对出来的。"

诵读经书确实枯燥乏味，尤其对一个爱玩爱动的孩子来说。但也正是寿先生严格的要求，鲁迅在三味书屋读了许多书，夯实了古典文学的基础和底子，假如没有这一时期的基础训练，很难说鲁迅以后可以到北大去讲中国小说史，写出如《文化偏至论》这样文字扎实的文章。

少年鲁迅当然是调皮的，老师诵读入神的时候，是他最开心的时刻，他拿出纸来，蒙在小说的绣像上，一笔一笔地描绘。日积月累，竟然画了许多画。无形之中，这坚实的艺术底子也早已打下了。

鲁迅离开家乡后，凡春节回家，必到寿府上问候寿老先生，若不归乡，则在春节前写信给寿老先生拜年，字体是工整的小楷，态度可谓毕恭毕敬。1906年，鲁迅奉母命自日本回绍兴完婚，在家仅十天，其间也抽空去寿先生家小坐；1912年，进京工作后仍与寿老先生保持书信联系；1915年年底，寿老先生夫人病逝，鲁迅送挽幛致哀。

来北京之后，鲁迅与寿镜吾先生的次子寿洙邻仍然来往密切，寿洙邻彼时在平政院任首席书记官。在三味书屋读书时，寿洙邻亦曾以老师身份教过鲁迅兄弟，被鲁迅和他的同学们亲切地称作小寿先生。

值得一提的是，后来章士钊罢免鲁迅教育部金事职，正是寿洙邻提供的专业诉讼建议，促使鲁迅下了起诉章士钊的决心，并一举赢下了这场官司。

而到日本留学时，鲁迅遇到一位对他影响最为深刻的老师，便是章太炎。

章氏系著名革命家，国学大师，曾师从著名学者俞樾，深得俞氏真传，并在某些领域突破师承多有创新，由此还与恩师关系决裂，不相往来。

章太炎博览群书，见解独到，学术之精，在时人中首屈一指，特别是"小学"（语言文字之学）功夫。

他于鲁迅之影响，不只是学术，更是发自心底的革命精神。后来鲁迅人生的内核，大约有很不少是受章氏影响而成，实值得鲁迅研究者详加关注。

章太炎以革命为己任，时时投身其中。早在1897年，他就因参加时务运动被通缉；1903年又因发表《驳康有为论革命书》及为邹容《革命军》一书作序而被捕；1906年流亡日本，主持《民报》，与改良派展开论战，同时开设讲堂，向留学青年传授国学。章氏以其特立独行的作风，被时人称为"章疯子"，鲁迅正是于章太炎流亡日本期间，认识他并向他求学。

据鲁迅交代，他从学于章氏，主要因为章氏是有学问的革命家，他向往章氏的革命人格，并非因为他是渊博的学者。鲁迅自己之后也成为"有学问的革命家"，章氏在其中潜移默化的影响，起了关键的作用。

章氏的课堂，设在《民报》社里，炎热的大夏天，章氏只穿件背心，光着膀子，盘膝而坐，与学生们谈笑风生，其乐融融。章氏用的课本是《说文解字》，一个字一个字往下讲，有的沿用旧说，有的发挥新义，鲁迅听得极有兴趣，他本来就有扎实的古文功底，经此启发，境界更进一步。后来他一度打算写作《中国文字史》，应该就是这一段时间累积下来的想法。

鲁迅听章太炎讲课，极少发言，但有一次例外。章太炎问及文学的定义，鲁迅说："文学和学说不同，学说所以启人思，文学所以增人感。"

章太炎对此种看法并不以为然，举例加以反驳，鲁迅默而不服，课下仍和好友许寿裳探讨这件事。

他骨子里自有一种"吾爱吾师，吾更爱真理"的精神气韵。

在此后的二十余年间，章太炎和鲁迅一南一北，晤面机会甚少，但彼此关系从未改变，师生之谊，一如当年。1913 年，章太炎因反对袁世凯被囚于北京，鲁迅常去探视。有一次，章氏愤而绝食，无人敢去相劝，众弟子忧心不已，于是推举鲁迅前往，经过一番苦口婆心，章太炎才答应进食。

待到五四之后，章太炎的思想渐渐落伍，与时代脱节。当白话文运动进行到如火如荼之时，他仍维护文言而反对白话。到 1925 年至 1926 年间，章太炎成为赵恒惕、孙传芳的"王者之师"，提倡读经，为时下新文化运动人物所不满，周作人更是作《谢本师》一文，表示要和章太炎脱离师生关系，鲁迅对此则保持沉默。即便以后说起来，却也能宽以相待："这也不过白圭之玷，并非晚节不终。"

对这位恩师，鲁迅一直保持着应有的敬意。但就事论事，对老师存在的问题亦不作任何偏袒，并写文章主动抨击，只是相较论敌来讲，对老师的态度，明显温和许多。比如《名人和名言》一文中，鲁迅称"我很自歉这回时时涉及了太炎先生"。从内心里，他一直敬重这位恩师，即便不同意对方的某些言论。

章太炎对鲁迅，亦记挂在心，时常问起。他最后一次去北平，在众弟子为其筹办的宴席上，有人问："豫才现在如何？"有人说现在上海，被一般人疑为"左倾"分子。

章太炎接话道："他一向研究俄国文学，这误会一定从俄国文学而起。"

1936年，章太炎去世后，对他的评价风波再起，国民党把他打扮成"纯正先贤"，宣布要进行"国葬"；另有一些报刊则贬低他为"失修的尊神"，而彻底地把章太炎革命家的身份掩盖起来。鲁迅不顾病重，于逝世前十天写下了《关于章太炎先生二三事》，为自己的老师鸣不平。

文章里，他称章太炎是"先哲的精神，后世的楷模""并世无第二人"，这算是鲁迅对他人最高的评价和褒扬。

鲁迅曾到仙台医专读书，在这里，专业未必有多大的精进，功课也不过中等，但认识了藤野老师，却是鲁迅人生中又一个意外的收获。

藤野先生全名藤野严九郎，他是鲁迅的解剖学老师，此君精瘦黝黑，厚嘴唇，留八字须，戴眼镜。藤野是个严格的老师，一年级留级的学生，大都是因为解剖学不及格而致。鲁迅来到这所学校时，藤野先生刚由讲师升格为教授。他为人严峻，但从不注意生活细节，不关心自己的穿衣，有时候会忘记打领结，冬天则穿件旧外套，有次还被人疑心是扒手。

藤野是个正直的君子，毫无民族偏见。他很快注意到班里的这个中国学生，于是热心地为这位中国学生改讲义、指导作业，关心他的住宿和饮食，了解他的想法和思路，这对身处于陌生环境当中的周树人，实在是温暖的关怀。留学的前几年，大约是鲁迅心境最为苦闷和压抑的阶段，于这寂寞和孤独里，有一个外国人如此热心待你，让你不由得生出几分好感。经过一段接触后，他们变得熟识起来。偌大学校里，似乎只有藤野先生与鲁迅有关。

藤野为鲁迅改正笔记，十分仔细认真，他不只增加鲁迅漏掉的地方，还特别指出文法的错误，甚至于鲁迅画的一条血管，因位置出错他也给改了出来。那时仙台医专还没有教科书，图书馆里的医学杂志和书籍，要想借出来也并非易事，因此，学生想要完整地掌握老师讲授的知识，须全部依赖于笔记。

藤野先生对鲁迅这个中国人的特别关照，引起了日本学生的普遍嫉妒。

有一次，藤野先生特地把鲁迅找去，对他说："因为听说中国人是很敬重鬼的，所以很担心，怕你不肯解剖尸体，现在，总算放心了，没有这回事。"藤野对中国有强烈的好奇心，他曾向鲁迅讨教中国女人裹脚是怎样的裹法，脚骨变成怎样的畸形。

因偶然间在此看到的一部电影，彻底打碎了鲁迅医学救国的梦，他重新捡拾起文学的武器，想要一心一意地改变中国人的思想了，二十六岁的周树人于此时真正确立了人生的新方向。

1906 年 3 月，他向学校提出退学的要求。行前，鲁迅特意到藤野家向老师道别，先生拿出一幅照片送他，上写"惜别"二字，并希望得到他的照片一张，只可惜鲁迅当时没有照片，此后连信也未曾写过。

鲁迅后来在怀念文章中写道：

> 每当夜间疲倦，正想偷懒时，仰面在灯光中瞥见他黑瘦的面貌，似乎正要说出抑扬顿挫的话来，便使我忽又良心发现，而且增加勇气了，于是点上一枝（支）烟，再继续写些为"正人君子"之流所深恶痛疾的文字。

但故事并没有结束。

1935 年，日本岩波文库要出《鲁迅选集》的时候，曾经来问鲁迅选些什么文章好。鲁迅先生回答："一切随意，但希望能把《藤野先生》选录进去。"他的目的是借此探听藤野先生的消息。

当这选集出版的第二年，译者增田涉到上海来访问鲁迅，鲁迅借此机会打听藤野先生的情况，增田涉说没有下落时，鲁迅慨叹地说："藤野先生大概已经不在世了吧？"

而彼时，藤野先生并没有死，离开仙台医专后，他回故乡福井县开了一个诊所，与外界联系甚少。直到1935年，他才从儿子的中学汉文老师那里，得知他曾经的中国学生周树人成为声名卓著的大作家，并把自己写进了文章当中。

1936年10月，藤野从报纸上得知鲁迅去世的消息，遂写下一篇回忆文章《谨忆周树人君》，以志怀念。只可惜他们再也没有了谋面的机会。

从藤野回忆鲁迅的文字来看，他对鲁迅的印象，已是十分模糊，但显然，他是记得这位中国学生的，并对鲁迅的挂念心存感激。藤野之于鲁迅，精神力量大于实际的交往内容，老师的正直、热情，以及对待科学的态度，是他精神的源泉之一。

三位老师，寿镜吾给他打下古典文学的底子，章太炎给他革命的激情，而藤野先生，给他理性科学的态度。三位老师的人格魅力，则是他心底至为宝贵的精神财富。

一场半官司

鲁迅与论敌的斗争，基本上还是靠一支生花妙笔，通过文字来实现的。而在被逼无奈的情形之下，却也拿起法律的武器，勇敢地打了一场半官司，结局都以他的大获全胜而告终，胜诉率可谓百分之百。

倘若说，"半场"官司的胜利是因为他确实占了理，但另"一场"官司的胜诉，却不得不说是各种因素综合的结果，带有一定的偶然性。

为何说是"一场半"？

"一场"是指他和章士钊的官司，从头至尾，结结实实地打了，走完全部的诉讼过程。

"半场"则是指他和北新书局的官司，因版权纠纷，鲁迅请了律师，写了起诉书，却待对簿公堂时，北新方面请郁达夫从中斡旋，双方庭外达成和解，鲁迅获得赔偿，从此相安无事。因为没有走完诉讼的全部过程，故称为"半场"。

女师大风潮本是由校长许寿裳辞职，改由杨荫榆担任而引起，女师大学生不满杨荫榆的治校理念，群起而反对之。但随着风潮的扩大，它不再只是一场校内事件，渐渐蔓延至整个社会，其政治性质愈来愈浓烈。

在风潮前期，鲁迅一直持观望的态度，很大程度上，在于他和许寿裳特殊的关系，如果他站出来，未免有偏袒老友的嫌疑。待事件愈演愈烈，杨荫榆依着靠山章士钊，先是开除学生，而后竟率警察、老妈子到校内一通乱打。于此情形之下，鲁迅岂能不管不问，他为当权者的残暴而气愤，为学生所受的待遇而同情，他接二连三发表文章，直斥当权者的无耻，声援学生运动。值得一提的是，已于一年前与鲁迅失和的周作人，亦以女师大教师身份，发表文章，指斥章士钊及教育当局，与其兄站在同一战线，同仇敌忾。

1925 年 8 月，女师大学生运动进入最高潮，北洋政府乃于当月的 18 日颁布女师大停办令，一时全国哗然，反对之声不绝于耳。女师大师生更是不屈服于强暴，拒绝解散，成立女师大校务维持会，共同维持校务，鲁迅则被公推为校务维持会委员。

身为北洋军阀政府司法总长和教育总长的章士钊，是鲁迅的顶头上司，他视带头闹事的鲁迅为眼中钉，即呈请段祺瑞政府罢免鲁迅的佥事一职，称鲁迅"结合党徒，附和女生，倡设校务维持会，充任委员"，必须罢免，以清理队伍。章总长没想到，不过是开除一个惹是生非的下属，却给自己带来无穷的麻烦和苦恼。

免职令发表后，按鲁迅的计划，本不打算争取，他也已经厌倦官场，这份工作除了对经济上有所贡献之外，已不值得他有任何的留恋；而在黑暗的统治之下，与章士钊讲理无异于与虎谋皮，又何况他的对手，是"老虎总长"和其背后的北洋军阀政府。

因此接到免职令，他反而心安理得起来。

老友许寿裳、齐寿山替他抱不平，相继约见，力主上诉，要他据理力争。之后二人更是发表宣言，指斥章氏所为，誓与好友共进退。

而真正让鲁迅下定决心进行这场诉讼的，则是三味书屋时的"小寿先生"，小寿先生名叫寿洙邻，时在平政院任书记官，深明个中规则，小寿先生面授机宜，以此促使鲁迅决定起诉章士钊，为自己讨个公道。

在朋友的支持之下，于免职令发表不到十天的时间，鲁迅果断行动，一纸诉状递到平政院——这在当时为专门处理行政诉讼的机关；

8 月 31 日，鲁迅又往平政院交纳诉讼费 30 元；

9 月 12 日，平政院正式决定由该院第一庭审理此案；

10 月 13 日，平政院送交鲁迅章士钊的答辩书副本，要求鲁迅五日内答复；

1926 年 2 月 23 日，平政院正式进行裁决，判鲁迅胜诉；

3 月 17 日，鲁迅往平政院送交裁决书送达费；

3月23日，裁决书送达，书中称"所有被告呈请免职之处分系属违法，应予取消"；

3月31日，国务总理贾德耀签署了给教育总长的训令，要求教育部取消对鲁迅之处分。

至此，鲁迅得以恢复职位，并在这次行政诉讼中取得完胜。不得不说，这次诉讼的胜利，几乎算得上一个奇迹，以"区区"一个佥事，对抗当权的司法和教育总长章士钊以及其背后的段祺瑞政府，其难度不可谓不大，但好在天时地利人和，助鲁迅得到美满的结局。

所谓天时，是指1926年的群众运动更加热烈，达到了前所未有的高潮，平政院在进步舆论的压力之下，取消对鲁迅的处分，也有消除事端的出发点；而在临时政府内部，又有各派系之间的矛盾，段祺瑞的执政府当时已在分崩离析之际，为鲁迅胜诉创造了极佳的外部条件。

所谓地利，在裁定书出炉之前，章士钊已迫于全社会的压力，宣布辞职，逃往天津，对此事的处理无疑提供了一个更加公平的土壤。

所谓人和，则是鲁迅身边的一班朋友大力协助，从精神到物质的一系列帮助，更有助于他战斗下去的勇气。

当然，还有一点，不得不提，那便是章士钊急于免除鲁迅职务，一时心急，犯了程序上的错误，以至被冷静的鲁迅从中发现若干问题。而这些，无疑是章士钊的致命伤。

下面说"半场"。

鲁迅和北新书局，在很长时间内，一直保持着良好的合作关系。北新的创办人李小峰，本是鲁迅的学生，靠着发行鲁迅与孙伏园等人创刊的《语丝》进入出版界，之后更是靠着出版鲁迅的作品成为著名出版商之一。

可以说，北新成立之初，几乎是因鲁迅一人而设。

鲁迅对北新书局的感情也颇深，时时以它为第一选择，称它是"一个为文化服务而令人敬佩的书店"。即便在厦门、广州时，有书店托人与鲁迅商谈，许以优惠条件，要求他把北新发行的著作移交他们出版，鲁迅亦未答应。在他看来，有些东西比钱更重要。

到上海之后，鲁迅为北新编辑《语丝》和《奔流》两种杂志，竟无稿费收入，只拿得一点点校对费，连投稿者的稿费亦拖之甚久，许多不明就里的作者写信给鲁迅发牢骚，抱怨稿费久而不发，令他不胜其扰。

这且不说，在交付鲁迅个人著作的版税时，北新原来答应的每月送款 100 元，竟也没有实现。久而久之，北新已拖欠鲁迅版税有 20000 元之巨。倘若只是欠款，大约还不足以构成鲁迅生气的理由，但当他听说北新把资本挪了去开纱厂之后，他忍不住愤怒了。

他曾数次写信要李小峰说明情由，但李都冷漠处置，态度不可谓不差。

鲁迅把北新欠版税的事情告诉了春潮书局的张友松，张氏很为他抱不平，主张他同北新打官司。鲁迅便通过张友松聘请了律师，向法院提起正式的诉讼。

李小峰得知鲁迅起诉，立马紧张起来，亲自到鲁迅府上说情。鲁迅则说，事情已全盘交给律师处理，也只能由律师解决。李小峰无奈之下，只得打电话催促鲁迅的好友郁达夫到沪，由他从中调停。

几次交涉后，鲁迅方面终于同意暂把诉讼压下，但北新方面须分期交付 20000 余元的版税，十个月还清；新欠版税则每月按 400 元交付，此后鲁迅的著作再版，须加贴版税印花。

版税事件就此以调解结束，彼此的面子也终于没有撕破，他和李小峰的师友之谊，虽因此事受到些影响，但仍旧有相当的合作关系。

此后，鲁迅吃了著作只给一家出版机构的教训，便将所编译及个人著作分交不同的书局出版发行，因彼此之间的竞争关系，书商们付版税的态度显然老实许多了。

其实，鲁迅还有一场官司没有打成，不过，这次不是他告别人，而是差点成为被告。那是他初到中山大学任教时，有言语攻击顾颉刚，顾氏十分恼火，声称要起诉鲁迅，但这场官司终于没有打起来。

职场潜规则

按说鲁迅的能力不差，又勤奋肯干，在人才紧缺的民国时代，顺利地升个职也属情理当中。但翻翻鲁迅的履历，在职场上，他干得并不如意。如果说他教书不久后便当上绍兴中学堂校长尚算顺风顺水，那么，在教育部任职十四年间，其间晋升只有一次，到离职时却依然是"区区金事"一枚——简直算得上"悲催"了。

鲁迅后来辞去教育部职务，南下厦门、广州，做了一阵大学教授，时间都十分短。之后到上海，连教职也放下，专心写作，是何其明智的行为，这职场，混得实在没意义。

是什么阻碍了鲁迅升职的途径？最要紧的，我以为是他的个性。

在任何单位，与领导搞好关系，这都是升职的第一号法宝。但，纵观鲁迅在职场的作为，这一条可以说是最为匮乏的。别说与跟领导搞好关系，就是维持普通平常的上下级关系都不容易。在他眼里，所谓上司，大都是一帮饱食终日闲极无趣的官僚，只管发号施威而已。

能入他法眼的，根本没有几个人。

翻检鲁迅的职场经历，可以很轻易地发现，他基本上是跟领导对着干，领导说东，他偏往西。这在注重领导权威的职场，几乎算得上自杀行为，犯了职场升迁的最大忌讳。

初入教师队伍，便发生"木瓜之役"，在这场斗争中，鲁迅与好友许寿裳并肩作战，始终走在反对校方的前列，是"出头之鸟"，当权者想要开除教员，他定是第一批名单中的上榜人物；

到教育部工作时，所经历的每任教育总长，他几乎都要和人家对着干，范源濂、章士钊概莫能外，甚而还公开撰文，讽刺讥笑，几近羞辱，更有甚者，将自己顶头上司章士钊告上平政院；

女师大风潮时，他又坚定地站到学生一方，公然和学校当局以及背后撑腰的教育部作对，这都是得罪不起的主儿；

任教于厦门大学后，反对校长林文庆，处处跟其过不去，甚至在公开会议上，一点面子也不给留，处处让林文庆难堪，惹得校方不停给他穿小鞋；

转到中山大学，以个人的巨大声望和影响力，终于当上了领导，倘若安身立命，搞搞学术，写写文章，以其在思想界和文学界之地位，那小日子绝对不差，但他又不满校长朱家骅的治校，提出各种反对意见……

鲁迅不是混日子的人，无论到哪儿，都不会掩饰自己的观点和好恶。

就凭这一点，在明哲保身的职场潜规则之下，他的行为显得如此不合时宜。

领导都不喜欢你，还指望能得到什么提拔？有时候，升职之路便是被你自个儿给堵死的。

鲁迅在教育部任佥事兼社会教育司第一科科长，比照现今职级，大约相当于正处，有一次，某次长曾叫鲁迅把一件公文给他批准，鲁迅看了看公文，竟说不能批准。

中国向来的规则是，官大一级压死人。人在官场，领导的命令比天大，怎么能讲原则讲到自己的顶头上司头上？

这种事发生一次两次倒还罢了，如是三番五次，别说晋升，领导不拿掉你就算开恩了。上司如果秉公办事倒还好说，如果对方小肚鸡肠，弄几双小鞋给你穿上，够你难受一阵。

领导一般都喜欢听话的，被提升得最快的下属当然是听话又有能力的那些人；其次，是听话但没有能力的；最后，才能轮到不听话却有能力的，鲁迅大约就是最后这一种。

跟领导关系搞不好，也还不打紧，个性差异，见解分歧，都还是正常现象。只要工作努力，态度积极，说不定还会有升迁机会。

中国还有句话叫"朝中有人好办事"。

别忘了，鲁迅朝中也有人，就是那大名鼎鼎的老乡蔡元培。当年，便是因为蔡氏的发掘和提携，鲁迅才得以离开让他英雄无用武之地的绍兴，获得教育部的职位。在北京工作期间，鲁迅跟蔡元培等一班同乡也常有走动，也有往来——只是鲁迅太过低调，不愿跟当权者亲近。

假或鲁迅能和蔡元培打得火热，其实也不愁升迁，凭着蔡氏的影响力和美誉度，暗中稍加帮忙，提拔下鲁迅根本不算事。但他一直跟这个大靠山保持着相当距离，人家想要帮他说几句好话都难。

纵观鲁迅与蔡元培的关系，颇有些相敬如宾的尴尬：鲁迅对蔡氏，大概总怀有感谢之心，但每每又不愿亲近蔡氏；蔡氏身为教育界的大亨，国民党的元老，事情繁多，你不去找他，他也没时间来找你。

民谚云，"背靠大树好乘凉"，这大树在你背后，你却不靠，也只能在热火中煎熬了。

退一万步，与领导关系处理得不够好，背后亦无大树可靠，这也不要紧，有个"根正苗红"的出身，也是可以左右升迁的一个砝码，可惜，鲁迅又没有。

民国初建，首先坐上大员位置的自然是革命者，政府北迁，袁世凯上位，守旧的社会名流又成为首选。而鲁迅，什么都不是。自己不热心革命，当然也不是什么名流。

不够"根正苗红"也没关系，如果有学历有经验，升迁的可能性也还存在。

鲁迅到日本求学，学到的本事倒不算少，却没个正儿八经的学历，本来可以得到医学专科学历，快到手时又被他自己主动放弃——即使到手，这专科学历与那些欧洲洋博士的学历比，看上去仍然显得寒酸，不具有可比性。

——所以，也就不难理解胡适辈与鲁迅的差别了，起点不一样。

1915年，鲁迅的老同学伍仲文升任普通教育司司长，此前他曾任教育部视学，有基层视察的经历；1922年，比鲁迅大三岁的汤尔和出任教育总长，汤氏是鲁迅的浙江同乡，同期留学日本，亦学医，回国后同在浙江两级师范工作，汤氏做校医，后当上北京医学专门学校校长。起点不如鲁迅高，汤尔和曾在1914年1月5日到教育部拜访过鲁迅，彼时，此君尚有巴结鲁迅的意思。

结果，仅仅八年后，他反成了鲁迅的领导，这大约是鲁迅没有想到的。但人家升职，因有基层的锻炼经历。这一点，他也没有。

这般落差，他心中大概不是滋味吧。

权力，鲁迅所欲也，做基层科员和科长，着实辛苦，基本只有服从命令的份，按部就班去干活的份。有了成绩是大家的，是上司领导有方，但出了问题，就得你先来担着。鲁迅这样思想活跃，不免有许多设想，需要去实施、去实现，但苦于手中无权，说了不算，基本上等于白想——这严重地损伤了他的工作积极性。

在他看来，在其位，谋其政，身在社会教育司，有权利有义务把手上的活干好，切切实实做些实事。但做不做得了实事，却又不是他可以把握的。

　　所以，身在政府部门，权力很重要。

　　我们甚至可以相信，鲁迅为了升迁，也做过诸多努力。不想做大官的公务员，不是有前途的公务员。

　　他曾努力工作，想做出些成绩，凭真本事实现升迁。但置身复杂的官场，他哪里又是浮夸之徒们的对手。

　　尽管他忙前忙后，周日也曾加班加点，但领导看在眼里的，又有几何呢？而那些抢功的官僚，早在上司面前表演得足够完美，哪里又轮得到他？

　　甚至有那么一度，别说升职，没被裁员已经是很幸运的事情了。

读佛经的用意

鲁迅读书庞杂，却在 1914 年之后的几年里，大肆阅读佛经，恶补佛学知识，显系其个人阅读史上令人印象极为深刻的一段，之后他更是在《中国小说史略》中厚积薄发，发表了不少与佛教有关的高论，颇有见解。

在其著名散文集《野草》中，佛教的意象亦是其不可忽视的重要元素。

鲁迅因何读佛经，又读出了哪些深意？是泛泛而读，还是细细品味？他悟出了哪些人生的真义？他骨子里有无佛学信仰的因子？

真真值得仔细琢磨一番。

鲁迅与佛教的渊源，最早可以追溯到他的童年时代。根据绍兴本地风俗，作为家中长子，很是值得珍贵，为保证他顺利长大，要举行种种仪式，其中一项，便是向神佛去"记名"——把小孩的名儿记在神或佛的账上，表示他已经出了家，不再是人家的娇儿，免得鬼神妒忌，给抢走了。

鲁迅先是在神仙那儿记了名，又拜了一个和尚为师，表示出家做了沙弥，还从师父那儿得到一个法名"长根"。

当然，这不过是避邪的一个仪式，是民间的风俗，并不表示鲁迅跟佛教有太深的关系。

鲁迅真正接触佛教，缘于日本留学时章太炎"宗教救国"的宣传。彼时，正经历现代科学浸润并且怀揣革命信仰的鲁迅，对所谓"宗教救国"并没有足够的热心，只觉得这不过是章老师的一厢情愿，是他老人家夸大其辞的说法。

佛教里强调一个"缘"字，此时，鲁迅与佛经的关系，可以用"缘分未到"概括。

及至到教育部工作，先是工作的需要，给了鲁迅了解佛经的机会。宗教事务管理本属教育部的职权范围，鲁迅所在的教育部社会教育司第一科原本是为此而设。只是后来管辖权变更，由教育部挪至内务部。

假若说工作之需只是鲁迅阅读佛经的外因，内因则是之前的种种经历令鲁迅的苦恼和寂寞无以安放，他想从经书里寻求答案，以得到心灵的解脱和安稳。各种迹象表明，在孤苦无助的时代里，大量的知识精英因寻不到出路，许多人都会转向佛教寻求答案。

与鲁迅同时代的知识分子当中，信佛或读佛者绝不在少数，比如李叔同、梁漱溟、张大千……无一不曾从佛经里收获过启示。

鲁迅一旦开读佛经，其势若滔滔江水，一发不可收拾。

教育部诸同事中，通佛学者甚多，有人撰述佛学著作，有人系佛教会会员，而领鲁迅研读佛学的入门人，则是社会教育司的同事许季上。

许季上，名丹，浙江杭州人，1891年出生，小鲁迅整十岁。许氏为钱塘名门世家，季上自幼聪慧过人，过目成诵，八岁时便读完儒家十三经，有神童之誉。十四岁时父亲去世，其母典鬻资他攻读，后来考入上海复旦公学修习哲学，以第一届第一名毕业，时年方十九岁。辛亥革命后，江谦奉命筹办南京高等师范学校，聘许季上为南京高等师范学校教师。未久，应召至北京政府教育部任职，因而与鲁迅成为同事。1917年，许季上始在北大兼课，教授印度哲学，后因病辞去这一工作，接任他的，则是年仅二十四岁崭露头角的梁漱溟。

因读佛经之关系，鲁迅与许季上来往频繁，他们不但互相借阅佛经，切磋心得，而且常一起去琉璃厂购买佛经，许季上对佛经甚熟，对购书亦可提出合理的建议。遇到爱学习佛经的鲁迅，许季上自然十分欢喜，视鲁迅为同道，时不时赠他佛经。因为许季上的提点和指导，鲁迅在佛经方面的进步相当神速，悟出许多道理。

他相当感慨地对好友许寿裳说："释迦牟尼真是大哲，我平常对人生有许多难以解决的问题，而他居然大部分早已明白启示了，真是大哲！"

出于对佛经的喜欢和研究之需，鲁迅加快购买佛经的步伐，反映在经济情况上，难免捉襟见肘，因此便与同读佛经的许寿裳商定："我们两人买经不必重复。"各买不同的佛经，交换阅读，这实在是节约金钱的一个好方法。远在绍兴老家的二弟周作人，亦在这一时间里读佛经，与鲁迅多有探讨。

　　有意思的是，周氏兄弟两人读相同的佛经，却读出了两种截然不同的人生态度：周作人躲进他的苦雨斋，用文字精心打造一个佛禅的世界和淡泊的心境；鲁迅则更加入世，义无反顾地投向现实的怀抱，讴歌光明，驱散黑暗。

　　鲁迅读经，却不信佛，别人沉溺其中，读到最后成了信仰，但在鲁迅眼里，佛经之要点是其学问以及人生观。佛家的理论给他启发，让他更透彻地理解人生的道理，明白晓畅地生活，而其中消极的部分，在他却起不到作用。他依然崇尚积极的人生观，向往战斗的精神。

　　许寿裳说，别人读佛经，容易趋于消极；而鲁迅独不然，始终是积极的。

　　这是鲁迅与众不同的地方。

　　凡涉及佛教方面的事，许季上深得鲁迅信任，乃是他的学佛第一顾问。读佛经遇到了问题，必及时与许氏沟通交流；为母亲祝寿而捐刻《百喻经》（另一说鲁迅是为研究之需而刻，好像也无迹象表明鲁瑞是虔诚的佛教徒），亦是托许氏代为与金陵刻经处联系。金陵刻经处由杨仁山创办，刻校佛经精确，在亚洲各佛国都有影响。《百喻经》

这部由佛经演化而来的寓言集，因有了鲁迅的刻本，而得以流传开来。鲁迅无意的捐刻，客观上推广了一部经典，善莫大焉。

从许季上处汲取帮助的同时，鲁迅也不忘帮助对方，时时为他研究佛经提供便利，比如，把自己收藏的佛经借给许季上，供其阅读，有时二人更是互赠经书。这份因读书而日渐加深的友情，更是弥足珍贵。

许季上是虔诚的佛教徒，鲁迅自始至终都不是。但他却通过大量的阅读，确立了自己研究者的身份。对鲁迅而言，佛教与其说是信仰，倒不如说是一门值得深入探究的人生大学问。

1915年12月17日，许季上率集众人洒扫圣安寺，鲁迅没有参加，却不忘"助资二元"，实是对许季上的帮衬，不想扫了人家的兴。及至1916年8月4日，鲁迅又通过许季上捐献十元给万慧法师，供其在印度研习佛学之用。对于许季上的善意，鲁迅乐观其成，总会伸出援手。这也算是鲁迅对佛教的嘉许和欣赏。

给儿童的精神食粮

豆瓣上有个小组，名曰"父母皆祸害"，讨伐父母者大有其人。其实，细观这百年来，如何教育孩子一直都是个重要的社会话题。鲁迅曾在《狂人日记》里，借狂人之口喊出"救救孩子……"，之后他又写《我们怎样做父亲》，里面的诸多见解，都是告诉人们"救救孩子"的方法。

当然，还有一条他没有说，那便是提供有营养的儿童文学作品。鲁迅自己身体力行，践行着文学家的职责，向儿童世界里输送精神食粮。

在成人的世界里，他是一个拿着砍刀和斧头的作家，所过之处，即便是密不透风的原始丛林，他都可以用凌厉的刀锋劈出一条路来，但转到小孩子的世界里，他却是柔软得像一团温暖的棉花，爱意随时弥漫开来，就像他说的"怜子如何不丈夫"。

若没有长妈妈口中的长毛故事以及《山海经》这样的图书，鲁迅的童年一定会失去太多色彩；若没有儿童时期的文学启蒙，也难说会有后来的鲁迅。他也因此明白，在孩童的时代，读到了有趣味有意思的书，是件多么重要的事。

所以，鲁迅不曾忘了为孩子做些工作。

他留学日本之初，东瀛正掀起一股科幻小说的热流，鲁迅以此为契机，选译了凡尔纳的两部小说，一部曰《月界旅行》，一部曰《地底旅行》，后收入《域外小说集》中，他虽未言明这两部小说的读者，但儿童向来都是科幻小说的主要读者群和受益者。

儿童文学并非鲁迅创作的主轴，但有时间和机会，他会主动进行儿童文学作品的翻译，把国外优秀的儿童文学作品介绍给国内的读者。

与盲诗人爱罗先珂的认识，掀起了鲁迅翻译童话作品的一个小高潮。

爱罗先珂是乌克兰人，1914年受俄国世界语学会指派到日本推广世界语，由此开始长达九年的流浪生活，后被日本当局驱逐，归国时却又被拒入境，无奈之下只得来到中国。有人将他介绍给蔡元培，因而受邀来北大教世界语。一个盲人，生活上存在诸多不便，蔡元培思来想去，便委托周氏兄弟照顾他，至少，都懂日语的三人在交流上不存在任何障碍。

这位不幸的流浪诗人，在周家过上了幸福的生活，全家老小都很喜欢这个来自异国的青年，当他是家庭的一分子，周家的小孩子更与他打成一片。对于他过去的遭遇，周氏兄弟给予很深的同情。在周氏兄弟面前，爱罗先珂一直把自己当小辈，以示对他们的尊敬。

鲁迅找来爱罗先珂的童话集《天明前之歌》，译出其中数篇，文章发表后，他将翻译费全交给爱罗先珂，以资助其生活。后来，鲁迅把自己与别人翻译的十二篇这位盲诗人的作品，集中编成《爱罗先珂童话集》，由商务印书馆出版。

爱罗先珂在八道湾的生活，过得相当惬意，他喜欢周家的小孩子，热爱院子里的动物，当然还有他喜欢的音乐。每逢特别寂寞或者思念家乡时，爱罗先珂都会拿出琴来，演奏俄罗斯的音乐。

鲁迅常来他的屋里看他，并与他合作，继续翻译他的童话。

后来，爱罗先珂到芬兰去参加世界语大会，因久无音讯，鲁迅十分怀念这个俄国的青年。很鲜见的，在此期间，他竟一口气创作三篇小说——都与童话或者童年有关，分别是《兔和猫》《鸭的喜剧》《社戏》。在这三篇小说里，有对爱罗先珂的怀念，有对弱小人物的同情，当然还有对童年的无限怀恋。

鲁迅投入最多精力的，当属荷兰作家望·葛覃（现译作凡·伊登）的长篇童话《小约翰》。鲁迅早在日本读书时，便从一本文学杂志上接触到《小约翰》的部分章节，读之不忍释卷，遂寻找此书，在东京没有找到，只好托了书店从德国订阅。读过之后，便有与别人分享的冲动，想要动手翻译出来。

虽然早有打算，但真正的动笔，却是多年之后的1926年的6月底。这一次，他采用了与人合译的工作方式，合作者正是他在教育部的同事齐寿山，此君是翻译的一把好手，两人强强联合，势必让原作大放光彩。恰当时，齐氏被教育部派到中央公园整理档案，鲁迅便常常跑去公园里找他。至初稿完成，鲁迅差不多一共去中央公园达29次之多，可见合作之频密。

鲁迅和齐寿山躲到一间红墙小屋里，逐字逐句，共同翻译，工作效率甚高。只是，两人也常有不同意见，甚而引起争论，"争得很凶"，也有时因想不出应该如何翻译而焦躁不安。身心俱疲时喝口茶，向窗外望望，绿树成荫，心情放松些，不过最恼人的是天气太热，待在小红屋内，大汗淋漓不止。

初译刚完成，鲁迅便要去厦门教书了。他把这部译稿也带到了厦门，而最终把译稿整理出来，则是去到广州之后的事了。1928年1月，此书由北京未名社出版。

《小约翰》一书颇得鲁迅推崇，为其挚爱之童话书，后来有人决意推荐他为诺贝尔文学奖的候选人，他还特地拿《小约翰》为挡箭牌，拒绝被提名："你看我译的那本《小约翰》，我哪里做得出来，然而这作者就没有得到。"

鲁迅的创作里，《故事新编》亦接近于童话。这些重新书写的故事，分别演绎自神话、历史和传说，大多以人们熟知的故事为蓝本，加以改编和新撰，赋予其新鲜生动的活力，鲁迅说是"游戏之作"，但其趣味性却比原故事有极大加强，对于开阔思路有极好的作用，亦适合青少年阅读。

只不过，有些寓义不容易明白罢了。

他不只翻译和创作适合儿童的文学作品，甚至还曾迷恋于对儿歌的收集。在周作人日记里，曾抄录了鲁迅收集的六首儿歌。因其短小，特别照录出来，以飨读者。

一、羊羊羊。跳花墙。花墙破。驴推磨。猪挑柴。狗弄火。小猫儿上坑捏饽饽。

二、小轿车。白马拉。唏哩哗啦上娘家。

三、风来了。雨来了。和尚背了鼓来了。这里藏。庙里藏。一藏藏了个小儿郎。儿郎儿郎你看家。锅台后头有一个大西瓜。

四、棉花桃。满地蹦。姥姥见了外甥甥。

五、月公爷爷。保佑娃娃。娃娃长大。上街买菜。

六、车水车水。车到杨家嘴。杨奶奶。好白腿。你走你的路。我车我的水。你管我白腿不白腿。

辑三　准风月谈

交通工具，因时而异

生在江南水乡，对于船这一交通工具，鲁迅再熟悉不过了。

在《社戏》里，关于划船坐船的描述，十分生动有趣：

> 于是架起两支橹，一支两人，一里一换，有说笑的，有嚷的，夹着潺潺的船头激水的声音，在左右都是碧绿的豆麦田地的河流中，飞一般径向赵庄前进了。两岸的豆麦和河底的水草所发散出来的清香，夹杂在水气中扑面的吹来；月色便朦胧在这水气里。淡黑的起伏的连山，仿佛是踊跃的铁的兽脊似的，都远远的向船尾跑去了，但我却还以为船慢。

少年的赏心乐事，莫过于此。

对于这一群活泼爱动的少年而言，社戏本身的趣味并不算多，而永久留在记忆中的，却是因为这社戏而衍生出来的种种，比如划船，比如偷豆，又比如小贩的叫卖，同伴的呼喊，那开快船时的刺激。

走亲戚，出远门，船都是重要的交通工具，船的意象，在少年鲁迅脑海中，印象不可谓不深刻。即便长大一些，船依然是不可脱离的交通工具，去南京读书，到日本留学，都是坐在这种交通工具上，抵达了目的地。

及至到了杭州教书，有时回家，也依然是坐船，从杭州到绍兴的夜航船，晚上出发，一觉之后，天色放亮，抵达绍兴老家，十分方便。

鲁迅生活的年代，火车亦为新式交通工具之一种，是当时主流的长途交通工具。鲁迅由南京移师北京，就是先坐了船到天津，然后换乘火车抵京。只不过，彼时的火车速度和频繁换乘是个问题，坐一趟长途，着实是非常劳累的事情。

那会儿的火车有多慢？如何频繁换乘？举个例子就明白。

1919 年 12 月 1 日，鲁迅自北京回乡过年。凌晨 5 点，到达前门站，坐京津线，中午到天津，顺利换乘从天津开往浦口的火车，2 日中午抵浦口，在浦口换乘渡轮过长江，到南京站换乘开往上海的宁沪铁路公司客车，当晚 9 点到上海，已无开往杭州的列车，只得住进旅店，3 日一早冒雨乘杭甬铁路火车，终于抵杭，回绍兴只能坐船，下了船再雇轿子回家，到家里已是 4 日当晚 9 点。区区 1300 公里的行程，鲁迅用了4天时间。

鲁迅凡出远门，大都是坐火车前往，比如去陕西讲学，接鲁老太太进京，以后回京省亲，都是坐火车前往。也有舟车并用到达目的地的情形。

到北京工作后，交通工具为之一变，人力车成为他最主要的代步工具。有趣的是，他到教育部报到的当天，坐的却是骡车，同车的还有好友许寿裳。大概是当天下雨，导致积水过深，一般的交通工具无法前往之故，才选择骡车。

上班下班，走亲访友，人力车算是诸种交通工具中最便利的一种了。彼时没有公共交通，大型汽车尚未出现，小汽车虽有，但决非一般公务人员能够坐得起，至少也得总长才有的坐。作为政府公务人员，虽只是"区区佥事"，坐骡车似乎也不合身份。鲁迅来北京的时候，已修了不少新式马路，有些地方骡车便不许走了，这一交通方式也逐渐式微。

人力车又叫东洋车，是从日本传过来的，北京习惯称之为"洋车"。较为富裕的人家，通常自家买一辆，雇佣车夫来拉，管饭之外，每月15元到18元工资。鲁迅就曾帮许寿裳寻找车夫。买辆车要花100多元，再加上饭钱和工资，亦是一份不小的支出。因此一般人家，不会考虑买车自用。

最流行的方式是包车，坐车人按月交费，每月付车夫30元外，要管饭，不管饭的则要另付饭钱。鲁迅也曾包过一段时间，包车的好处是车随人意，随叫随到，相当方便，后来他觉得老叫人家车夫等他，实在不太好，过段时间，便改为临时到街上去叫车。

只是临时叫车就有点儿欠方便，如用车高峰，恐怕是叫不来的，阴天下雨，人们又纷纷抢车，车夫也会趁机加价，便又不好叫。

鲁迅上班非常准时，每当拉他的车子路过，沿途的店家都知道"可以做饭了"，无形中鲁迅充当了闹钟的作用，提醒着沿途人家应该干的事。

有时候，实在叫不到车，便只好步行回住地。好在他上班的西单，距离绍兴会馆不算远，走四十分钟左右也能到家——这算身体锻炼方法之一种。

鲁迅不包车，当然也有节俭的考量，所以全家搬入八道湾之后，鲁迅对于周作人一家动辄使用包车的情形，十分看不惯，因老二和他媳妇的不够节俭，周家本来不错的财务状况竟也时常出现紧张，到后来终于有了两兄弟的决裂——财务状况亦可能是兄弟失和的原因之一。

对于卖苦力的车夫，鲁迅多有同情，每每坐车发生状况，对车夫多表关心。有几次车夫跌倒，致鲁迅受伤，他都不曾索赔。但当他发现车夫衣穿得破烂时，好心地多给车夫钱，让人家买件像样的衣服。

有一个秋天早上坐车，因天冷，手插在口袋里，车夫突然跌倒，鲁迅未及抽手，从车上直接跌出，"结果便只好和地母接吻，以门牙牺牲了"，这对他本来就不怎么样的牙口来讲，真真是雪上加霜。

鲁迅搬入西三条胡同以后，邻居多是贫苦的百姓，其中一个叫二秃子的人力车夫，鲁迅常坐他的车，也对他格外地照顾，给较多的车费。有一次，这二秃子拉车不稳，把鲁迅狠狠摔了一跤，弄得他满口是血，但鲁迅并未责怪，甚至还亲自到二秃子门上探望。

他对车夫的盛情，也获得车夫的回报。有次刚发了工资，鲁迅不慎将钱包丢在车上，走了很远以后才想起来，便匆忙赶回来寻找，原以为车夫已经走开，哪知他原地未动，等失主来寻，见鲁迅而将原物奉还，鲁迅过意不去，遂以1元谢之，而车夫还硬是不要，后经路人劝说方才收下。

这样的车夫和这样的主顾，才构成了真正的和谐社会。

他那篇叙说人力车夫故事的《一件小事》，多少总能找出他的影子来，那个十分写实的事件，就像真的发生过一样。对人力车夫的同情和尊敬，借由作者的自述而生发出来，同样，文中的自责，大概也是他某一时的真实心境。

到上海之后的鲁迅，除了必要的事务需要外出，基本上是个宅男，大部分时间在家里读书和写作。这生命的最后十年，却也是他生活最稳定和富足的时期，依靠着大学院撰述员和个人写作的收入，他顺利地实现了小康。

反映在交通工具上，也便格外地明显。每每带家人外出看电影，必定选择汽车，既安全，也方便。在当时，汽车虽较北京时有所普及，仍不是一般人所能消费之物。因此，有些书店的老板便聚在一起议论说："鲁迅真阔气，出入汽车，时常看电影。"

　　坐个汽车，看个电影，还得忍受别人议论，放在今天，实在是不可想象的事情。

最讨厌的是……

鲁迅讨厌的事物，给人印象深刻的，莫过于京剧。

不过，这大约是个误解，可能不喜欢，并不至于讨厌。理性分析一下，可以得出这样的结论：他讨厌的不是京剧，而是"时下"的京剧；他讨厌的不是世俗的京剧，而是高官显贵所要"捧杀"的京剧。

因此，他说京剧是"从俗众中提出，罩上玻璃罩，做起紫檀架子来"，在他看来，京剧应该是民间的艺术，"自然是俗的，甚至于猥下，肮脏，但是泼辣，有生气"，但一经士大夫们过手，这艺术便彻底地毁了。这大约跟二人转是一回事，少了腥臊气的"绿色二人转"，给人感觉文明是文明了，但似乎少了那么一点虎虎生气。

因此，唐弢说，鲁迅要求京剧保持其优秀的传统，排除封建统治阶级的沾染和篡窃，在本身的特色上努力发展，这是一切京剧艺人必须斗争的道路。可谓鲁迅知音。

若仅拿梅兰芳和鲁迅的过节来说事，实犯了"一叶障目，不见泰山"的错误。鲁迅舞剑，意不在梅，而在毁掉京剧艺术的"士大夫"，在这种晦气沉沉不思进取的艺术门类。评说京剧时，只不过连带拉出来梅博士而已——这与当下自媒体写文章蹭热点一个道理。鲁迅在报上发表的文章，评点几句热门人物也属正常。

鲁迅不怎么爱看京剧倒是事实。《社戏》里他交代，自己在 1922 年之前的二十年间，也仅看过两回京戏，给他留下的印象，只是"冬冬喤喤的敲打，红红绿绿的晃荡"，与国粹擦肩而过后，鲁迅再无看京剧的记录，倒是童年乡下社戏的场景，令他难以忘怀，时时浮上心头来，成为心底宝贵的记忆。

1924 年，鲁迅在《论照相之类》一文里，对梅兰芳的扮相发表看法：

> 我们中国最伟大最永久的艺术是男人扮女人。异性大抵相爱。太监只能使别人放心，决没有人爱他，因为他是无性了……然而也就可见，虽然最难放心但是最可贵的是男人扮女人了，因为从两性看来，都近于异性，男人看见"扮女人"，女人看见"男人扮"，所以这就永远挂在照相馆的玻璃窗里，挂在国民的心中。外国没这样的完全的艺术家，所以只好任凭那些捏锤凿、调彩色、弄墨水的人跋扈。我们中国的最伟大最永久，而且最普遍的艺术也就是男人扮女人。

他还分析说，梅兰芳扮演的"天女""黛玉"等眼睛太凸、嘴唇太厚，形象不美，后者甚至破坏了他对《红楼梦》中黛玉的原有印象。

鲁迅的看法或者失之偏颇，但仍可视为一家之言，属正常的文艺批评。他与梅兰芳无怨无仇，绝无意诋毁梅兰芳，只是梅氏是当时最火的名角，拿他说事更易被读者理解而已。

不只不喜欢京剧中的"男人扮女人"，对于京剧表演中的象征艺术，鲁迅亦相当不以为然。他说："脸谱和手势，是代数，何尝是象征。它除了白鼻梁表丑角，花脸表强人，执鞭表骑马，推手表开门之外，那里还有什么说不出、做不出的意义？"

至于用京剧表演现实生活，鲁迅认为那根本不可能了。据郁达夫回忆："在上海，我有一次谈到了予倩、田汉诸君想改良京剧，来作宣传的话，他（鲁迅）根本就不赞成，并且很幽默地说，以京剧来宣传救国，那就是'我们救国啊啊啊'了，这行吗？"

鲁迅对京剧的态度，其实不足为怪，须要放到时代大背景下考量。五四之后的中国，新文化运动如火如荼，包括胡适、陈独秀、李大钊、钱玄同在内的先驱者，都曾把京剧视为宣扬封建迷信的"国粹"，置于彻底消除之列。

放眼望去，鲁迅的观点并非最过激，他只是如实地表达了自己的想法而已。

据说，新中国成立之后，因鲁迅的批评，梅兰芳的部分剧目被迫做了某些修改，如《天女散花》《黛玉葬花》等。

又有人说，20世纪50年代，在北京纪念鲁迅生辰和忌辰的活动中，作为全国文联副主席的梅兰芳不仅从不讲话，而且很少出席，即便是勉强来了，也往往不是迟到就是早退。我个人不觉得这事儿靠谱，梅兰芳尚不至如此小气，毕竟二人过节无多，甚至口角之争都算不上。有人拿来说事儿，不过是因为鲁迅和梅兰芳都是文化名人，都拥有巨大影响力，把他们扯在一起，容易制造掌故和逸闻。

另外一点值得注意，梅兰芳和许广平都居第三届中国文联副主席之位，互相之间的照面势必难免，即便心中有芥蒂，面子上还是要过得去吧？

讨厌京剧之外，还有中药。这跟童年的经历有关。周家为给鲁迅的父亲治病，遍请绍兴城内名医，但名医们开出的偏方，十分稀奇古怪，专找那些最难寻的东西做药引，比如"成对的蟋蟀""经霜三年的甘蔗"，简直是想方设法为难病人。对家属言，治病救人，最要紧的是时间，等找到这些药引，黄花菜也凉了，难怪鲁迅愤恨地说中医是"有意无意的骗子"。生活的经验最直接最本真也最残酷，正因鲁迅有切肤之痛，所以才对中医有强烈的抵触——这本属自然，咱不能站着说话不腰疼，说人家讨厌中医批评中医就不应该。

后来，他写作《坟·从胡须说到牙齿》一文时，坦承之所以讨厌中医，"其中大半是因为他们耽误了我的父亲的病的缘故罢，但怕也很挟带些切肤之痛的自己的私怨"。

跟对京剧的复杂感情一样，鲁迅也没有完全否定中医，对中医的态度亦是随着了解的深入而有转变。他也曾翻看《本草纲目》，认为李时珍这本书相当了不起，"含有丰富的宝藏""是极可宝贵的"。去琉璃厂逛街时，亦会购买中医古籍，其日记中有详细记录：1914 年 9 月 12 日，"买《备急灸方附针灸择日》共二册"；1915 年 2 月 21 日，"买景宋《王叔和脉经》一部四本"；同年 2 月 26 日，"购到《巢氏诸病源候论》一部十册"；4 月 27 日，"买《铜人腧穴针灸图经》一部二本"；1927 年 8 月 2 日，"买《六醴斋医书》讫"。

生活中，难免有小病小痛，鲁迅亦会采用中医方法治疗，效果不错。1912 年 11 月 10 日，他胃痛发作，喝了姜汤，疼痛立时减轻。

所以，讲鲁迅绝对讨厌中医，也非事实。

不喜欢京剧或中医，尚可理解，鲁迅不喜欢的事，竟然还包括旅行。大凡中国文人，对"行千里路，读万卷书"的古训，一向奉为圭臬，认为旅行是认识人生扩大视野的重要途径。鲁迅偏不，除了学习和工作的需求之外，他对旅行一点儿都不上心，对于美好风景，也并没有过多的向往和探求。

按现在标准看，鲁迅是典型宅男。

即便在堪称人间天堂的杭州任教时，他也懒得出门游玩。在杭州一年时间里，鲁迅仅去过一次西湖，还是因好友许寿裳相邀，盛情难却。玩过以后，他以为，杭州的风光其实没啥了不起，不管保俶塔，或者雷峰塔，不管平潭秋月，或者三潭印月，到他那里统统是"平平而已"。

既然他对西湖的印象这般普通，也难怪曹聚仁当面"讨伐"他："我和你是茶的知己，而不是西湖的知己。我喜欢龙井，尤其喜欢西湖；你呢，对于西湖，并没有多大好感。"

不喜欢去别处游玩，连身边的公园也省去了。鲁迅在上海住了十年，基本上没去逛过公园。有一年春天，萧红热情高涨地建议，大家去兆丰公园玩，鲁迅答应了，但最后因种种原因没有去。

鲁迅给公园下的定义才叫有趣："公园的样子我知道的……一进门分作两条路，一条通左边，一条通右边，沿着路种着点柳树什么树的，树下摆着几张长椅子，再远一点有个水池子。"

讲得这么直白，难免叫人丧失雅兴。

鲁迅对音乐也没太多兴趣，尤其是流行音乐，甚而至于反感。鲁迅不喜欢留声机里的京戏，对当时上海滩上流行的"毛毛雨"之类的音乐也相当排斥。《毛毛雨》是风靡上世纪二三十年代之交的一首歌，在鲁迅听来简直像"绞死猫儿"。

就是这个对音乐不感兴趣的人，却是教育部成立的国歌研究会的干事，多次参加国歌的审听工作。在一次审听时，他告诉在座的蔡元培："我完全不懂音乐。"弄得蔡氏一头雾水，搞不懂他想表达什么意思。或者并非真的完全不懂吧，只是对审听这一类工作不感冒而已。

鲁迅公开表示自己不懂音乐，或者是谦虚，但有人认为自己懂，是当之无愧的专业人士，比如徐志摩，徐氏在当时算是潮流人士，向来亦以懂音乐自居。1924年，徐志摩在《语丝》杂志发表文章，称"我不仅会听有音的乐，我也会听无音的乐"，然后又说，所以一切都是音乐，"你听不着就该怨你自己的耳轮太笨或是皮粗"。看看，徐先生有多自恋。

鲁迅当然不愿意放过这个讽刺徐氏的机会，他立马幽了徐氏一默："我这时立即疑心自己皮粗，用左手一摸右胳膊，的确并不滑；再一摸耳轮，却摸不出笨也与否。"

徐志摩之所以有此说，无非说明自己有过人之处，有品位，有素质，是旅欧归来的天之骄子，是修养超群的现代达人。而鲁迅向来反感油头滑面的摩登人士，对徐志摩之不屑可见一斑矣，以至于一看到徐志摩的文章，总想嘲笑他几句。

徐志摩也究竟不买鲁迅的账，曾与陈西滢合演双簧，揭发鲁迅《中国小说史略》乃抄袭日本国盐谷温氏。后来事实证明，这是个无聊的诬蔑。

鲁迅人生中与音乐有关的事，不多，举二例。

周作人早期曾搜集越中儿歌，鲁迅对二弟的这一工作相当支持，还特别从友人那儿搜集，抄了寄给周作人做参考。

　　他也看过外国乐团的演出，至少有两次：一次是 1922 年 4 月 4 日，在北京观赏俄国歌剧团演出；另一次是 1933 年的 5 月 20 日下午，鲁迅到上海的大光明电影院听了一场演奏会，不过，这不是正式演出，是乐队的彩排，他在日记中留下了听后感："后二种皆不见佳。"

　　这大约是最简短有力的乐评了。

鲁迅养过的宠物

　　章衣萍因为生病，在医院待着无聊，便写《枕上随笔》，仗着跟名人打交道的便利，专讲名人轶事，开篇就说起鲁迅来。说是有一天，鲁迅对他说："壁虎确无毒，有毒是人们冤枉它的。"章衣萍便把这话告诉了孙伏园，孙伏园颇不以为意，说，这实在算不了什么！

　　孙伏园特别告诉章衣萍，鲁迅住绍兴会馆的时候，还养过壁虎呢，且每天去喂它。

　　住绍兴会馆的那几年，大约是鲁迅人生中最为悠闲最为寂寞无聊的时光，甚至可以猜测，有那么一度，他大概丧失了与人交流的兴趣，转而求之于动物。但他不养猫养狗，不提笼架鸟，却去养了这缺少人情味的冷血动物壁虎当宠物，可见其作风之独特。

　　少年时代的鲁迅和他的小伙伴，把百草园当成汇聚欢乐的天堂。他们在百草园玩耍嬉戏，认识了各种各样的植物和动物。这些充满好奇心的小顽童，大约也把园里的动物都当成自己的宠物了，蝉、蟋蟀、油蛉、黄蜂、蜈蚣、斑蝥、蛐蛐……甚至传说中可能存在的赤练蛇，都是他们想要玩乐戏要的对象。

难怪后来忆起要离开百草园将进私塾读书时，鲁迅动了真情，深情款款地和小动物们说再见：Ade，我的蟋蟀们！

鲁迅亲自养宠物，并非从绍兴会馆起。早在他十岁左右时，便养了他人生的第一只宠物——隐鼠。此外，他还养过金鱼和蟋蟀，金鱼是他的所爱，对蟋蟀的感情却一般，只是养来玩玩的。看他的《故乡》，我们甚至可以推测，他应该也养过鸟雀，在冬天，鲁迅和小伙伴捕了许多鸟雀，捕来了，养一阵，玩一玩，厌烦了就放生。

鲁迅所说的隐鼠，实际上是鼹鼠，其体矮胖，长十余厘米，毛黑褐色，嘴尖。前肢发达，后肢细小，脚掌向外翻，有利爪，适于掘土。它的眼睛很小，隐藏在毛中。白天住在土穴中，夜晚出来捕食昆虫，也以农作物的根为食。

某天，周家用人长妈妈告诉他，他的隐鼠被猫给吃了，鲁迅气不过，从此对猫起了敌意，并由此延续到许多年之后——而实情是，他的那只小隐鼠是被长妈妈踩死的。尽管半年之后得知真相，但他对猫的恨意却未消除——这大约是心理学上所说的"移情"。

猫这回很无辜，结实地背了一回大黑锅。

和猫结下梁子后，鲁迅每每看到猫，不是追赶，便是用石子瞄着扔向它们的头，甚至他把猫诱惑进屋里，抓住打上一顿。小小少年的心里，充满了复仇的快感以及对于隐鼠之死的愧疚。

因为讨厌猫，不免找出理由来，以追求心理上的平衡。在一篇文章里，鲁迅说，他之所以仇猫，原因有二。

其一，猫的性情就和别的猛兽不同，凡捕食雀、鼠，总不肯一口咬死，定要尽情玩弄，放走，又捉住，捉住，又放走，直待自己玩厌了，这才吃下去，颇与人们的幸灾乐祸，慢慢地折磨弱者的坏脾气相同。

其二，猫号称和狮虎同族，可是却表现出一副媚态。这可能是它的身体所限，假使它的身材比现在大十倍，那就真不知道它所取的是怎么一种态度。

鲁迅也承认，这是他写作时现找的理由，与其说他讨厌猫，不如说他讨厌猫儿夜半叫春的声音，叫得人心烦意乱。

——与猫的恩怨，令猫在鲁迅作品中成为反面形象，"不堪入目"。他也曾写《兔和猫》一文，对贪婪凶狠欺负弱小的黑猫大加讨伐。

住补树书屋时，每当他写作进入佳境，为猫叫打断了思路，或者睡得正当香甜，为猫叫惊扰了美梦，气不过，便常常拿了长竹竿，追赶屋顶和墙上的猫，直到它们远远离开了他的住处才肯罢休。只是，这一招治标不治本，猫儿们还是常来，半夜里叫，好像故意跟他作对。

到上海后，鲁迅唯一爱养的宠物是金鱼。某次，内山完造赠送他十尾金鱼，鲁迅很喜欢，特地买来一只素白的金鱼缸，和许广平一起铺沙、灌水，种植水草。写作劳累了，他会停下来，看看金鱼，算是一种休息。有时候，他会叫着小海婴，一起观赏这鱼的花样翻新的泳姿。内山完造送的这十尾鱼，属于斗鱼，非常活泼善游，升降潜浮，极具观赏价值。

　　动物也给了鲁迅灵感，在他的许多作品中，有不少动物的意象出现，比如被害的小白兔、被马车碾轧的小狗、代表骑墙的落水狗、吃掉蝌蚪的小鸭子等等。读这些作品，由不得你不信，每一种动物，都有其个性和风格——好的或者坏的。

这么柔软，那么痴烈

时人眼中口中的鲁迅，多是怒目金刚，但在相熟的朋友看来，他又有菩萨低眉的那一种形态。对许广平这个中年以后才得到的爱侣，他的言谈举止中尽是弥漫的爱意，既柔软，又细致。

他和她都是克制的人，但在公开出版的《两地书》中，甜蜜和幸福仍时时从字里行间不经意地透出来，读后令人莞尔，为他们的爱而心生感动。对比看徐志摩与陆小曼的情书，会有特别不同的感受，徐志摩是诗人，天生的浪漫才子，受人瞩目的青年才俊，一口一个曼啊眉啊，一口一个心肝啊宝贝啊，格外让读者起腻。

鲁迅对许广平的称呼，每每变着法儿，一阵儿是广平兄，一阵儿是害马，一阵儿是小红象，一阵儿又是枭蛇鬼怪……在一封信里，鲁迅表明了心迹：我对于名誉、地位，什么都不要，只要枭蛇鬼怪够了。

一个饱受压抑的中年男人，负担着家庭之累和各种谣言，却可以率性若此，直抒胸臆，大胆表白，可见这爱情来得也迅疾炽烈。

他们之间的通信，向来缺乏绵密热烈的情话，但那细致的询问、深沉的关切，以及由衷的希望、彼此的默契，都正说明这爱情的持久与激烈，一如火山下的岩浆。

是什么让他喊出"我可以爱"？是什么让一个心如槁木的中年男人，像个热恋的毛头小伙一样充满了热情和亢奋？

这，只能归功于爱的力量。

及至二人有同居之事，许广平仍把鲁迅当先生、当老师，尊敬他、爱戴他，她以为二人的师生之情有甚于夫妻之情。她想不明白这一点，便问鲁迅："我为什么总觉得你还像是我的先生，你有没有这种感觉？"

他总是笑笑："你这傻孩子！"

许广平生产前，鲁迅忙前忙后，须臾不离左右，许广平情绪紧张，鲁迅多加安慰："不要紧，拿出来就好了。"

许广平的生产一度困难，医生特地征求鲁迅的意见，问他留小孩还是留大人，他不假思索："留大人。"最终，却是两条生命都保留下来，因此，对他们夫妇来讲，海婴算是意外的收获。

孩子生出来时，鲁迅不忘幽上一默："是男的，怪不得这样可恶。"

鲁迅每天两三次去医院里看许广平，拿着吃的喝的，有时也带来一批批朋友，照顾她，疼爱她。

每每出席宴会、活动或者饭局，若两人共同前往，鲁迅都会向朋友介绍身边的这位爱侣：这是密丝许。郁达夫之妻王映霞回忆中的鲁迅，极有优秀丈夫之风范：在朋友面前，从不掩饰自己对许广平的爱意，他看她的眼神，也充满温柔疼惜。

鲁迅刚到沪上，就参加一次朋友们为他接风的饭局。饭毕，服务员端上咖啡，每人一杯，鲁迅朝许广平看了一眼，说："密丝许，你胃不行，咖啡还是不吃的好，吃些生果罢。"

王映霞说，鲁迅的语气是热情的，言语却是告诫性质的，充满了柔情。

又有一次，亦是鲁迅两口子同郁达夫夫妇等人吃饭，上来一个北方菜，叫爆双脆，这菜里含有猪肚和猪肝，许广平刚吃了一块，鲁迅便阻止她，让她少吃，并且说，多吃会不消化的——对待爱人的健康，他是个细致的人。

若论生活中彼此之间的照顾，当然是许广平付出的更多一些。她做出最大的牺牲，便是自己放弃了工作的机会，全心全意做起家庭主妇。

从一个有理想有抱负的热血女青年，到与鲁迅同居之后转而变为全职的家庭主妇，这其中的落差，尽管一度难以适应，许广平仍然努力接受了这个角色，并努力做好一切。正是她的付出和牺牲，为鲁迅换来一个良好的工作环境，使他能够腾出足够的时间来写作，指导革命的文艺运动。

有一次，某妇女杂志编辑向许广平约稿，许广平苦笑着婉拒，说自己写不出来了。鲁迅在一旁说："她是能写的，可能是我们父子俩影响了她。"对许广平所受的苦，以及为家庭而做的牺牲，鲁迅深以为意，并充满愧疚。

　　又应了那句大俗话：每一个成功男人的背后，都有一个优秀的女人。

　　鲁迅在他的遗嘱里，曾要求许广平：忘记我，管自己生活。

　　这平凡的话里，却有无私的大爱。宋庆龄曾同许广平谈起以后的生活安排，宋说自己鉴于孙中山先生在全国人民心目中的地位，不打算改嫁，但她劝许广平安排好以后的生活。

　　许广平却也依仗心中的爱，独自与海婴一起，走完余下的人生路。

撒娇的鲁迅

撒娇不是丢人的事，常人可以撒，鲁迅自然也可以撒。文人撒娇，其实比之一般人，更妩媚，更动人，更花样百出。

在日常生活中，鲁迅撒娇的记录不多，但在书信里，他却真正地撒了，撒得很明媚，撒得很欢乐，但又撒得有技巧。看徐志摩写给陆小曼的情书，总感觉那娇撒得肉麻甜腻，撒得直白凶猛，而鲁迅的娇，则撒得自然有趣得多。

撒娇最多的时间，必然是热恋当中的那一阵，撒娇的对象，正是爱人同志许广平。

后来，这些撒娇的话，收在《两地书》里，当然，为照顾读者的情绪，可以想见的可能是，《两地书》是做了一些删改和修订之后才出版的。

从彼此书信上称呼的演变，可以看出二人关系的递进程度，而称呼则是暗地里的撒娇之一种。通信之始，许广平称鲁迅为鲁迅先生，自称"受教的一个小学生"，那会儿两人的关系实在普通，师生之谊而已。许氏对鲁迅的情感，大概是崇敬居多，所请教之问题，大多与思想的困惑相关。鲁迅回信称"广平兄"，态度和蔼亲切，全无师长之威严和肃穆。

许广平渐渐称他为"吾师""鲁迅师""迅师"，自称"小鬼"，关系有所演进。及至二人确立恋爱关系，一起南下，鲁迅到厦门，许广平去广州，通信的称呼则有了质的飞跃，许广平称鲁迅"MY DEAR TEACHER"，加了两个限定词，一是MY，强调"我的"，二是DEAR，强调"亲爱的"，自称则是"YOUR H.M."。假若是外国人，不过是普通而平常的称呼，但在许广平而言，则有宣示主权的味道：我是你的，你是我的。鲁迅完全放下了老师的架子，在厦门的通信，虽然还以"广平兄"相许，自称则成了"迅"，这在鲁迅，已是极亲近的称呼了。此后演变出来的称呼，大同小异，基本上属于稳定的恋人之间的称呼。

北京至上海的通信，则是两人在一起生活了几年之后的事，颇有些老夫老妻的感觉，彼此的称呼类似于"DARLING"那一种，但也不乏可爱之状。许广平称鲁迅的B.EL、EL.DEAR、D.EL，都是指许广平对鲁迅的昵称"小白象"之变种；而鲁迅称许广平的D.H、H.M、D.H.M都是鲁迅对许广平的昵称"害马"之变种，从彼此称呼里，仿佛能看到两个爱到甜得略腻的人。

1926年9月30日夜，鲁迅写给许广平的那封信，特别交代一件事："听讲的学生多起来，大概有许多是别科的。女生共五人。我决定目不邪视，而且将来永远如此，直到离开了厦门。"呵呵，这是光明正大的撒娇了！意思是，我决不给自己任何机会喜欢上别人，我只爱你一个！是表明心迹，又有点像小青年的山盟海誓。

许广平的回应，颇有大将之风，先说鲁迅这封信特别地"孩子气"十足，接着她引用张竞生的理论，说是："人都提高程度，则对于一切，皆如鲜花美画一般，欣赏之，愿显示于众，而自然私有之念消，你何妨体验一下？"鼓励爱人大胆接触异性，若没有点自信，若没有对他的充分了解，这真的很难做到，从这点看，许广平不是凡人。

鲁迅接到信后，又撒了一次娇，意思是说，张竞生的理论我很佩服，但估计很难做到呢！"私有之念之消除，大约当在二十五世纪"，所以他决计不瞪了！又一次表明心迹：我只爱你一个啊！必须只爱你一个啊！有木有？！

大约谈过恋爱的人，读至此处，都有会心一笑吧。鲁迅是深刻的人，但鲁迅恋了爱，跟老房子着火也差不多，不顾一切了呗。

同年11月25日夜，鲁迅写给许广平，说："我想H.M正要为社会做事，为了我的牢骚而不安，实在不好，想到这里，忽然静下来了，没有什么牢骚了。"恋人之间，发点牢骚是平常事，更何况鲁迅在厦门受到不公正待遇，心情烦恼，抒发一下，反倒有利于身心健康，有什么不可以？许广平都劝他，有牢骚要发出来，免得憋在心里，气坏了身子。

这分明又是在撒娇，意思是我不应该让你担心，让你跟我一起苦闷，我让我的害马受惊了。爱的力量让我惊醒，我不应该这样，要用乐观积极的态度看待一切。

撒娇撒到励志的境界去了。看看，这才是真正的文学家。

12月2日的信里，鲁迅告诉许广平："包裹已经取来了，背心已穿在小衫外，很暖，我看这样可以过冬，无需棉袍了。"这件背心是许广平给鲁迅寄来的，是真正的"温暖牌"，鲁迅说的暖，不只是体温上的暖，还是心里面的暖，怪不得一穿上，就感觉特别特别暖，有这一件衣，就可以过冬，连棉袍也省了。要知道，厦门的冬天虽不算特别冷，但至少还需要增加一件外套吧。

在信里，他还向许广平表明戒烟的决心，但实际上，他知道自己是不可能戒得掉的，所以说"但愿明年能够渐渐矫正，并且也不至于再闹脾气的了"。那意思分明是说，我知道很困难，但爱情能让我克服这个毛病。

撒娇本无高低之分，但不肉麻的娇，又撒得恰到好处的娇，不管是对于恋爱中的男女，还是对于读者本身，都无疑是一件好事，闻之读之，心旷神怡。

五十九分丈夫

1906年7月，鲁迅奉母命回到故乡绍兴。母亲鲁瑞写到日本的信，只说是自己生病，希望他赶紧回来。但到了绍兴之后，鲁迅才知道上当，母亲这回是骗他回来完婚的。

女方叫朱安，大鲁迅三岁，按中国传统的说法，"女大三，抱金砖"。

朱安人长得不漂亮，她额头突出，脸形狭长，身材矮小，一副发育不全的模样，但她脾气和顺，能做针线，也烧得一手好菜，是典型的中国传统家庭妇女，鲁老太太对这个媳妇比较满意，但鲁迅未有好感。在日本时，他还曾通过母亲向朱家提出要求，要求朱安放足，然后进学堂读书。这实在是吓了朱家一跳，对当时落后的农村而言，这要求有点不讲道理。

鲁迅与朱安的婚礼，按照绍兴当地烦琐的仪式举行，令早已接受新思想的鲁迅甚不适应。为了母亲，他也只得听任摆布，甚至为此还特意装上一条假辫子。虽是大喜日子，但他并没有丝毫喜悦的心情。

眼前的朱安，他也尽量少看或者不看。

鲁迅的族叔周冠五回忆说："结婚的那天晚上，是我和新台门衍太太的儿子明山二人扶新郎上楼的。一座陈旧的楼梯上，一级一级都铺着袋皮。楼上是二间低矮的房子，用木板隔开，新房就设在靠东首的一间，房内放置着一张红漆的木床和新媳妇的嫁妆。当时，鲁迅一句话也没有讲，我们扶他也不推辞。见了新媳妇，他照样一声不响，脸上有些阴郁，很沉闷。"至少可以看出，面对这桩婚事，他在情绪上是抗拒的。

至于新婚之夜发生了什么，没有人知晓，但可以肯定的是，那是鲁迅人生中最为漫长的一夜，他辗转反侧，无法入眠。

第二天早上，按照当地的风俗，新婚的夫妇要去老台门拜祠堂，但鲁迅没去。据周家用人王鹤照回忆，早上起床的鲁迅，脸被印花被给染青了。他以此推断，昨天夜里，鲁迅很有可能埋头在被子里哭过。

这桩婚姻几乎是鲁迅多年的心病，每当想起就隐隐作痛。他说，"这是母亲送我的一件礼物，我只能好好地供养她，爱情是我所不知道的"。

婚后的第四天，鲁迅就决绝地回了日本，只留下孤独的朱安，挨过这漫漫无尽的丈夫不在身边的时光。没有人知道，朱安心底又是怎样的苦。她听凭父母之意媒妁之言，嫁到周家，原想着这是一桩好姻缘。但她这留洋的丈夫，却连碰她一下都没有。他眼神里，流露出来的只是冷漠。

未来又会怎样？她只能独守空房，开始一场漫长而绝望的等待。谁承想这一等就是一生，她最终也没等到自己的幸福。

三年后，鲁迅彻底中断学业，回国找工作，朱安算是盼来了一点希望，但于她而言，一切仍是泡影，鲁迅原来不喜欢她，现在依然不喜欢她。

她的婚姻注定是场悲剧，开始是悲剧，结尾是悲剧，如此彻底。

鲁迅到北京后，和弟弟周作人一起攒钱，购入八道湾的一套大房子，并把全家接来，希望享受天伦之乐，结束天各一方的生活。

八道湾的院子有三进，他在外客房南屋独居，母亲和朱安则分别住到中间北屋，鲁迅即便来北屋和母亲聊天，也从来不进朱安的房间，他自心底对朱安的排斥，由此可见一斑。

其实，他也曾经尝试和这个媳妇沟通，毕竟木已成舟，他不能否定事实的存在。

但沟通下来，却更令他难受。

母亲曾问鲁迅，朱安到底有什么不好。鲁迅很无奈，他举了一个例子：鲁迅告诉朱安日本有一种东西很好吃。朱安说，是的，我也吃过的。鲁迅说，这种东西不但绍兴没有，甚至全中国也没有，她怎么可能吃过。自然，谈话便无法进行下去了。这样的事情出过几次之后，他彻底地不想沟通了。他们夫妻之间，根本找不到共同的话题和志趣。

朱安个性比较内向，不苟言笑。但她在家里，总是努力尽到妻子的义务和责任，她操持家务，洗衣做饭，每每鲁迅有客人来了，她以礼相待，泡茶、做点心；鲁迅生了病，朱安便烧了容易消化的粥给他喝；冬天天冷时，朱安便缝了新棉裤给他穿，只是，他并不领这个情；即便后来鲁迅和许广平好了，她也不生气。

朱安一直觉得，只要她对丈夫好，鲁迅终会回心转意，她说："过去大先生和我不好，我想好好地服侍他，一切顺着他，将来总会好的。"她给自己画了一张大饼，但她哪里知道，这大饼根本无法充饥。

鲁迅情感上冷落朱安，但在生活中，他又尽量维持一个丈夫的本分，除了要养活她，还每月给她固定的零用钱。对绍兴朱家，他也尽可能地予以照顾，不但帮助小舅子的儿子找工作，还寄钱给朱家。

但这对夫妻，彼此间几乎无话，有时候在同一个饭桌吃饭，气氛常静得可怕。他们的关系，只是一种义务，彼此相安，如此而已。

这桩婚姻，鲁迅和朱安都是牺牲品，巨大的隔阂和差异把他们分开了，朱安一辈子都恪守着妇人的本分，但鲁迅确实算不上一个合适的丈夫，他仅仅承担了养活老婆的义务，却没有在感情上尽到自己的责任——他不与朱安说话，不与朱安同房，甚至拒绝沟通。

鲁迅和许广平的同居，像当头给了朱安一棒，将她打趴在地，她已伤不起，对要弥补的感情再也没有任何信心了。朱安说："我好比是一只蜗牛，从墙底一点点往上爬，爬得虽慢，总有一天会爬到墙顶的。可是现在我没有办法了，没有力气爬了。我待他再好，也是无用。"就好像她拼着全身的力气，努力扶起倒下的花瓶，却被人随随便便打碎了。

其实，包办与否，与婚姻的幸福未必有直接的关系，在那个时代，许多文人都娶了守旧的妻子，或者小脚太太，但也有人经营得好，而过上幸福生活的，如胡适与江冬秀、刘半农与朱惠，假如鲁迅能够付出更多情感与朱安，或许，他们会有不一样的生活。

但历史并无可能假设，这段婚姻也只能以悲剧收尾。

好在，鲁迅还有许广平，正是这个来自广东的他的女学生，点燃了中年鲁迅的爱情，他的人生才不至于存在更多的缺憾。

压抑太久之后，鲁迅终于大声喊出来：我可以爱！

直到1927年，两人定居沪上才算彻底安定下来。移寓景云里之后，他们开始过上同居的生活。这一年，鲁迅四十七岁。

因鲁迅是文化名人，思想界的领导者，二人的结合，颇受到当时一些论敌和遗老遗少的攻击，有人宣传他"讨姨太太"，有人说他"弃北京之正妻而与女学生发生关系，实为思想落伍者"，好在二人已经历过一番磨砺，并不把这些诬蔑放在眼中——我们爱得坚定，任尔东南西北风。

但纵使再伟大的人物，生活也是细小琐碎的。当经历种种磨难而终于聚合到一起后，新的考验也随之而来。

鲁迅在上海虽无教职，但比原先更忙碌起来。写稿、翻译、演讲、会客……工作几乎是他生活的全部，日常的家务自然落到许广平身上，她其实是一个要强独立的女性，也有想要出去工作的打算，但面对这琐碎的一切，她哪里分得了身呢？除了打理家务照顾孩子之外，她还随时应鲁迅的需求，帮他校对、抄稿，充当他的助手和秘书。

鲁迅每一本译著出版前，许广平都要和他一起认真校对；鲁迅每一篇文章写成，她都以第一个读者的身份提出看法；鲁迅每一次重要的谈话，她都要记录和整理……她还要帮他查资料、找参考书、接洽出版事宜、收发邮件，许广平承担的工作，又何止是助手和秘书，她还是经纪人，是杂役工。

许广平持家，自感责任重大，为不浪费鲁迅有限的收入，她精打细算，处处节俭，自己做棉鞋、打毛衣、缝衣服。连鲁迅的换洗衣服也不请保姆，一概由她负责。有客来家吃饭，她总亲自下厨。经许广平细心照料，鲁迅的气色健康多了，人也变得稍胖，连穿着也像模像样不少。有爱情的滋润、贴心的照顾，生活也过得比从前细致从容。

曾有朋友办刊物，想邀请许广平出来一起做事，但鲁迅的生活已然离不开她了。她告诉鲁迅这件事时，鲁迅却并不主张她出来："这样，我的生活又要改变了，又要恢复到以前一个人干的生活中去。"许广平为了爱她的先生，主动放弃了这样的工作机会。于她一个追求上进的女青年来讲，算是一种巨大的牺牲。

两人各自忙碌，虽在一个家里，也终究是有难得相处的闲暇，只有等许广平忙完了家务，安顿了孩子，送走了客人，他们才可以消停下来，安静地相处一会儿。鲁迅在书桌旁写作，许广平在边上打毛衣，虽不怎么说话，但待在一起，还是让他们享受到难得的安静和快乐。两人都觉劳累时，便放下工作，一起喝喝茶，聊聊天，稍事放松。

鲁迅基本上算是缺乏生活情趣的人，他连公园都懒得去。因此，许广平几乎牺牲了自己所有的业余时间。好在他们偶尔也去逛街，也去看戏，也去会友，最多的娱乐活动是看电影，一般都是鲁迅提议，他把这活动看得很重要，这时候常常不太在乎钱，一般是坐汽车前往，到电影院须买最好的座位，一家三口享受这光影的世界。

但凡夫妻，没有不吵架的，二人亦无例外，只是他们吵得没有那么凶。大多数时候，都是许广平更迁就鲁迅一些。鲁迅的性格有时候像小孩子，十分任性。

有次晚饭后，他们为一点事闹别扭，鲁迅竟踅出房间，睡到黑黑的凉台地上。半天许广平都没有发觉，还以为鲁迅是在书房里写作。后来，还是被三四岁的海婴寻到了。海婴也一声不响地并排睡到父亲旁边。许广平眼见此情此景，不禁破涕为笑。到这时，鲁迅也翻身爬了起来。

鲁迅常向许广平抱歉："我这个人脾气真不好。"

许广平则回应："因为你是先生，我多少让你些，如果是年龄相仿的对手，我不会这样的。"

和儿子相处方面，鲁迅亦不算合格，他在家里写作，需要一个安静的环境，调皮的海婴自然要离他远一点。因此大多数时间，海婴和许广平及家中保姆待的时间更久一些。

鲁迅究竟不算合格的丈夫，对许广平，他也满怀内疚和感激。因他的需要，许广平成了一个彻底的家庭妇女。

1934 年 12 月，鲁迅送给许广平一本《芥子园画谱三集》，在书的扉页上，他题写了一首七言诗：

十年携手共艰危，以沫相濡亦可哀。

聊借画图怡倦眼，此中甘苦两心知。

这首诗可以解读为他对许广平无怨无悔的陪伴的感激，当然，也可以解读为一个不合格丈夫的深刻忏悔。

辑四 乌鸦炸酱面

开什么玩笑

鲁迅身上有一种与生俱来的幽默感。

没有跟鲁迅交往过的人，往往凭了他的文字来了解他。而他给人的印象，大都是严肃的、刻板的。但在现实的生活中，他却是个爱开玩笑的人，是有趣的智者。只不过时代选择他做战士，自然战士的一面压倒了幽默的一面，除去战士的特征，他实在好玩得可以。

岂不知，战士亦可以幽默。

要了解鲁迅，亦须了解他的幽默，其实，他从不曾板着脸。只不过这许多年来，鲁迅的形象似乎固定了：板着面孔，不苟言笑——这是时代的错读，和鲁迅本人没有关系。

鲁迅的儿子周海婴曾说，生活中的鲁迅其实是个爱开玩笑，非常幽默和蔼的人……周海婴一直强调，人们要了解鲁迅，须要还原鲁迅的本来面目。

所有证据表明，他是个多么好笑的人啊！

少年时代的鲁迅，被邻人和长辈称为"胡羊尾巴"，意思是这孩子很聪明、很顽皮，爱搞恶作剧。

按绍兴周家的规矩，平时是不许打牌的，但过年除外。有次春节，鲁迅看几个长辈玩牌，有一位想要逗他，便问，你欢喜哪一个人打赢？

鲁迅答："我喜欢大家都赢。"

一句话逗笑了所有人，因此而得"胡羊尾巴"的外号。

他的曾祖母经常端坐在家中的太师椅上。有一次，鲁迅从她面前经过，摔倒了，老太太着急地说，把衣服弄脏了，赶快站起来。后来，鲁迅就常故意在曾祖母身边摔倒，其实他只是想看曾祖母着急的样子。

年轻时，他懒得理发，而且一忙起来，往往数月不理。朋友们跟他开玩笑："豫才，你的'地球'怎么还不削一削？多难看！"

鲁迅一本正经地说："噢！我掏腰包，你们好看！"

另有一次，鲁迅去理发，理发师见他衣着简朴，便断定此人没什么钱，理发时一点也不认真。鲁迅不仅不生气，还在理发结束后掏出一大把钱给他。理发师大喜过望，脸上立刻堆满笑容，毕恭毕敬地送他出门。

再过一段，鲁迅又来理发，理发师见状立即拿出全部看家本领，好好给他理了一番。不料理毕，鲁迅并未再显上次的豪爽，而是掏出钱来，一个一个地数给他，一个子儿也没多给。

理发师不解："先生，今天咋给这点？您上回……"

鲁迅笑笑："您上回马马虎虎处理，我就马马虎虎地给点，这回认认真真地理，我就认认真真地给点。"理发师听了如坠云雾。

说完头发，还有胡子。鲁迅的胡子很有个性，从日本留学回来那几年，他的胡子是日本式的——两头往上翘，看起来很滑稽，被周围的人嘲弄，说他是崇洋媚外。鲁迅烦扰得不行，干脆把胡子修剪成隶书的"一"字，从此平安无事。

鲁迅的玩笑，多是出于机智，现场发挥，因此特别易感染人。当时他身边的朋友，最能感受这一点。

许寿裳曾与鲁迅、蔡谷清及其侄许世瑾同返绍兴，在上海坐轮船分配舱位时，鲁迅说："我睡上铺，谷清是被乌龟背过了的，我不愿和他同房。"之所以有此一说，乃是蔡谷清自己说，从前在北京时，曾去八大胡同吃花酒，忽遇骤雨，院中积水，无法出门，只得由妓院男人背出来。鲁迅以此来逗朋友，有取笑，也有逗乐的意思。

章衣萍的太太吴曙天，讲过一个关于鲁迅的故事。有天，她和朋友去找鲁迅玩，看见鲁迅正在往家走，于是隔着马路喊，鲁迅没听见，待众人追到家门口，对他说刚才喊了你好几声。于是鲁迅"噢、噢、噢……"噢了好几声。

问他为何连声回应，鲁迅笑说："你不是叫我好几声吗，我就还给你呀……"

大家进屋吃栗子，周建人关照，要拣小的吃，小的味道好。

鲁迅应声道："是的，人也是小的好！"章太太这才明白，鲁迅先生又在开玩笑，因她丈夫章先生是个小个子。

叶紫给鲁迅写信说："我已经饿了"，"借我十元或十五元钱"。

鲁迅回了一封信，并附了钱，信尾问候语是："即颂饿安！"

萧红去鲁迅家里玩，跟先生打招呼，正在看书的鲁迅转过来，一边朝萧红点头，一边说："好久不见，好久不见。"

萧红有点犯晕，自己刚刚不是来过了吗？怎么说好久不见？难道自己上午来过他忘了？

百思不解时，鲁迅自己笑起来，她才知道先生是在开玩笑。

他还有很多"尿事"。

还是厦门大学教书时，鲁迅给许广平的信里，讲了一个秘密："每每在半夜的时候，跑到楼下，找一棵树，草草倾泻，了事。"

有次，鲁迅受伤，晚上尿尿不想下楼，便找来了一把夜壶，但又不想去厕所倒尿，"看夜半无人时，即从窗口泼下去"。

在上海时，喜欢开着窗子写作，经常有人溜到楼下墙角小便，尿臊味儿对鲁迅造成了极大的困扰。迅哥儿怒了，用橡皮筋和纸团做成弹弓，瞄着人家的屁股发射。乱尿的人被击中，不由四下张望，提起裤子落荒而逃，迅哥儿恶作剧成功，偷笑不已。

鲁迅随时随地拿生活中的事来调侃，有信手拈来的巧妙，那种不经意间的玩笑，对于活跃气氛有相当的助益。喝点小酒之后，鲁迅的兴致会高起来，身处朋友之间，谈笑则更为有趣，典型的人来疯。

　　鲁迅给郁达夫讲过一个黄色笑话：一高僧弥留之际，向围绕身边的众乡绅提出一个不情之请，要见识一下女人的私处。

　　乡绅们很为难，满足他的要求吧，有违佛门清规；不满足他的要求吧，又觉得高僧一辈子不近女色，实在可怜。最后，经过商议，乡绅们凑钱请了一个妓女，满足高僧的愿望。

　　不料，高僧见识过之后，在咽气之前，吐出这样一句话来："原来跟尼姑的是一样的啊！"

　　郁达夫听后表示非常佩服，说自己回家翻书，都没能找到出处，由此佩服起鲁迅的学问来。

　　又一次饭局，鲁迅与林语堂及郁达夫等人共饮。郁达夫的太太王映霞插嘴说："尽管周先生会骂人，却骂不过他儿子！"

　　众人哄堂大笑，鲁迅自己也笑，还解释说："是的，我的孩子也骂我。有一次，他严厉地责问道：'你为什么晚上不睡，白天困觉？'又有一次，他跑来问我：'爸爸，你几时死？'意思是我死了之后，所有的书都可以归他。到了最不满意的时候，他就批评我：'这种爸爸，什么爸爸。'我倒真的没有方法对付他。"大家又哄堂笑起来。

在饭桌上，他的谈吐比别处来得都更有兴致。

侄女周晔曾问他："你的鼻子为何比我爸爸（指周建人）矮一点，扁一点呢？"

鲁迅笑答："我原来的鼻子和你爸爸的鼻子一样高，可是我住的环境比较黑暗，到处碰壁，所以额头、鼻子都碰矮了！"

鲁迅演讲时喜欢旁征博引，妙趣横生。一次他从上海回到北平，北师大请他去讲演，题目是《文学与武力》。有的同学已在报上看到不少攻击他的文章，很为他不平。他在讲演中说："有人说我这次到北平，是来抢饭碗的，是'卷土重来'；但是请放心，我马上要'卷土重去'了。"

鲁迅家里有两个保姆，不知何故，二人经常发生口角。他受不了整天的吵闹，竟病倒了。

邻居家的小姑娘俞芳问："大先生，你为什么不喝止她们？"

鲁迅微笑着说："她们闹口角是因为彼此心里都有气，即使暂时压下去了，心里那股气也是压不下去的，恐怕也要失眠，与其三个人或两个人失眠，还不如让我一个人失眠算了。"

俞家姐妹是鲁迅的二房东，多有接触，他喜欢给这几个小朋友讲故事，这一次的故事讽刺的是绍兴的读书人："从前绍兴有个读书人，评论文章好坏时说：'天下文章，算我浙江，浙江文章，算我绍兴，绍兴文章，算我家兄，家兄的文章，还要我批改批改呢！'"

俞芳回忆说，她和三妹最喜欢听鲁迅讲故事，皆因他讲故事生动有趣，引人入胜。

章衣萍在《枕上随笔》里讲了件鲁迅的趣事：大家都知道鲁迅先生打过巴儿狗，但他也和猪斗过的。

有一次，鲁迅说："在厦门，那里有一种树，叫做相思树，是到处生着的。有一天，我看见一只猪，在啃相思树的叶子。我觉得：相思树的叶子是不该给猪啃的，于是便和猪决斗。恰好这时候，一个同事的教员来了。他笑着问：'哈哈，你怎么同猪决斗起来了？'我答：'老兄，这话不便告诉你。'……"

有次家里来客，五十多岁的鲁迅做出跳舞的模样，从门口一圈一圈旋转着进屋，把客人们都乐坏了，笑得肚子疼。

大文豪萧伯纳见到鲁迅，夸道："你是中国的高尔基，但我觉得你比高尔基漂亮。"

听了这样的赞美，鲁迅一点儿没有谦让的意思，他调皮地说："我老了会更漂亮！"

他身上散发的那股自信，才真正漂亮。

生活中爱开玩笑，文字里亦不乏智慧的玩笑。

民国时期，失恋诗流行，鲁迅以为很无聊，便极尽冷嘲热讽，他在《野草·英文译本》序中说："因为讽刺当时盛行的失恋诗，作《我的失恋》。"在《三闲集·我和〈语丝〉的始终》中又进一步说："不过是三段打油诗，题作《我的失恋》，是看见当时'阿呀，阿唷，我要死了'这类的失恋诗盛行，故意做一首'由她去罢'收场的东西，开开玩笑的。"

便有了辛辣幽默的《我的失恋》：

　　我的所爱在山腰；
　　想去寻她山太高，
　　低头无法泪沾袍。
　　爱人赠我百蝶巾；
　　回她什么：猫头鹰。
　　从此翻脸不理我，
　　不知何故兮使我心惊。
　　我的所爱在闹市；
　　想去寻她人拥挤，
　　仰头无法泪沾耳。
　　爱人赠我双燕图；
　　回她什么：冰糖壶卢。
　　从此翻脸不理我，
　　不知何故兮使我糊涂。
　　我的所爱在河滨；
　　想去寻她河水深，
　　歪头无法泪沾襟。
　　爱人赠我金表索；
　　回她什么：发汗药。
　　从此翻脸不理我，

不知何故兮使我神经衰弱。

我的所爱在豪家；

想去寻她兮没有汽车，

摇头无法泪如麻。

爱人赠我玫瑰花；

回她什么：赤练蛇。

从此翻脸不理我。

不知何故兮——由她去罢。

他在《关于蚊子》一文里，有非常精彩好笑的一段话：

你只管叮我好了，但请不要叫！然而蚊子仍然呜呜地叫。这时倘有人问我"于蚊子跳蚤孰爱"，我一定毫不迟疑答曰"爱跳蚤"！这理由很简单，就因为跳蚤是咬而不嚷的。早上起来，但见三位得胜者拖着鲜红色的肚子站在帐子上；自己身上有些痒，且搔且数，一共五个疙瘩，是我在生物界里战败的标征。我于是也便带了五个疙瘩，出门混饭去了……

一般人被蚊子叮咬后，无非恼怒、生气，恨这些蚊子的可恶，但鲁迅，却借此自嘲，兼以逗乐，实在算得上可爱。

鲁迅在《新药》里引用过一个寓言，旨在讽刺国民党政客吴稚晖。

某朝某帝的时候，宫女们多数生了病，总是医不好。最后来了一个名医，开出神方道：壮汉若干名。皇帝没有法，只得照他办。若干天之后，自去察看时，宫女们果然个个神采焕发了，却另有许多瘦得不像人样的男人，拜服在地上。

皇帝吃了一惊，问：这是什么呢？宫女们嗫嚅地答道：是药渣。

鲁迅说，"吴先生仿佛就如药渣一样"，他骂人从来不带脏字，却让被骂者如鲠在喉，欲辩无语。

如此这般的例子不胜枚举。

但看他文字里，有嬉笑，有幽默，有怒骂，有讽刺，有长枪，有匕首，有大炮。

鲁迅不只爱开玩笑，还爱给人取外号。

在日本留学时，鲁迅与许寿裳、钱玄同等人听章太炎讲课，在大家一起讨论时，钱玄同最是活跃，喜欢在房间爬来爬去，鲁迅随即为他取外号"爬来爬去"，钱玄同则回敬以"猫头鹰"的绰号。

他在北大讲课时，当时北大有位青年教授叫章廷谦，留了个学生头，他便给人家起了个外号"一撮毛"，见面时还亲切地叫他"一撮毛哥哥"。

俞芳俞藻姐妹俩，和鲁迅相熟后，鲁迅戏称俞芳为"野猪"（属猪），戏称俞藻为"野牛"（属牛），姐妹俩戏称鲁迅为"野蛇"（属蛇）。

严复是著名的翻译家，鲁迅特别称道他的翻译功力，所以给严复一个轻松的外号叫"不佞"，意思是指严复的翻译中看不到废话。

当时有位著名的维新人物蒋智由，谈到服装问题时，说清朝的红缨帽有威仪，而西式礼帽则无威仪，鲁迅便给他也起了外号叫"无威仪"。

鲁迅给人起外号，总是事出有因，一般来说大都充满善意，也会有讽刺。当然，例外也有：比如，他给许广平取的绰号，小红象、害马等，简直相当有爱了；而他和朋友同事们给夏震武取的外号"夏木瓜"，简直就是侮辱了。

开玩笑归开玩笑，取外号归取外号，关于幽默，他亦有深刻的理解：然中国之所谓幽默，往往尚不脱《笑林广记》式，真是无可奈何。

在他看来，《笑林广记》实为庸俗无聊的笑料罢了，并不提供智慧和深意。

因此，也就不难理解他如何反对林语堂作幽默的文章了。林语堂提倡幽默，是想借助幽默，表现性灵闲适，曲折地表达自己对当下社会的不满，林氏认为："愈是空泛的、笼统的社会讽刺及人生讽刺，其情调自然愈深远，而愈近于幽默本色。"

鲁迅全然不同意这种看法，他希望林语堂放弃这样的写作，而去做些真正有意义的斗争。因持有不同的理念，两人才愈走愈远了。

谁笔名有我多

鲁迅一生写文章，所用笔名有 140 余个，笔名之多，更换之频，实乃举世罕见。

当然，之所以有这海量的笔名，跟他创作的环境不无关系。鲁迅以其进步之思想，为统治者所不容，时时想找机会整他。

道高一尺，魔高一丈，他对付敌人审查的办法，就是笔名尽量换得勤快些。

他自己说，"一个作者自取的笔名，自然可以窥见他的思想"，鲁迅取笔名，绝不是随随便便取来用。几乎他的每个笔名，都有丰富之含义。

我们拣些有趣的来说道说道。

青年时期之鲁迅，秉一腔热血，怀救国之志，因此所用笔名，大都以爱国和革命为主旨，借他的笔名可以窥见其青年时期思想之一端。

鲁迅 1898 年所作《戛剑生杂记》一文，所用笔名为戛剑生。戛，击也，此笔名意指舞剑、击剑者，鲁迅寓其以含义，是想表达自己战斗的激情和渴望。

1903 年，鲁迅曾将法国作家雨果的作品《芳梯的来历》译成中文，以《哀尘》为题发表，署名庚辰，庚辰本是古人的名字，传说中，此君是大禹的助手，协助大禹治水成功，造福了华夏民族。鲁迅取此笔名，体现了他在年轻时代所怀的远大抱负，以及想要做出一番事业的雄心。

亦是在 1903 年，鲁迅以索子为笔名写作《中国地质略论》，发表在留日浙江同乡会所办的《浙江潮》杂志上，该杂志主编正是他的好朋友许寿裳。索子，大约有不停探索之意，探索何物？当然是救中国的真理。

1907 年，鲁迅在《河南》杂志上发表《人之历史》，用的是"令飞"，此笔名有永不停歇奋力飞起之意，有自我期许和鼓励。后来，周海婴为长子取名周令飞，亦含有对父亲致敬和怀念的意思在。

鲁迅在绍兴任山会初级师范学堂监督时，恰值辛亥革命爆发，绍兴的热血青年们创办《越铎日报》，邀请鲁迅写发刊词，他以黄棘为笔名写作《出世辞》，发出拥护辛亥革命的心声。"黄棘"取自《诗经》，"借光景以往来兮，施黄棘之枉策"，所谓"黄棘"，有以棘策马，奋力前行的意思。

与论敌和统治者交战，也不全是呛鼻的火药味儿，他会抓住一切时机，对论敌冷嘲热讽，取笔名亦不例外。

1923 年 8 月，章士钊在上海《新闻报》上发表《评新文化运动》，提倡文言文，反对白话文，更举例说明文言文的好处："……二桃杀三士，谱之于诗，节奏甚美。今日此于白话无当也，必曰两个桃子杀了三个读书人，是亦不可以已乎！"老顽固之姿态跃然纸上。

鲁迅很讨厌这个章氏，马上以"雪之"为笔名，写了篇《两个桃子杀了三个读书人》，挑其要害，大力抨击。所谓"二桃杀三士"的故事，源自《晏子春秋》，这里的三士，是三个勇猛有余智商不足的猛士，而章氏把三士解读为读书人，弄出一个天大的笑话。

因此，鲁迅攻其这一点，令章氏措手不及："旧文化也实在太难解，古典也诚然太难记，而那两个旧桃子也未免太作怪：不但那时使三个读书人因此送命，到现在还使一个读书人因此出丑，'是亦不可以已乎'！"之所以用"雪之"做笔名，不外乎澄清之意也，给古典以正确的解释，客观上也大大讽刺了老顽固一把，令章氏大出其丑。

1928 年 8 月，《创造月刊》上发表郭沫若署名"杜荃"的文章《文艺战线上的封建余孽》，指出鲁迅便是这"封建余孽"，应当及时扫除，否则后患无穷。鲁迅便以"封余"为笔名，实在有故意取笑郭氏的意味，如此顺水推舟，对论敌算是一种巧妙的回击。这一笔名后来又衍化成"唐丰瑜"。

1930 年 2 月，鲁迅等人在上海发起成立"自由大同盟"，国民党浙江省党部呈请南京政府通缉鲁迅，经南京政府批准并发出秘密通缉令，通缉令将目标直指"反动堕落文人鲁迅"，鲁迅因这通缉又生出一笔名曰"隋洛文"，以表明自己就是敌人眼中的反动堕落文人，嘲讽之意十足，有点冷幽默的架势。

鲁迅曾以"华约瑟"为笔名，写过一篇《述香港恭祝圣诞》，此一笔名，完全是即兴所取，也只使用过这一次。华是中华，约瑟为洋人名，"华约瑟"即不中不洋之人名，借以讽刺所谓的"高等华人"。

另有一笔名为"公汗"，是因为鲁迅多次被反动文人骂为汉奸，这个笔名是他的反击，写给曹聚仁的信中，他愤怒地说："不必一二年，则谁为汉奸，便可一目了然矣。"

还有一些笔名是走可爱路线的。

比如，小孩子，是为写一篇《儿歌的"反动"》时的署名。

比如，许霞、EL，这两个名字都演化自许广平的名字和外号。许霞是许广平的小名，鲁迅偶尔拿来当笔名发表文章。而 EL 则是象的英文的前两个字母，在《两地书》中，许广平常称鲁迅为"小白象"，因此有时也用 EL 代替，是恋人间的趣味游戏。

看鲁迅如何做广告

鲁迅之多才多艺，不只体现在他的文学创作以及在艺术方面的修养和认知，还在于，他是一个广告达人、文案高手，若投身于广告界，亦是不可多得之人才。

俗话说，王婆卖瓜，自卖自夸，但夸得合理，夸得巧妙，又夸得不露声色，还真需要下点儿真功夫，鲁迅在此方面深得精要。

经典的广告从来都以创意取胜，而非靠着吹牛皮大获成功。

充分利用广告的作用进行图书营销，鲁迅可说是先驱者之一。

早在 1907 年，鲁迅便发布了自己的第一则广告作品，那则广告印在《中国矿产志》的增订 3 版封底，《中国矿产志》是鲁迅和顾琅合作的地质矿产著作，也是鲁迅的第一部正式出版物，初版于 1906 年 7 月，由日本井木活版所印刷，上海普及书局发行。

这则广告主要是为征集资料而做，内容较一般广告长，十分平实，说明写作的缘起、目的之后，郑重向读者征集资料，以便使该书内容更加充实。

《中国矿产志》出版后，受到广大读者欢迎，当年年底便增订再版，甚而引起清政府之注意，其农工商部认为此书对中国地质源流讲述甚详，绘图精审，因此通饬各省矿务、商务界购阅，学部还批准此书为中学堂参考书。

1909 年，鲁迅和周作人两兄弟合译的《域外小说集》出版，除在东京的神益书店售卖，还在上海的广昌隆绸庄寄售（这绸庄乃是《域外小说集》的赞助人蒋抑卮家所开，因而有此便利），鲁迅因此特地在上海《时报》第一版发布广告，以求更多销量，于当时的中国来讲，"周树人"三字尚无人知，寂寂无名。

这则广告开宗明义，上场便夸这本书，说："是集所录，率皆近世名家短篇。结构缜密，情思幽眇。"——那意思是说，如此优秀之作品，你好意思不看？你好意思不买？接着又夸："新纪文潮，灌注中夏，此其滥觞也。"

不看此书，你损失大了去，这可是领先时代之作品。

以上是指书的内容，倘若还是说服不了顾客，再来夸夸这书的材质，"装订新异，纸张精致"，即便包装如此精美之图书，价格却便宜到家："每册小银元三角，现银批售及十册者九折，五十册者八折。"购书越多，享受的折扣越大。

可惜的是，《域外小说集》卖得并不好，其中的大部分被鲁迅兄弟俩送了人。直到若干年之后，他已是文坛上鼎鼎大名之人物，这书才又重印，销量远比第一次多了去。

一般情况而言，鲁迅的广告语里，交代价格是必备元素，他知道一般爱书者，对价格最为关心。为鼓励大家购买，他也会强调"欲购从速"，因为"印数有限"。论"饥饿营销"，鲁迅才是始祖。

广告语绝非一成不变，因现实需要而做更改，需平实，便平实，需幽默，也是手到擒来，极尽调侃之能事，如他替三闲书屋所撰的《引玉集》广告，文案就十分诙谐可笑：

> 神采奕奕，殆可乱真，并加序跋，装成一册，定价低廉，近乎赔本，盖近来中国出版界之创举也。但册数无多，且不再版，购宜从速，庶免空回。

作品优秀到如此地步，怎可能不买？怎可能不快点买？如果你一旦有了买它的想法，必须从速，来晚了就买不到，不但害你白跑一趟，精神生活上更是大损失！

鲁迅所做广告，语言简洁、直白，突出重点。当然，对于所宣传产品的好处，他会尽最大努力彰显，以期达到广告之目的。

但有一点，那就是他不做过度夸张的虚假宣传。

成名之后，身为文坛领袖，思想界之权威，名字本身即是一种活广告，这一时期再为自己的作品打广告时，便只交代重点，用不着大肆宣传其好处了。鲁迅文章天下皆知，自然无需自夸之语。人们看到"鲁迅"二字，便竞相购买，欲一睹为快了。

但对于所推荐的青年和朋友的作品，他仍然不遗余力地鼓吹。

广告不只体现在广告语中，为提点青年和朋友，他常常为他们作序，因了鲁迅的推荐，那书自然可以卖出许多，而作家们有不少因鲁迅推荐，一举成名，这可以称为"隐性营销"的手段之一种。

如他称萧军《八月的乡村》是东北人民抗日题材中"很好的一部"，如他在给萧红《生死场》写作的序言里，直接采用了广而告之的方式："不过与其听我还在安坐中的牢骚话，不如快看下面的《生死场》，她才会给你们以坚强和挣扎的力气。"

瞿秋白死后，鲁迅收集亡友译作，亲自编辑，名之曰《海上述林》，并过问选纸、印刷、装帧的每一细节，这是他生平编辑的最后一本书。当然，也没有忘记在《译文》杂志上为其刊登广告。广告称，"译者又是名手，信而达，并世无双"，还特别强调，"仅印五百部，佳纸精装，内一百部精装，金顶，每本实价两元五角，函购加邮费两角三分。好书易尽，欲购从速"。说白了，这可是真正的限量版，一旦错过，永久遗憾。

鲁迅的名声和推荐是当时书刊发行的最佳保障。

由鲁迅参与主创的《莽原》周刊，创刊前曾在《京报》刊登广告，那广告极借鲁迅之声名来利用："思想界的一个重要消息：如何改造青年的思想？请自本星期五起快读鲁迅先生主撰的《□□》周刊，详情明日宣布。本社特白。"这广告做得不好，太过直白牵强，大有要做读者人生导师的意思。

鲁迅看了以后，当然不悦，他才不要当"乌烟瘴气的鸟导师"，认为这一广告"夸大可笑"（《两地书》），于是自己重拟了出版预告。由此可见，他亦讨厌夸大其辞的虚假宣传。

另有一种图书的广告形式，备受鲁迅讨厌。那便是抽奖促销，有些书店竟以美人头像作为奖品。前些年纸媒正盛时，各种时尚杂志流行赠送礼品，岂不知早在鲁迅时代，这方法已普遍实行之，后人所嚼，不过前人的剩饭。

鲁迅编辑《语丝》杂志时，常为杂志内的广告而苦恼，医生的诊所广告、袜子广告刊登在这纯文学类杂志上，实在有点儿不伦不类，更甚者，还刊登治愈遗精药的广告，简直令他头疼无比了。

无奈之余，他仍然不忘调侃一番："固然，谁也不能保证《语丝》的读者决不遗精，况且遗精也非恶行，但善后方法，却须向《申报》之类，要稳当，则向《医药学报》的广告去留心的。"

高帽或小鞋

　　鲁迅平生被骂之多，或被赞之甚，实为五四文人中所罕见。有人赠他高帽数顶，有人给他小鞋多双，高帽当然是吹捧，说他是"思想界的权威者""青年导师""左联盟主"；小鞋则极尽贬低，说他是"世故老人""抄袭者""保守派老朽"。如此种种。

　　赞美也好，攻击也罢，鲁迅全可以泰然处之，他对自己有清醒认知，不因别人的赞美而沾沾自喜，亦不因别人的攻击而自惭形秽。

　　随着鲁迅的声名日隆，媒体或文人们主动赠送他各种封号，如"思想界的先驱者""青年叛徒的领袖"，极尽美誉之能事。

　　高长虹等人主办的狂飙社曾刊登广告，想要借鲁迅金身扩大自身刊物之发行，广告中称"去年春天本社同人与思想界先驱者鲁迅及少数最进步的青年文学家合办《莽原》"，如此先斩后奏，直让鲁迅备感无奈，他只得发表声明以正视听，除讲明实际情况外，还特地强调：

> 我也不是"思想界先驱者"即英文 Forerunner 之译名。此等名号，乃是他人暗中所加，别有作用，本人事前并不知情，事后亦未尝高兴。倘见者因此受愚，概与本人无涉。

别有作用？什么作用？他没有讲明，但明眼人肯定能看出来。

他只是不想受人利用而已。

赠鲁迅"思想界先驱者"的是高长虹，说他是"世故老人"的亦系此君。高长虹与韦素园因《莽原》杂志的编辑工作而起矛盾，时在上海的高长虹发表文章大骂韦素园，并要求在厦门的鲁迅出面支持他。

没有得到鲁迅的应允，高长虹衔恨在心，写了《1925，北京出版界形势指掌图》一文，对曾提拔他的这位前辈极尽攻击之能事：

> 我与鲁迅，会面不只百次，然他所给与我的印象，实以此一短促的时期为最清新，彼此时实为一真正的艺术家的面目。过此以往，则递降而至一不很高明而却奋勇的战士的面目，再递降而为一世故老人的面目，除世故外，几不知其他矣。

对我有用时，就胡乱吹捧，送你高帽若干，没有用时，对不起，你也只有穿小鞋的份了。

这等青年，可否称之为"世故青年"？

与鲁迅甚熟且往来密切的曹聚仁，可谓知鲁迅者，他对鲁迅说："别人说你世故，而且有了世故老人之称。其实，你太不世故了。"

鲁迅听了，大约还是会欣慰，这世上毕竟有真正懂他的人。

无形的帽子不要戴，有形的帽子也不要戴。

面对"诺贝尔文学奖得主"这样可能会降临的大帽子，他依然摆出一副拒绝的姿态。人们以为，鲁迅之拒绝诺贝尔文学奖提名，是因为他谦虚。谦虚或许是其中一部分原因，更大的可能是，他觉得自己受用不起这顶大帽子。

1927年，瑞典探测学家斯文·海定在中国考察时，了解到鲁迅的文学成就以及他在中国文坛的巨大影响。这位瑞典人便与刘半农商量，准备推荐鲁迅为诺贝尔文学奖候选人。刘半农托鲁迅的朋友台静农去信征询鲁迅的意见。

鲁迅婉言谢绝了。

他给台静农回了一封信。

静农兄弟：

　　九月十七日来信收到了，请你转告半农先生，我感谢他的好意，为我，为中国。但我很抱

197

歉，我不愿意如此。

诺贝尔赏金，梁启超自然不配，我也不配，要拿这钱，还欠努力。世界上比我好的作家何限，他们得不到。你看我译的那本《小约翰》，我哪里做得出来，然而这作者就没有得到。

或者我所便的，是我是中国人，靠着"中国"两个字罢，那么，与陈焕章在美国做《孔门理财学》而得博士无异了，自己也觉得可笑。

我觉得中国实在还没有可得诺贝尔奖赏金的人，瑞典最好不要理我们，谁也不给。倘因为黄色脸皮的人，格外优待从宽，反足以长中国人的虚荣心，以为真可以与别国大作家比肩了，结果将很坏。

我眼前所见的依然黑暗，有些疲倦，有些颓唐，此后能否创作，尚在不可知之数。倘这事成功而从此不再动笔，对不起人；倘再写，也许变了翰林文学，一无可观了。还是照旧的没有名誉而穷之为好罢。

因参加革命文学的实际领导工作，鲁迅的高帽又多了一顶，"中国的高尔基"，对这称呼，其实鲁迅也从未接受过，这不过是大众或媒体一厢情愿的说法。若有人当面奉承他是"中国的高尔基"，我猜鲁迅心里会骂："你才是高尔基！你全家都是高尔基！"

冯雪峰曾经对这个"中国的高尔基"表示不满，他私下里向胡风抱怨：鲁迅不如高尔基听话，所以仍然不行。这也从一个侧面说明，鲁迅不是高尔基，高尔基在高压之下，或听话或闭嘴，而鲁迅，是不会妥协也不可能妥协的。

　　他一直声称，他不是中国的高尔基，但媒体不放过他，直到他死，报道的标题大都是"中国的高尔基今晨五时去世"之类。

　　这真是一个绝妙的讽刺。

　　在上海，鲁迅生活在国民党监视之下，活动写作俱不自由，在他参加自由大同盟之后，浙江省党部呈请南京中央政府通缉"堕落文人"鲁迅，这是国民党赠与鲁迅的一双小鞋，鲁迅后来索性取了个笔名"隋落文"，针锋相对，体现他十足的冷幽默气质。

　　及至鲁迅死后，人们给予"民族魂"之称号，但这就是他想要的吗？我看也未必。

　　他不想被人为地神化，被革命的同志绑架，也不想和普罗大众拉开距离，从而被送上神位，他是世间的一分子，他只为自由奋争。

绝妙好词

鲁迅用词或造词有术，信手拈来，巧妙之至，令人佩服，其中又有若干，或可以会心一笑，或令人若有所思。

绝妙者，不只是绝，还需要妙。

摘取鲁迅所造或所用有趣之词若干，以飨读者。

黄金世界

语出《影的告白》。

有我所不乐意的在天堂里，我不愿去；有我所不乐意的在地狱里，我不愿去；有我所不乐意的在你们将来的黄金世界里，我不愿去。

然而你就是我所不乐意的。

朋友，我不想跟随你了，我不愿住。

我不愿意！

"黄金世界"是鲁迅的一个创造，意谓充满许诺性质的、虚幻的、不切实际的美丽新世界。在黄金世界里，好像只有金光闪闪的幸福生活，其他一切不复存在。鲁迅很决绝地拒绝了这个黄金世界，因此他称这是"你们将来的黄金世界"——与我无关。

"黄金世界"是鲁迅所译小说《工人绥惠略夫》里"黄金时代"的变种，小说中有一个人物亚拉藉夫，是一名理想主义者、不抵抗主义者、改良主义者，面对沙皇的专制统治，他反对暴力革命，主张用爱、同情和自我牺牲来改造世界，创建一个美好的新世界。小说的主人公绥惠略夫问亚拉藉夫："你们将那黄金时代，预约给他们的后人，但有什么给这些人们自己呢？"

鲁迅为什么要拒绝黄金世界？

在女师大著名的演讲《娜拉走后怎样》中，他给出了答案：因为要造那世界，先唤起许多人们来受苦。

他不想跟着瞎许诺，让许多人们跟着受苦，用一个假想的、虚幻的世界来欺骗他们。

1928年，鲁迅和太阳社、创造社进行的"革命论战"中，这两社的人批评鲁迅没有理想、否定理想，他们则相信，未来美好，前途光明。鲁迅对这种论调进行了反驳：不正是因为黑暗，正因为没有出路，所以要革命的么？倘必须前面贴着"光明"和"出路"的包票，这才雄赳赳地去革命，那就不但不是革命者，简直连投机家都不如了。

换成一句通俗的话说吧：有人希望通过画大饼的方式搞工作，有人则更愿意沉下心来踏踏实实地搞工作。鲁迅无疑是后者。

富士山

语出《藤野先生》。

> 东京也无非是这样，上野的樱花烂漫的时节，望去确也像绯红的轻云，但花下也缺少不了成群结队的"清国留学生"的速成班，头顶上盘着大辫子，顶得学生制帽的顶上高高耸起，形成一座富士山。也有解散辫子，盘得平的，除下帽来，油光可鉴，宛如小姑娘的发髻一般，还要将脖子扭几扭，实在标致极了。

清国来的留学生，行走在现代化的东京街头，脑袋上拖一条长辫子，怕是他们自己也觉得怪异和好笑。不敢剪掉，只得盘到头顶，戴上学生制帽，更加滑稽可笑。"富士山"和清国留学生的头型，相似度实在是高！

脖子又扭几扭，实在把鲁迅恶心到了，那油光，那动作，那怪异的装束，真是把中国人的老脸丢光光。

鲁迅自然耻于与这帮留学生为伍，干脆利落地剪掉了辫子。

剪完后，特地拍照留念，寄赠亲友，以示决心。更是在给好友许寿裳的照片后面作诗一首：寄意寒星荃不察，我以我血荐轩辕。

这跟郁达夫创作的小说《沉沦》表达的意思是一致的："我的祖国，你快快强大起来罢。"

革命咖啡店

语出《革命咖啡店》。

革命咖啡店的革命底广告式文字，昨天在报章上看到了，仗着第四个"有闲"，先抄一段在下面："……但是读者们，我却发现了这样一家我们所理想的乐园，我一共去了两次，我在那里遇见了我们今日文艺界上的名人，龚冰庐，鲁迅，郁达夫等。并且认识了孟超，潘汉年，叶灵凤等，他们有的在那里高谈着他们的主张，有的在那里默默沉思，我在那里领会到不少教益呢。"

鲁迅骂人，着实辛辣，句中无半个脏字，却让某些人背后冒汗，心下亦为之一惊。

"革命"一词风行，成了附庸风雅者的口头禅，时时把革命挂在嘴上，举着这块招牌招摇过市。正如鲁迅所说，"大如弄几本杂志，便算革命"，革命如此轻而易举，又能成为人们景仰之目标，这块金字招牌岂能放过？连阿Q不是整天也吵嚷着要革命吗？

于是，各色人等，各路人马，都以革命者自许，与他们不合的人，大概都是反革命了吧。

再看看这些革命者，他们躺在咖啡店松软的沙发中，或则高谈，或则沉思，面前是一大杯热气蒸腾的无产阶级咖啡，远处是许许多多"龌龊的农工大众"，他们喝着，想着，谈着，指导着，获得着。

既然如此，我鲁迅当然不是革命文学家！又必须郑重声明，决不与此等人为伍。

第一，我不喝咖啡，我总觉得这是洋大人所喝的东西；

第二，我要抄"小说旧闻"之类，无暇享受这样的清福；

第三，革命文学家须年轻貌美，唇红齿白，我这老头子满口黄牙，怕是玷污了革命文学家的队伍；

第四，我是落伍者，最多只能闻闻咖啡渣的香味。

总之，老子是不与你们为伍的，快点给我滚犊子。

吃螃蟹的人

语出《今春的两种感想》。

许多历史的教训，都是用极大的牺牲换来的。譬如吃东西吧，某种是毒物不能吃，我们好像全惯了，很平常了。不过，还一定是以前有多少人吃死了，才知的。所以我想，第一次吃螃蟹的人是很可佩服的，不是勇士谁敢去吃它呢？螃蟹有人吃，蜘蛛一定也有人吃过，不过不好吃，所以后人不吃了，像这种人我们当极端感谢的。

鲁迅 1932 年回北平探母时，受邀做五次演讲，称为"北平五讲"，引发轰动，《今春的两种感想》为其中在辅仁大学的一讲。

所谓"两种感想"，一是"中国实在太不认真"，二是"我们的眼光不可不放大，但不可放的太大"。用意也在于，希望青年学生们能认真起来，能将目光放得远大，"不要只注意近身的问题，或地球以外的问题，社会上实际问题是也要注意些才好"。

鲁迅特别感慨，有这两点感想，亦是许多青年死了之后才得出的结论，于是才生发出"许多历史的教训，都是用极大的牺牲换来的"。第一个吃螃蟹的人，颇值得人们尊敬，因为他冒了生命的危险，提供给我们关于吃的经验，让我们避免了拿生命尝试的风险，让我们知道了螃蟹是可以品尝的美味。正是前人冒生命的风险得来的诸多经验，避免了我们重复过往错误的可能。因此，"吃螃蟹的人"，实在是值得尊敬。

世纪末果汁

语出《〈中国新文学大系〉小说二集序》。

> 那时觉醒起来的智识青年的心情，是大抵热烈，然而悲凉的。即使寻到一点光明，"径一周三"却更分明的看见了周围的无涯际的黑暗。摄取来的异域的营养又是"世纪末"的果汁：王尔德，尼采，波特莱尔，安特莱夫们所安排的。

作为思想启蒙者，鲁迅深知思想于青年之重要性。

当年他负笈日本，大量汲取西方之各种思想流派，但事实上，于中国之实际问题，并非任何一种思想都是良方。不管是王尔德还是尼采，都非医治顽疾立马见效的好药。

所以，这些外来的果汁，其"营养"之于中国青年，或许不一定充足，但还是要吸收，哪怕是作为批判之用，也能令青年少走弯路。

鲁迅之强大，即在于此。他敢于接受任何一种新思想，但又有极高的警惕，防止被其完全同化而至于淹没，也让那"看似并不丰富"的营养发挥其效用。

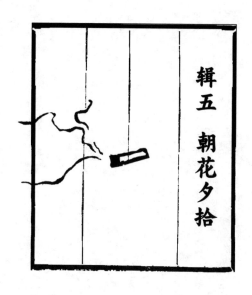

辑五　朝花夕拾

周式励志大法

　　鲁迅不太注重生活的细节，作息混乱，较无章法，自由随性，但在事业方面却做出不斐成绩——主要是因为他有一套切合自身实际的励志方法。

　　鲁迅深谙励志之道，并常以周氏励志大法教育青年，取得不错效果。

　　鲁迅十三岁时，祖父因科场案被逮捕入狱，父亲长期患病，因家境的改变，他须经常到当铺卖掉家里值钱的东西，然后再去药店给父亲抓药。有一次，父亲病重，鲁迅一大早就去当铺和药店，回来时寿先生已经开始上课了。

　　看他迟到，老师十分生气，不分青红皂白，一顿痛骂："十几岁的学生，还睡懒觉，上课迟到。下次再迟到就别来了。"

　　鲁迅听了，点点头，没有为自己做任何辩解，低着头默默回到自己的座位上。第二天，他早早来到学校，在书桌右上角用刀刻了一个"早"字。果然，自此之后，再没有迟到。

我曾疑心这个流传甚广的故事是吴伯箫杜撰的，查证一番，确有其事——绍兴博物馆里还保留着这张刻着"早"字的课桌。三味书屋是鲁迅的励志源头，寿镜吾先生的教育方法对他影响深刻。

也是在三味书屋时，鲁迅爱看小说，为避免同学打扰，他特意在桌子上写了"君子自重"四字。他专心做事情，最不喜欢外界的干扰。

留学日本时，每每与中国同学一起上街，若有日本少年认出他是中国人时，这些日本少年不免上前来嘲骂一番，同学们听了都很气愤，想要理论。唯他说："光是气愤没有用。这些辱骂的话，倒值得编入我们的国歌里，鞭策我们发愤图强。"

他是留学生里最早剪掉辫子的人之一，他要摆脱做奴隶的命运，和腐朽没落的清王朝抗争。

他曾作诗表明平生志愿，"我以我血荐轩辕"，这一句成为他一生铭记和遵守的格言。

他是借此砥砺意志，树立远大目标。

读小学三年级的俞芳，曾当面向鲁迅请教学习的方法，鲁迅说要做到"三到"，这是他读私塾时寿老先生传授给他的方法。

所谓"三到"，乃眼到、口到、心到，其中最重要又是心到，心到就是要用脑子想，想想书中的道理对不对，要多想；眼到，就是要看清书上的每个字，把字的一笔一画都看清楚；口到，就是字音要读准。这"三到"的要诀，鲁迅自己从中受益良多，因此作为重要方法向俞芳加以传授。

不过，他更强调，对读书要有兴趣，没有兴趣，是学不好的。这跟现代教育中所提倡的"兴趣是最好的老师"之理念颇为一致。

民国初年，设立议会，社会上高谈以法治国，众多学子，也以学习法律为热门，偏鲁迅反对："此皮相耳，此做官热耳。"事实上，鲁迅对法律却十分熟悉。他所反对的，不过是盲目的热潮而已，咱不凑那个热闹。

眼下，多数人还不是喜欢人云亦云，什么热就紧紧跟随什么，奔热门专业而去吗？

鲁迅爱惜时间，曾把两句名言奉为至理，一句是"时间就是性命"，另一句是他自己的话："……所谓'便当'并不是偷懒，是说在同一时间内，可以做成较多的事情。这就是节省时间，也就是使一个人的有限的生命，更加有效，而也即等于延长了人的生命。"对于浪费别人时间的人，他从来深恶痛绝。在给唐弢的信中，他说："我的住址还想不公开，这也并非不信任人，因为随时会客的例一开，那就时间不能自己支配，连看看书的工夫也不成片段了。"时间于他，绝不容许浪费。

鲁迅说，我不玩，我把自己所有的时间都用在工作上。

他还说，我是把别人喝咖啡的时间都用在工作上。

（这一句说服力不强，他自己也去喝咖啡。）

当然，他也不是彻底地不玩，只是玩在他的生活中所占比例极小而已。

有朋友在他工作的时间跑来找他聊天，即便是要好的朋友，他也会毫不客气地跟人家说："唉，你又来了，没有别的事好做吗？"

他看不起浪费自己和别人时间的人。

鲁迅的另一励志方法，可取名"睹物思人励志大法"。

便是在老虎尾巴里，悬挂藤野先生的照片，照片挂在东墙，他书桌的对面。正如他所说：

> 每当夜间疲倦，正想偷懒时，仰面在灯光中瞥见他黑瘦的面貌，似乎正要说出抑扬顿挫的话来，便使我忽又良心发现，而且增加勇气了，于是点上一枝（支）烟，再继续写些为"正人君子"之流所深恶痛疾的文字。

非职业猎头

鲁迅是个靠谱的猎头，只介绍人才，不收取费用。

初入教育部工作，便收到好友范爱农的求救，希望鲁迅能尽快帮他觅个职位，以跳离绍兴这个处处让他受排挤的地方。鲁迅甫来京城，自己还未站稳脚跟，就去替朋友求职，又谈何容易。走投无路的范爱农，一心想着离开绍兴，却把仅有的希望寄托在这个朋友身上，他在信中说："也许明天就收到一个电报，拆开来一看，是豫才来叫我的。"

期望之殷，恨不得马上飞到北京。

鲁迅积极地寻找机会，想要尽快帮朋友觅得一职位，但工作不比其他，不只需要人情关系，也需要时间。范爱农等不起了，终于沉水而死。鲁迅一直怀疑，范爱农是因为苦闷自杀，以他的水性，断断不会淹死的。

范爱农的死，对鲁迅算得上一个重大的打击，他甚至为此心怀内疚，以为范爱农的死跟自己有直接关系。

正如他的假设，如果他可以及时为范爱农谋一职位，有可能就避免了他的死。或许正因如此，对于大部分前来寻求帮助的，他一般都会尽其所能，能帮就帮。但对实在帮不了或者不想帮的，他亦不会勉强自己。

在京城待了几年，渐渐站稳脚跟，交际面愈发开阔，社会关系逐渐形成，特别是成名之后，达官贵人亦以结交鲁迅为光荣，地位提升了，说话有分量了，再帮人谋职，成功的概率自然大大加强。

他最先举荐的人是宋紫佩，宋是他任教浙江两级师范时的学生，在木瓜之役中，一度曾站在鲁迅等教师的对立面。宋氏毕业回绍兴教书，鲁迅不计前嫌，反而邀请他担任绍兴府中学堂教务和庶务——等于学校的大管家，还兼任理化课的教员。辛亥革命后，宋紫佩与同学们发起创办《越铎日报》，他们编辑好稿件请鲁迅审阅。算起来，两人既有师生之谊，又系革命战友。

宋紫佩是鲁迅在绍兴工作期间重要的交往对象之一。

鲁迅负责筹建京师图书馆分馆时，正有用人机会，正所谓机不可失，遂着手向上司大力推荐宋紫佩，一荐成功，宋氏从而得到图书馆职员的空缺。正在绍兴愁眉不展的宋紫佩，接到鲁迅消息，那心情岂是激动可以形容？便即刻启程来京，住进绍兴会馆，对恩师的感谢自不必说。

待鲁迅率周氏全家安居八道湾，宋紫佩更成为周家的常客。周家的一切琐碎事务，他都会放在心上，有空就来帮忙，出入周家如同自己府上。哪怕是回乡探亲，也不忘捎来家乡特产。只要周家需要帮忙，宋都义无反顾。

鲁迅去世后，与周作人商妥，一起前往西三条胡同将消息告诉给鲁瑞的人，也是宋紫佩。可见，周氏全家都没拿宋紫佩当外人。

后来教育部裁员，涉及面可谓广泛，鲁迅为宋紫佩前程担心忧虑，其间特别写信给好友许寿裳，意欲为宋再谋一出路。对其关心与爱护，由此可见一斑。好在经历裁员风波之后，宋紫佩得以留任，实在是个完美的结局。

举贤不避亲，对于朋友和学生他可以尽心尽力，对于两个亲弟弟周作人和周建人，自然也无例外，他想方设法，伺机而动，尽可能为两个弟弟谋求职位。

做猎头，推荐人才，最重要的是把握时机，鲁迅就是善于抓住机会的人。

几乎可以说，若没有大哥的举荐，难有后来周作人的出头之日。

1916年年底，鲁迅写信给蔡元培，向这位教育界大人物举荐二弟周作人，此时蔡氏刚刚执掌北大，正处大肆招揽人才之际，鲁迅这个机会抓得好，一荐成功——几乎连他自己都不信，原本估计二弟要费上一番周折——这份工作却来得如此轻松。需要提醒的是，1917年周作人初进北大时，担任的并非文科教授，而是北大国史编纂处编纂，月薪120元，之后才做文科教授，承担希腊罗马文学史、欧洲文学史、佛教文学等课程，薪水也水涨船高。

推荐二弟所以取得成功，鲁迅与蔡元培的交情起了一定作用，但周作人个人的硬件——学历和才能更是让他入职北大的必要条件。

二弟被录用，令鲁迅备受鼓舞，便再接再厉，又一次写信给蔡元培，这回是帮三弟求职，不知是何原因，蔡元培并未回信，也就没了下文。

周建人赋闲北京的这段时间里，鲁迅和周作人共同助力三弟，推荐其翻译著作《犹太人》，不久，此译作在《小说月报》上刊出，为周建人谋职增加了分量。后来，因胡适的帮助，周作人为周建人觅得上海商务印书馆的编辑工作，月薪60元。

1918年，鲁迅的学生孙伏园自绍兴进京，其弟孙伏熙与兄同行，哥哥进北大旁听，弟弟无事可干，就得找个差使，以便在这个城市立足，鲁迅再次通融举荐，又获成功。

后来孙伏园进入新闻界，又是鲁迅站出来，协助网罗作者，并亲自撰写文章予以支持，孙氏凭着自己的天分和鲁迅的帮衬，不长时间便一举成名，获"副刊大王"之称号，备受文学界瞩目。而他的弟弟孙伏熙，之后去法国勤工俭学，成为小有建树的画家和作家。

总的来说，鲁迅算得上一个优秀的猎头，凡推荐之人才，成功率高，失手时少。不过，这么高的成功率，当然离不开擅长用人的大佬。

如蔡元培，正是此君知人善任，提供了众多就业机会，延揽了众多卓越人才，才使得北大一时精英荟萃，星光耀眼，成就教育界之伟业，同时也铸就了蔡元培个人的辉煌人生。

鲁迅的另一好友张宗祥，亦是鲁迅推荐人才的受益人。当时，继任教育总长傅增湘正为京师图书馆物色主持人选，鲁迅趁机大力推荐张宗祥，反是张氏自己比较犹豫，鲁迅便笑他："你真是木瓜，如此宝山，何以不去开发？"张宗祥因此而走马上任。而后其仕途相当顺遂，三年后出任浙江省教育厅厅长。

鲁迅离开北京南下广州之后，曾积极帮好友许寿裳谋事，在《好朋友是怎样炼成的》一文里已有充分交代，这里不再赘述。

因为深知机会于年轻人之重要，当鲁迅自己成为颇有影响的青年导师之后，也愈发利用自己的影响力，推荐年轻人到适合他们的岗位上工作，使一批优秀青年脱颖而出。

1934年夏，鲁迅的青年朋友黎烈文，由于上海市党部方面施加的压力，以及反动文人的攻击，被排挤出《自由谈》杂志，为免除黎烈文后顾之忧，使他的生活和事业得以继续，在黎烈文离职不到一个月时，鲁迅就约请他与茅盾，商议成立译文社，编辑出版《译文》月刊——黎烈文再获编辑职位。为自己所信任的青年专门办本杂志，鲁迅这事儿做得太地道。

之后，鲁迅又挖掘出一个叫黄源的年轻人，也让他做《译文》编辑，耳提面命，给黄源以许多指导，并鼓励他放手去做，充分发挥创造性，黄源也因而成为知名编辑。

　　只要有机会，他就尽力提供给年轻人，供他们施展才华。

　　——这非职业猎头比职业猎头还要尽职啊！

管你大人物

鲁迅有着毋庸置疑的巨大影响力，其能量覆盖文化、思想两界，任谁都不敢小觑，如果能把他拉入自己的阵营里，为自己做事，肯定可以收到相当不错的效果。鲁迅手中握的那一支生花妙笔，足抵得上千军万马。

于是，各路人士不遗余力地跑到鲁迅跟前，想跟他握握手，讨讨好。

可惜他一点儿不买账。

能不见的，当然不见，需要见的，也一概坚持个人的原则，那原则，当然是独立的精神，自由的思想。对任何事，他都有自己的判断和解读，他赞成的，不必你来要求，他自会主动迎上；他不赞成的，任你使出浑身解数，都是枉然。

他对大人物有本能的警惕，哪怕是自己的朋友。

鲁迅曾有个同乡，又系同学，早年与鲁迅走动频繁，关系亲密无间，忽然就做了大官了。有次去上海看鲁迅，鲁迅竟由后门走出，避而不见，只是让家人告诉来客说，主人不在家。客人知道主人的脾气，便在鲁迅家前门附近徘徊起来，大约等候了半小时。

鲁迅以为客人走了，便回到家中，因在楼下堂屋说话，被客人听见，这先生一下冲进去，鲁迅根本来不及躲。

客人笑道："哈哈，我晓得你在家呢。"

鲁迅有窘意，回他："你不是已经做官了吗？"

好在客人懂得鲁迅的意思，便说："做官归做官，老朋友总还是老朋友呀！"

鲁迅离开厦门大学，应邀去广州中山大学，担任该校的文学系主任兼教务主任。一时之间，各路人马齐至鲁迅面前，国民党党政要人戴季陶、孔祥熙、甘乃光等人纷纷给鲁迅送请帖，想要设宴款待他，鲁迅对此并不热心，多予拒绝。

请帖多了，鲁迅便放到传达室的信箱里，并在信箱上贴了"概不赴宴"的条子，其与大人物保持距离的决心可见一斑。无形中，也让这些要人们很没面子，又认为鲁迅不识抬举，不就是吃个饭吗？摆什么文人的臭架子？

1929 年春，鲁迅应黄埔军校之约，做主题为"文学无用论"的讲演。讲毕，孔祥熙约鲁迅往其官邸吃饭，鲁迅推辞不掉，只得勉强参加这一应酬。席间，鲁迅发现主人是个彻底的俗人，便丧失了与他说话的兴趣，甚至有些讨厌他。

正好某道菜上席，主人便说这菜多么厉害，是中山先生所爱，而这道菜的制作人，便是为中山先生做菜的厨子。

鲁迅筷子不动一动，说："我就是不喜欢吃这一样菜。"

如此这般难堪的局面，想来主人还真是难收拾。

鲁迅也引起过另一位当之无愧的大人物蒋介石的注意，1930年12月至1931年6月，时蒋介石任行政院长兼教育部长。在此期间，鲁迅肺结核病转剧，曾向人打听赴苏联治疗肺疾的事。此消息一经传到老蒋的耳朵里，他立马意识到这是个收买鲁迅的好机会，特地把宣传部长叶楚伧找来，指示宣传部要设法拨出一笔钱，帮鲁迅去日本养病。

其用意，无非是让鲁迅闭嘴，或者替国民党说话。

国民党还曾找来鲁迅的朋友张协和做说客，让他劝导鲁迅，务必不要与国民党作对。张协和是鲁迅日本留学时弘文院的同学及后来的教育部同事，待他表明来意，鲁迅断然拒绝了这一要求。

他知道，吃人家的嘴短，花人家的手软，如果他答应下来，大概也只能闭嘴了。

母亲鲁瑞

　　鲁迅生活中最敬重的人，莫过于母亲鲁瑞。这对母子之间的关系，虽一度因包办的婚姻而有点儿小紧张，但总体来讲，却是少有地和谐。

　　当年的周树人，之所以取"鲁迅"这一笔名，亦与母亲姓鲁有关，算是向母亲辛苦抚育的别一种致敬。

　　因家道中落，丈夫多病，鲁瑞以女性特有的坚韧和顽强，支撑起全家的生活。而身为家中长子的鲁迅，自然地要分担母亲的重负。因此，那些本属于欢乐的少年时光，鲁迅却一并都交给了当铺和药铺。尽管母子俩费尽诸般周折，经历许多辛苦，却并未换来父亲的健康——鲁迅十六岁时，父亲周伯宜病逝，家境变得更加艰难，三十九岁的鲁瑞自此勉力支撑，吃尽苦头。

　　身为一个寡妇，鲁瑞带着四个儿子，筹划一家人的生计，其艰难可想而知。

　　鲁瑞本是官宦人家出身，并未正式读过书，只是当年哥哥读私塾时，她在旁边听过一年，耳濡目染，认得一些字。之后鲁瑞完全凭着自学的能力，终于达到可以读小说的程度。因此，比之当时一般的旧式妇女，她算是少数能够读书认字的。她头脑里有许多故事，便把这些故事讲给孩子们听——或者因母亲的教育之故，文学的种子早早在周氏三兄弟的心中种下了，从这个意义上讲，母亲是三兄弟的文学启蒙人之一，家里的用人长妈妈也是。

鲁迅年少时，曾经和年纪相仿的小叔叔吵架，爷爷偏袒儿子，就呵斥鲁迅，还想要打这个孙子。鲁瑞看不下去，站出来和公公理论：孩子们吵架，应由孩子自己的父亲管教，而不是由爷爷管教。在那时代，敢和公公顶嘴的妇女，实在算是非常勇敢了。

鲁迅二十岁时，自己拿了主意，要到南京城里的洋学堂去读书。乡邻中的许多人以为这不是正路，在当时学习洋务，是"将灵魂卖给鬼子"，因而乡邻流言四起。儿子离开自己，鲁瑞虽有不舍，但她始终坚定地站在儿子这边，不为流言所动，并费尽辛苦，为鲁迅筹备了 8 元路费，送儿子走出绍兴，并鼓励他要好好读书，为周家争一口气。

生活上的磨难，鲁瑞尚可忍受，但亲人离去的痛苦却最是锥心：女儿端姑一岁多时病死，她在那之后的几个月都是和衣而睡，无法忘记这可爱的小女儿；丈夫卧病三年，吐血而死，令她失去靠山；幼子椿寿夭折，更令她心神俱伤，她找人画了一张像，时刻随身携带，后来随鲁迅来京居住，这画像也带到了北京，挂在墙上，做时时怀念之用。

清末兴起天足运动，反对幼儿裹脚，并主张妇女们把裹脚布放下来。鲁瑞是这一运动的积极响应者，她早早地就放了脚。鲁迅不知道这个情况，还特意从日本写信给母亲，劝母亲放脚。他哪里知道，开明的母亲早他一步，把脚放下了。

当时，同族里有人站出来，指责放脚的女人是扫帚星，会败家的，鲁瑞根本不予理睬。这些人又造谣说，鲁瑞想要嫁给外国鬼子了。

鲁瑞一点也不示弱，回敬说："可不是嘛，那真的很难说！"她之开放和大胆，由此可见一斑。而谣言，却也不攻自破。

母子同心，娘儿俩虽有代沟，但都是追求进步的人。

假如这对母子之间有什么心结，一定是鲁迅的婚事。

给鲁迅做媒的，是鲁瑞一个远房的妯娌，对象则是绍兴城内家境殷实的朱家的女儿——对这门亲事，从鲁瑞这边讲，并无太多反对的理由，以周家当时窘迫的境况，娶上朱家的姑娘，即便不算是天大的造化，至少也是修来的福分。这位叫朱安的姑娘，长相并不漂亮，但漂亮又非鲁瑞所看重，儿媳妇最重要的品性是贤惠勤劳。

再说儿子年纪也不小了，总得婚配，自己早有抱孙子的想法。老大总在国外，终不是办法，更何况绍兴城里流言四起，说周家的老大娶了个日本女人，还生了孩子。不管这消息是真是假，鲁瑞总觉得儿子留在日本并非长久之计，他是定过亲的人，人家朱家姑娘也等了这些年，亲事又是本家亲戚所提，如果出点意外，面子上都过不去的。

鲁瑞写信给儿子，称自己抱病，要他尽快回来。

就这样，鲁迅稀里糊涂成了这场包办婚姻的牺牲品，并从中感受到太多的苦痛。

因此，鲁迅说："这是母亲给我的一件礼物，我只能好好地供养她，爱情是我所不知道的。"

他痛苦，朱安更甚。做了一辈子夫妻，却无半点夫妻情分，只是同在一个屋檐下生活了许多年。目睹这一切情景，身为母亲的鲁老太太，自然也不会开心。但当年订下这门婚事，她自有她的苦衷。鲁迅之所以能够承担下这不幸，亦是因为包办这桩婚姻的，不是别人，是他的母亲——她的不易，她的苦楚，亦是外人所不能体会的。

说这桩婚姻是鲁迅和朱安的悲剧，不如说是时代酿下的苦酒。鲁迅一生，不管与朋友还是论敌，凡意见相左者，必据理力争，唯有在婚姻问题上，不得不听从母亲的安排。这不是他懦弱，大概是一种补偿的心理使然，是对亲情的妥协——他是长子，是多年不在母亲身边尽孝的长子。

鲁瑞希望鲁迅与朱安能够和睦相处，想必她从中也做了许多工作，只是并不见效。乃至儿子与许广平赴上海定居，她老人家在心底很快接受了这一现实，并许以暗暗的祝福——估计也是个中的悔意起了作用。

大儿子的婚姻，可能是她心底的一块痛，让她觉得对不住鲁迅。此后周作人、周建人的婚事，她再不过问，这是她个人总结出来的教训。

除此而外，母子的关系算是和谐自在的。

鲁迅在北京买了八道湾的房子之后，特意从绍兴接了全家来此居住。每天吃了晚饭或是有闲，他都会跑到母亲房间里，用绍兴话和母亲聊家常，慰藉她在异乡的寂寞。每每买了点心，先请母亲挑拣，再请朱安品尝，剩下的才自己吃。他也会抽出时间，与母亲及家人一起游览京城，享受天伦之乐。

鲁迅和周作人兄弟不和，鲁瑞站在大儿子一边，鲁迅找到房子后，她便和儿子儿媳一起搬出八道湾。她对周作人和他的日本媳妇多有意见，老人家认为兄弟之所以失和，完全是老二的过错。

先前住八道湾时，鲁迅曾和周作人商定，母亲的花费由两兄弟共同承担。鲁迅每月按时给母亲送钱，周作人却常常不给，母亲要去八道湾和周作人理论，鲁迅劝她莫去，免得生一肚子闷气，并说费用由自己完全承担好了。鲁瑞解释说，并不是等钱用，而是对周作人两口子的这种行为表示气愤。她对周作人不满，向人说"只当我少生了他这个儿子"。

鲁迅怕母亲会寂寞，经常邀请同乡许羡苏及俞芳姐妹来家里做客，许羡苏更是在鲁家住过不短的时间，她操一口地道绍兴话，总是陪着鲁瑞聊天，外出办事。鲁瑞性格开朗，和这些女孩儿打成一片，有时候还到俞芳家串门儿。

鲁瑞读过许多书，大多是小说和演义，诸如《三国志》《红楼梦》《西游记》《官场现形记》《镜花缘》等，许多书还看了不止一遍，情节和内容都已经相当熟悉。每每手边没有合适的书，鲁瑞便把这些小说重新看一遍，用她的话说是"炒冷饭头"。遇到她不喜欢的书，便直截了当地讲出来："《聊斋》比较难看！"

她不只自己看，还把书中的故事讲给身边的人听。

鲁瑞不只阅读古典的章回体小说，还喜欢看时下流行的言情小说，如《啼笑因缘》《金粉世家》等皆是其所爱。这其中许多书，是鲁迅根据母亲的爱好买来的，即便他离开北京之后，还常给母亲寄书过来。老人家有时也叫了俞芳，陪她一同去买书。

鲁瑞不只看小说，还关心时事。她每天看几份报纸，看完了还要提出问题和大家讨论，是个十分新式的老太太。鲁瑞读报纸的积极性很高，一大早就把鲁迅订的报纸先看一遍，遇到不平事，还骂上一通，气愤到不行。

读书读报有了不认识的字，鲁瑞随时向身边的人询问。碰到别人也不认识时，她便会去查查字典。她从绍兴时便教家里的用人王鹤寿识字，生生将一个文盲变成了可以读书写文章的人，很不简单。

鲁迅为《新青年》撰稿之后，一跃而成为新文化运动的主将，思想界的领袖，从而名震全国，但在母亲眼里，却并不以为他的小说有什么特别的地方，她最爱看的，还是她的那些章回体小说，以及时下最流行的张恨水们的作品。

有一回，鲁瑞跟儿子说："人家都说你的《呐喊》作得好，你拿来我看看如何？"

看毕，评价只一句："我看也没有什么好。"

俞芳姐妹读过《阿Q正传》，好奇地问鲁瑞，真有阿Q这样一个人吗？老人家笑笑说，在绍兴是有一个叫阿桂的，但《阿Q正传》里写的事，不都是他的，有些是别人的事，那是选了许多人的事集中起来的故事。

老太太爱学习，不只体现在读书看报上面，对生活中某些技能的学习，亦如年轻人一般热衷。

她觉得年轻人编织有意思，自己也去学，从头开始，一丝不苟，织得不好，拆掉重织，一遍一遍不厌其烦，终于练就一身编织的高超技艺，很复杂的花纹都可以织出来。

鲁迅去上海之后，母亲大概是他心中唯一的牵挂了。他在上海居住的十年间，与母亲之间的书信往来十分频繁，时时不忘写信向母亲问安。只要母亲来信，鲁迅大都会第一时间回复，生怕老人为自己担心。为免老人家牵挂，鲁迅和许广平还特地抱着海婴去照相馆照相，照坏了，又去重照，然后寄到北京去。

鲁瑞每月写两封信给儿子，如果儿子的信有遗失或者回得较慢，鲁瑞一般会再去一信询问；鲁迅如果有较长时间没收到母亲的信，也会来信询问。每每寄出信去，母子二人都会算出回信的时间。

鲁瑞对许广平和海婴也很关心，每次写信，都会问及这对母子。鲁迅写给母亲的信里，有时也会放上海婴写给奶奶的信，海婴不会写字，只得口述之后，由许广平代写，借此表达小孙子对奶奶的问候。鲁瑞喜欢这个小孙子，看到海婴写给她的信，必然叮嘱代她写信的俞芳给海婴单独回信。

除了写信，鲁迅还寄东西给母亲，吃的用的读的，不一而足。鲁瑞也给儿子和孙子寄物品，亦是吃的用的读的。亲情在这信件和物品里，让身处异地的他们，时时感受到彼此的关怀和挂牵。

但凡报章上传出鲁迅失踪或遇害的谣言，鲁瑞总会特别紧张，焦急万分，她比任何人都更想知道儿子的下落。直到平安的消息传来，心中的石头才算着地。但那兵荒马乱的年月，又怎么可能彻底地放心呢？

1932年年底，老人家因思子心切，终致病倒，并一度陷入昏迷，情形十分危险，这才由鲁迅的学生宋紫佩急电鲁迅。得知老母心病，鲁迅心急如焚，放下手中工作，立即启程来京看望病中的母亲。

鲁迅的探望，犹如一剂良药，使老人家的精神得以极大的安慰，病体转危为安，不久之后病就不治而愈，鲁迅因此说这是"母亲的病"。鲁瑞对儿子的事业表示理解，一俟病体好转，便同意儿子返回上海。临行前，鲁迅与母亲约定，以后将与许广平及海婴一起来京住段时间。然而这一次约定，却没有实现。母子俩这一次的分别，却是他们的永诀。

许广平对这个开明的婆婆印象颇佳，在她看来，鲁瑞不是一般的母亲，"一切都自然地生活，又从不唠叨，不多讲闲话，和年轻的最合得来，所以精神活泼而强健"。

1935年，鲁瑞一度想过去上海看望儿子，只是身体有恙，在医生的劝阻下未能成行，这也成为她最后的遗憾。

鲁迅去世后，消息传到北京，周作人和宋紫佩特地赶到西三条去告诉她，鲁瑞当时很镇静，但两腿却已无法行动，走路时需要别人在旁扶持。表面上的坚强，却掩饰不了她内心的苦痛。白发人送黑发人，才真叫痛。

最爱的大儿子离她远去，没能见上最后一面。她对人埋怨说，是自己的寿限太长，说如果她早几年死了，就什么也不知道了。

她是个坚强的老人，在人前尽量控制着自己的情绪，但在自己家里，她终于大哭了一场。

假如要来总结和评定鲁瑞的一生，二儿子周作人的追忆最合适不过了："先母性弘毅，有定识，待人宽厚，见有急难，恒不惜自损以济人，以是为戚邻所称。平时唯以读书自遣，古今说部，无所不读。又喜阅报章，定大小新闻数种读之，见所记多单调虚假，辄致愤慨。关心时事安危，时与儿辈谈论，深以不能再见太平为恨。"

这样的老太太在当时，真算不简单。

而她至为伟大的成绩，则是为中国文坛和思想界培育出如此耀眼的双子星。仅这一项，足够她骄傲的了。

被遗忘和被损害的朱安

鲁迅和朱安的婚姻，是一个无形的大悲剧，困住了鲁迅，更困住了朱安。在这桩婚姻里，鲁迅受伤甚深，但未必深得过朱安。一个浅显的理由是，婚后的鲁迅尚可以继续追求真爱，并选择在中年时与爱人私奔，而形只影单的朱安，则被完全捆绑在这桩婚姻里，丝毫动弹不得，并孤独终老。

然而由此诅咒包办婚姻，也不见得就完全正确，凡事皆要考虑当下的环境，那个时代的文人，处于新旧交替的社会中，他们所遭遇的婚姻，包办实是主流，不管是时髦的徐志摩，还是儒雅的胡适之，都曾活在包办的阴影之下。

然而，婚姻的幸或不幸，却不在于包不包办，关键还是夫妻间的相处、感情的培养。看看胡适和江冬秀，虽一样是包办，却也可以和睦持家，相敬如宾，风风雨雨相伴一生。

鲁迅与朱安，因巨大的思想和个性差异，成为生活在同一个屋檐下的陌路者。鲁迅是新式人物，领时代之风骚；朱安是旧式妇女，嫁鸡随鸡，嫁狗随狗，嫁了鲁迅，她就是周家的人，哪怕是死了，也是。

朱安临终时的遗托，乃是将她葬于鲁迅的身旁。她要以自己的肉体之躯，殉了这封建婚姻的葬——在心底，大先生是她的唯一，哪怕她不曾从他身上得到过一点点爱。

朱安是这个世界上孤独的过客，二十九岁那年，她默默嫁来周家，四十年后，又默默离开人世，宛若一颗划过天际的流星，转瞬即逝——那星光如此暗淡，以至于世人早已将它忽略。

在鲁迅面前，朱安是卑微的存在。但她知道，大先生是个了不起的人。朱安不识字，更没读过鲁迅的作品，但她可以从络绎不绝的访客中，看出大先生迷人的魅力。对这个丈夫，她陌生又熟悉，敬重又抱怨，面对他时，朱安的内心大概充满矛盾和挣扎——她以这个男人骄傲，也以不能得到这个男人的爱而失望。

她有过尝试，却总是失败。

鲁迅去世，朱安是全世界最伤心的人之一。她以生命相许的男人，一直漠视着她的存在，她还在妄想，只要有万分之一的可能，她将尽最大的努力弥补他们之间的裂痕。

不想他却突然撒手人间，从此不复有见面机会。

这个男人，就这样断了她一生的念想。

当鲁迅去世的消息传到西三条胡同，本欲即日奔丧的朱安，因婆婆年事已高，接受不了失去爱子的打击，急需人来照顾，因此无法分身。前去采访她的记者，以"伤感过度，精神不佳"来描述她当时的情状。

此前，朱安靠鲁迅寄来的钱过活，鲁迅去世了，朱安和婆婆的经济并没有发生大的变化，主要还是两部分：一部分是许广平自上海的汇款，一部分则是周作人给母亲鲁瑞的生活费。这一对婆媳，因鲁迅的去世，虽经济上变化无多，但在情感上却备显孤单——之前虽也分居两地，但他是这个家里的顶梁柱，他在，心里尚安稳，他不在了，便有天塌下来的感觉。

对于许广平和周海婴母子，朱安非但没有排斥，反而将他们视为家人，其内心也必定经历过一番挣扎。鲁迅逝世当月，朱安写信（找人代写）给周建人，要他转告这对母子，欢迎他们搬去北平与鲁瑞和她同住。朱安在信中说："许妹及海婴为堂上所钟爱，倘肯莅平朝夕随侍，可上慰慈怀，亦可下安逝者。"朱安表示，她愿意和许广平"同甘共苦扶持堂上，教养遗孤"。

对许广平的救济，朱安心存感激，更是在 1937 年 7 月 2 日写信给许广平，以鲁迅遗孀的身份，委托她全权办理《鲁迅全集》的出版工作，可见她是深明大义，知恩图报之人。

对朱安而言，许广平并非只是经济来源，亦是她感情寄托的一部分。在她心目中，有许广平的位置，称之为

"妹"。海婴虽非己出，她也当成自己的孩子看待，海婴生病，她也担着心，海婴转好，她也跟着高兴。在写到上海的信中，她还曾索取许广平和周海婴的照片，得到照片后，她既开心，又担心，因为她发现许广平"显得老了，也瘦了"，朱安心底的爱，如此纯真朴实，丈夫是她的一切，丈夫的所爱亦是她的所爱。

1943年鲁瑞去世后，朱安更加孤独无依。对这个孤嫂，周作人充满同情之心，他没有停止发往西三条的生活费。就这一点来讲，周作人对大嫂也算是尽了心。在周作人自己，也有一大家子要养，所以给朱安的钱也并不多。

后因太平洋战争的爆发，通信中断，许广平一度与朱安失去联系，朱安的生活费很长一段时间内竟没有着落，令她陷入十分困窘之地步。1944年8月，无奈之下的朱安，接受周作人建议，在报上刊登广告，要出售鲁迅藏书以救济生活。许广平在上海听到这个消息，一方面发布公告，要求不得私自出售鲁迅私物，另一方面则写信给朱安，言明自己将会重新供养朱安，但务必不要卖书。这年10月，上海文化界人士委托唐弢、刘哲民进京阻止朱安欲出售藏书的行为。

在来客面前，一向沉默寡言的朱安，情绪突然变得激动，她冲着宋紫佩喊："你们总说鲁迅遗物，要保存，要保存！我也是鲁迅遗物，你们也得保存保存我呀！"

朱安要一个生存权，当然并没有什么错，一味地强调保护鲁迅的遗产，而忽略了朱安的生存，并不明智。她是周家明媒正娶的媳妇，是法律上的第一顺位继承人，她当然有出售鲁迅藏书的权利。

事实上，若没有特别的困难和无法解决的生存问题，朱安断不会出售鲁迅藏书，她是个通情达理的女人，又有很强的自尊，出售藏书的行动无非证明了一个事实：她的生活已到了山穷水尽的地步。

虽然许广平的钱重新汇来北京，但当时通货膨胀，物价飞涨，仍然不够用。其间，曾有朋友或媒体自发捐款给朱安，但朱安基本上都不接受，她的自尊心不允许她接受别人的钱，而许广平或者周作人的供养，在她看来都是周家的钱，用外人的钱，有给鲁迅抹黑的嫌疑——她比任何人都懂得爱护大先生的羽毛。

1946年，许广平到北平，与朱安相逢。离别之后，朱安写信给许广平："你走后，我心里很难受，要跟你说的话很多，但当时一句也想不起来，承你美意，让我买点吃食，补补身体，我现在正在照你的话办。"

她不是善于表达的人，却对许广平敞开心扉，这已属难得。

即便是病逝前，朱安仍然对人说起许广平的好："许先生待我极好，她懂得我的想法，她肯维持我，不断寄钱来。物价飞涨，自然是不够，我只有更苦一点自己，她的确是个好人。"能发自内心地为别人着想，体谅别人难处，又有强烈的感恩之心，朱安又何尝不是一个好人！

1947年6月29日，朱安与世长辞，彼时，身边无一亲友——婆婆鲁瑞已过世，许广平母子在上海，而周作人则因汉奸罪入了狱。

虽是孤独凄凉，但她也得到彻底的解脱，她再也不用为错误的婚姻赎罪，再也不用继续面对这世界的无边凉薄。

朱安简单的遗嘱里，并无所求，她所牵挂的，不过是两样事：一是将自己葬在鲁迅身边，二是每七供水饭，至五七，要给她念一点经，好超度她的亡魂——此生既然没有过上幸福的生活，但愿来生可以过得好一点。

离世的第三日，好心的人们将朱安下葬，连块墓碑也没有，入殓的棺材，也是临时由邻居赊欠，墓地则是周作人的一块位于西直门外保福寺的私地。

与鲁迅合葬的遗愿彻底落了空。

朱安去世的前一天，《新民报》的记者去访问她，提及和鲁迅的关系，她说："周先生对我并不算坏，彼此间并没有争吵，各有各的人生，我应该原谅他。"

这一点令人欣慰，我们至少可以了解，在她离开时，她原谅了她嫁的男人，原谅了这个曾经待她凉薄的世界。

周氏后人

周氏三兄弟，树人、作人、建人，尤其是老大和老二，"上场亲兄弟"，可谓是中国现代文学史和思想史上难得一见的双子星。

然而周氏后人的悲欢离合，种种遭遇，亦令人唏嘘不已。

鲁迅去世时，儿子周海婴年仅七岁，尚属懵懂无知的年龄。自1936年起，他与母亲许广平相依为命。高中毕业时，考入北京大学物理系，走上科研道路，毕业后分配到国家广电总局工作，是无线电工程师，于2011年去世。

因鲁迅在中国的特殊地位，尽管周海婴一生行事相当低调，但依然受世人关注。

周海婴与马新云结婚，生有三子一女，分别是长子周令飞，从事大众传播工作，近年来以宣传鲁迅为其工作重心；次子周亦斐，在私营公司工作；三子周令一，电视工作者；女儿周宁，远嫁日本，女婿叫田中正道。

儿女们又各育有子女，看周家几年前拍过的一张全家福，也已是济济一堂，枝繁叶茂。

长子周令飞曾步爷爷后尘，留学日本，在此期间结识台湾来的女孩张纯华，双双坠入爱河。20世纪80年代初，周令飞为爱情毅然赴台定居，时大陆与台湾因政策限制，跨越海峡两岸的婚姻遭遇重重阻力，但这对恋人矢志不渝，终于喜结连理。

后来，周令飞的工作重心转回大陆，曾任"上海鲁迅研究中心"主任。

值得一提的是，周令飞的长女周璟馨，生于1985年，曾参加台湾热门综艺节目《我猜我猜我猜猜猜》，坦承"我的曾祖父是鲁迅"，时年二十二岁的周璟馨，身材匀称，面容姣好，落落大方，一时间，其相册在互联网上成为点击热门。

纵观鲁迅的后代，无一人因袭鲁迅衣钵——想来这大约和鲁迅遗嘱中"不做空头文学家"有密切的关系吧。

说说周作人和周建人的子女们。

周作人和羽太信子育有一子二女，其子初取名周丰丸，后改名周丰一，两女分别是周静子和周若子。

周丰一年轻时走了父辈的路，到日本留学，日语甚好。新中国成立后到北京图书馆工作，之后被打成右派，这跟他那位曾经出任伪职的父亲有莫大的关系。在那样的年代，无论谁"摊上"这么一个家庭，便足够受了。

周丰一著述不多，翻译也少，只有一些零星的译著，写过《我的祖母鲁瑞》等作品。周丰一与张菼芳结婚，共育有三女二男。

周静子嫁给了杨永芳，两人育有三男两女。杨永芳是庚子赔款的官费赴日留学生，专攻数学，1962年，西北大学建校二十五周年校庆时，杨永芳被尊为学校的"五老"之一，1963年去世。1983年，周静子在西安逝世。

周若子是三兄妹中最不幸的一位。1929年11月16日，若子自学校返家，晚上开始呕吐，并伴有腹痛，本是患了盲肠炎，却被日本医生误诊为胃病，次日复诊，医生才确认为盲肠炎，18日送德国医院割治，已并发腹膜炎，隔天不幸死去，年仅十五岁。

中年失去小女，可谓致命打击，周作人对此气愤不已，曾写《若子之死》一文声讨日本医生，可谓字字血泪。他在报上公开发表文章，要求当局取消日本庸医山本忠孝的从业资格。女儿去世后，周作人每每闲坐家中，想起小女儿，痛苦难安，怅然不已。

周建人子女的情况则更复杂一些，他总共生育二男四女，其中与羽太芳子生有二子一女，二子分别为周丰二、周丰三，一女是周鞠子；与王蕴如生有三女，分别是周晔、周瑾、周蕖。

羽太信子为周作人生下周丰一后，让妹妹芳子来中国帮助照料孩子，因此机缘，促成芳子与周建人的婚姻。之后，周建人因觅得上海的工作，便离开八道湾，行前，他曾要求芳子与其同去，但不知何原因，芳子终没有随周建人到沪。有文章说，芳子贪恋八道湾的舒适生活而没有跟随周建人到沪——显然这理由并不充分。

周建人到上海后，和他在绍兴任教时的学生王蕴如恋爱，之后两人同居。很长一段时间内，芳子和其北京的子女对此事并不知情，周建人仍寄钱到八道湾，而他和王蕴如在上海的生活也过得十分窘迫，后来时不时还得由鲁迅接济一二。

1937年春节，为祝贺母亲鲁瑞八十大寿，周建人与王蕴如携女去北京拜寿，从而公开了王蕴如的身份。席间，羽太信子姐妹为此与周建人大吵一架，本来庆生的鲁老太太，亦因儿子儿媳妇的纠纷而陷于苦恼当中。几天后，周王二人悄悄返回上海。

在这件事上，周建人与芳子所生的二子一女态度坚决地站在母亲一边，对父亲周建人持强烈的反对。周作人对三弟的行为亦很不满，他特地于1937年2月9日写信给周建人，愤恨之情充斥字里行间："王女士在你看得甚高，但别人自只能做妾看……不论有什么理论做根据。"这与他看鲁迅与许广平的关系几乎如出一辙。

1962年11月28日，周作人给友人鲍耀明的信中再次提到此事："内人之女弟为我之弟妇，亦见遗弃（以系帝国主义分子之故），现依其子在京，其子以抗议故，亦为其父所不承认。"

周建人曾公开声明，和在北京的儿子断绝关系，周丰三大概受不了这刺激，于1941年3月24日开枪自杀，时年十九岁。

而后来周建人告诉周海婴的说法是，周丰三是反对周作人投伪故而自杀，此说甚为不妥，有捏造事实之嫌。

周鞠子婚后，随丈夫到唐山定居，育有一女二男，后不幸死于1976年的唐山大地震中。

周丰二也与父亲周建人彻底断绝了父子关系，新中国成立后，他曾在贸易部经济计划司工作，后来去北京95中学当了数学老师。

周建人与王蕴如所生的三个女儿，也各有所成。三个女儿都先于周建人入党，论资格，都比周建人要老。

长女周晔，曾任上海译文出版社社长，继承了父亲的外语和写作才能。周建人九十三岁时，视力衰退无法执笔，周晔毅然请了长假，听周建人回忆，整理了不少有价值的鲁迅资料，后出版有《鲁迅故家的败落》和《鲁迅在上海》。1984年因肺癌先于父亲去世。周晔育三子。

二女儿周瑾，先是学医，参军后分到了解放军卫生部门。1954年，被选送到苏联留学，主攻化学制药专业，归国后分配到了中科院药物研究所，后担任该所的党委书记。周瑾于2001年去世。她有一儿一女，都在美国，一个在大学里教书，一个是眼科医生。

小女儿周蕖，也曾去苏联留学，后被分配到北京师范大学，从事幼儿教育教学和研究，后来又研究比较教育。除了姐姐过继的儿子外，她还有一个已经远嫁荷兰的女儿。

鲁迅的三枚铁粉

鲁迅朋友不少，论敌更多，最最多的乃是粉丝，粉丝中又有几个有名有姓的铁杆，颇值得好好说道一番。按"饭圈"的取名习惯，我们可以称鲁迅的粉丝为"卤蛋"。

他的天下头一号粉丝乃是孙伏园氏，此君对待其偶像之态度，绝对是忠心不贰！各种粉丝在孙伏园这颗"卤蛋"面前，都是浮云——他能为偶像两肋插刀，勇敢辞职，丢掉饭碗；他能为偶像专门办一本杂志，时时来发表他的光辉篇章。

鲁迅与孙伏园之关系，可看作偶像与粉丝间互动的最佳例证——那大约是"偶像一咳嗽，我能闪到腰"的高深境界。

孙伏园亦是绍兴人，系鲁迅在家乡执教山会初级师范学堂时的学生，两人缘分彼时已经种下。后鲁迅受聘于北京大学，孙伏园则入北大旁听，这对师徒又一次在北京聚首。

两人的最早接触，乃是因为孙伏园是山会初级师范的学生干部，鲁迅则先任教师，后任监督，由着这层关系，渐渐熟络起来。当时，孙伏园对这个老师便有异常的好感，因为鲁迅与别的老师不同，他对于学生的请求，总是予以热情的回复。

孙伏园投身于新闻界后，成为副刊编辑，二人从师生关系迅速转化为工作关系，学识渊博观点深刻的迅师，自然被迅捷地归入孙伏园的约稿对象。这对师徒合作亲密，默契有加，诸如《阿Q正传》这般的名篇，经由孙伏园的编辑而被大众所熟识，也成就了偶像与粉丝合作的佳话。

孙伏园主编《晨报》副刊的三年中，鲁迅赐稿达五十篇之多。孙伏园对老师的稿件，向来也不含糊，稿子一来，马上刊登，并且稿费发放得亦很及时，每到月底，鲁迅便能收到稿费，稿费每千字二元至三元，在当时也算较高的稿费。

两人关系亲密无间，由此可见一斑。

后来，孙伏园辞去《晨报》副刊主编之职，也竟是为了偶像的一篇文章。鲁迅寄给孙伏园一篇题为《我的失恋》的稿件，内容是三段打油诗，本无什么深意，只是开开玩笑之类的文字。结果《晨报》总编辑刘勉己看不上，趁孙伏园不在，将这篇稿子抽掉，孙伏园大为光火，和刘氏大吵一架，愤而辞职。

后来，孙伏园与鲁迅等人创办《语丝》杂志，孙氏又将这篇稿子登了出来。他对鲁迅的支持，完全是一副

"我师即真理"的态度。这个铁杆粉丝对自己的好，鲁迅一直记挂在心，后来还特地写文章，记下这件事情的前因后果。

鲁迅因孙伏园辞职事感到自责，想要为他做补偿。

因此，当孙伏园下定决心要创办《语丝》杂志时，鲁迅全力支持，成为这本杂志最主要的撰稿人，正因为他的重量级文章，才使得《语丝》大有新文化运动中《新青年》的骁勇姿态，迅速成为媒体界引人瞩目的黑马。当然，鲁迅还是这本杂志的主要投资人之一，又经常对内容的编辑进行指导。

鲁迅对这个超级粉丝也自然好得没话说：孙氏身体单薄，鲁迅便教他锻炼的方法；二人同去旅行，鲁迅常为他收拾铺盖。

只是后来两人分离，联系渐少，关系有所疏远。孙伏园先是去了欧洲，后又辗转于武汉、河北等地，而鲁迅则长住上海，彼此空间大挪移，来往自然不如以前。有段时间，鲁迅在上海的住址不方便公开，孙伏园也只得托了周建人向鲁迅致意问好。当然，除此外，还有一些其他的因素，比如，可能因为某些利益的关系，彼此未做到最坦诚的相待。

鲁迅去世后，孙伏园和弟弟孙福熙一起写了大量怀念偶像的文章，从创作到生活，从交往到相处，点点滴滴记述翔实。这些文字，平白质朴，真实感人，字字句句饱含粉丝的崇拜。

一般的粉丝，是基于狂热的情感而喜欢，是仰视的态度；而高等的粉丝，却可以平等地和偶像相处，感知偶像内心深处的想法，与他分享人生的快乐，分担人生的苦痛，并且能从他身上学到对自己助益的东西。

孙伏园对鲁迅，不但理解他、尊敬他，更是从他身上不停地汲取营养。因此，后来的回忆文字里，他总是饱含深情：

> 鲁迅因为太热烈，太真诚，一生碰过多少次壁。这种碰壁的经验，发而为文章，自然全在这许多作品里；发而为口头的议论，则我自觉非常幸运，所受到的乃至受用的，比任何经籍给我还多。

鲁迅的第二号大粉丝乃青年女作家萧红。

萧红的人生经历相当悲惨：被生父疏远，被家庭抛弃，流落异地，差点被卖进妓院……直到遇上萧军，世间的欢乐才肯稍许光顾这个弱不禁风的才女，但二人感情后来出现问题，萧红又不得不远走日本，借此躲避纠集于内心的苦痛。

因鲁迅的出现，萧红三十一年的短暂生命才真正地燃起亮色。而与鲁迅短短的相处，那光彩却足以照耀她一辈子，这是来自偶像的正面能量。

与鲁迅相识前，萧红与萧军只能算文坛上默默无闻的小辈，从东北到青岛，一直挣扎于生活的困顿当中。彼时，他们已开始真正的创作，她写出了《生死场》，萧军则写出《八月的乡村》。

二萧怀了崇敬之心，贸然给闻名天下的文豪写信，不承想，却也收到了鲁迅的回信。因了这样的动力，又因青岛的环境大坏，萧红萧军毅然到了上海，想要通过鲁迅的引荐，以求得事业和前途的发展。

不料想，甫一求见，便遭遇闭门羹，鲁迅说，见面的事，可以从缓，因为布置约会的种种，颇为麻烦。其实他们不知，当时上海恶劣的生存环境，已不容许鲁迅轻易暴露自己的住址和行踪，他早已在当局通缉的名单当中。而这两个外乡来客，有着热情和莽撞的年轻人，极有可能引来一些不必要的麻烦。鲁迅其实是想再做一个细致的观察，毕竟他上过不少青年的当。

两个身在异乡举目无亲的青年，内心大约颇有一些对鲁迅的嫌怨和失望，不知他何以不肯帮他们的忙。但很快，这种情绪便消除掉了，在接下来的通信里，鲁迅给他们以及时的关心和提醒，希望他们警惕上海这个并不安全的地方。

不久他们见面了。鲁迅与这两个年轻人做了一番倾心长谈，而后又掏出 20 块钱来给他们，从生活上予以资助。不管对鲁迅，还是对这对亡命的鸳鸯而言，这次见面都堪称是一次历史性的会见，并在未来若干年里呈现出它的意义。正是这次会面，让偶像与粉丝合力，将革命文学的火种燃到更多的年轻人心中。

半个月之后，鲁迅设局，款待这对情侣，当时作陪的，都是上海革命文学界的头面人物诸如茅盾、聂绀弩等人。此次宴请，寓意深刻，这差不多代表了一种仪式，由盟主出面，向文学界推荐两位得力的后辈，由此他们正式踏入文坛的中心。鲁迅一生提携青年无数，但如此用心地对待两个素昧平生的陌生人，还真少见。

两人要出的新书，鲁迅亲自作序，予以热情的赞扬和褒奖，对于出版过程中的种种细节，鲁迅也亲自过问，包括插图这等小事，他都亲力亲为，自己掏钱，请人做木刻，实是追求完美，把事情做到极致，以不辜负年轻朋友们创作的心血。经鲁迅的推荐，这两个年轻人一炮打响，迅速走红于文坛，扬名于上海滩。

及至后来，萧红和萧军成为周府的常客，再往后，这对情侣闹矛盾，萧军不来了，萧红一个人常常来。人们爱说，回到日常生活，最容易把偶像打回原形，优点与缺点全盘暴露，大家都是俗人。但鲁迅对萧红的吸引，却不曾有变化，他的风趣，他的幽默，他体现出来的慈父般的关怀，让萧红这个孤独的青年找到了精神的依归。

慢慢地，萧红几乎成为周家的一分子，她与鲁迅全家的相处都很融洽，一起做饭、下馆子、看电影、开玩笑、闲聊……鲁迅的儿子海婴，最喜欢扯萧红的小辫子，跟她逗乐。

鲁迅和萧红，一是可亲近的长者，一是缺失家庭关爱的青年，这一老一小，彼此在情感上有更多的需求和接纳。他时时予以关心，她则毫不客气地接受这样的关心。在鲁迅晚年的人生际遇里出现的这个女性，显得如此与众不同。

有不少人试图从彼此的文学和气息里，读出点不一样的内容，有人说鲁迅暗恋萧红，有人说萧红爱上鲁迅——没有真凭实据，更多的只是猜测和意淫——这正如鲁迅对《红楼梦》的点评：经学家看见《易》，道学家看见淫……说他们是精神上的恋人，还不如说是一对信仰上的父女。

在萧红的眼里，他不只是一个慈祥的老人，一个伟大的文学家，还是一位人类中的智者——苦苦探求未来中国的命运。

他像是亲切的家人，也是够不着的偶像——她对他的情感里，有许多是掺和了崇拜的。

萧红因为爱情不顺遂，远走日本，想借此排解内心的苦闷。行前，鲁迅亲自为她饯行，席间，为避免令她伤心，他只叮嘱她一些日常生活需注意的细节，要她只管照顾好自己的生活。

这次分别却是永诀，1936 年 10 月 19 日，鲁迅在上海逝世。噩耗传到日本，萧红悲伤不已，痛彻心扉，她给萧军写了一封信，信中全是对导师的深切怀念。几个月后，萧红自日本回国，一到上海，便去万国公墓拜谒鲁迅，表达深深的哀思。

之后，萧红曾经写过数篇怀念鲁迅的文章，其中《回忆鲁迅先生》最是令人动容。于数以万计的怀念鲁迅文章中，这一篇也最是富有生气，最是深情，萧红以一个女性特有的视角，写出鲁迅晚年生活最活泼最有趣的一面。

她也是懂偶像的粉丝。

第三号粉丝乃是浙江青年许钦文。鲁迅的人生中，出现过四个姓许的重要人物，一是好朋友许寿裳，二是许广平，其余两个便是许钦文和许羡苏兄妹了。

许钦文也是绍兴人士，算鲁迅的同乡，当过小学教员，于1920年到北京，一边打工，一边去北大旁听，于此间聆听了鲁迅所讲的《中国小说史略》，甚是佩服其见解卓识。

许钦文在北京的生活，过得十分艰辛，便趁了业余时间，应孙伏园之邀，给他编辑的副刊写稿，以此赚些外快贴补家用，接济老母和幼妹。又有合适的机会，孙伏园把他介绍给鲁迅，就这样，粉丝与偶像开始了接触。

鲁迅对这个要求上进的青年格外照顾，有时拉他来家里吃饭饮酒，因是乡党，菜自然是十分可口，在异乡能够吃到正宗的绍兴菜，又何尝不是缓解乡愁的一种方式？许钦文和鲁迅操着家乡方言，在老虎尾巴里尽情欢笑，畅所欲言。

鲁迅对许钦文的帮助，最多还是在写作上面，许氏的作品，他经常给出修改意见，并提出中肯的看法，从具体而微的字词，到宏观创作的理论，鲁迅细心指导，他的见解很是让许钦文获得长足的进步，不久之后，许氏也成为文坛上小有名气的青年。鲁迅曾计划写一本《中国文学史》，在当代的部分，有意把许钦文写进去，只可惜这部作品未及完成。

等许钦文的创作稍有成绩，鲁迅便亲自编辑他的作品《故乡》，不遗余力地为他站台，可谓是偶像对粉丝的极致之举。

对鲁迅的帮助，许钦文也心生感激，时时予以回报。鲁迅西三条的新家初成，孙伏园和许钦文以道喜之由，共买火腿以庆祝。后鲁迅特意托孙伏园告诉许钦文，以后再不要送东西，因为许氏的家境着实也不富裕，不免又添一些负担。

其考虑之周全，又令许钦文十分感动。

1928 年 7 月，鲁迅携许广平同游杭州，指定的全程陪同就是许钦文，不仅陪吃陪喝陪玩，而且陪睡——与鲁许同住旅馆的同一房间，这足以证明，许氏之于鲁迅，实在不是一般的关系。

而许钦文，也以鲁迅私淑弟子自居。

鲁迅去世后，许钦文撰写了大量有关鲁迅研究的文章，实在算是把偶像的光荣进行到底。

好朋友是怎样炼成的

倘若说鲁迅人生有一知己，首推许寿裳氏无疑。两人为朋友的三十五年，相互扶助，相互关怀，建立了非同一般的友情，"无异昆弟"，许氏是鲁迅所有朋友中最为亲密的一位。

以鲁迅的个性，交友首重质量，因此对朋友的要求也比一般人高，这便不难理解，为什么他曾与那么多朋友分道扬镳。而许寿裳，则是他人生中少见的善始善终的朋友。

这一对朋友究竟是怎样炼成的？

鲁迅与许寿裳在日本留学时结识，不长时间，便成为无话不说的知己好友。1903年4月，鲁迅特意拍了剪去长辫的照片，其中一张赠给许寿裳，并写《自题小像》表露心志。共同的志趣与爱好，是他们友情的发端，而沉疴缠身的祖国的未来和前途，则激荡着两个绍兴青年的心。

细观鲁迅的人生轨迹，倘若离开许寿裳的帮助，极有可能变成另外一个样子。有那么关键的几步路，多亏了这位老友相助。

1909 年，因为二弟作人结婚，绍兴家中又有老母需要奉养，经济成了突出的问题，鲁迅不得不直面现实，从而决定中断学业回国工作。但工作并不好找，只得求助于当时已担任浙江两级师范学堂教务长的许寿裳，许氏没有怠慢，遂极力向学校监督沈钧儒推荐鲁迅，在好友的帮助下，鲁迅觅得人生中的第一个饭碗。

后来，学校爆发"木瓜之役"，身为教务长的许寿裳，因不满夏震武的旧式官僚作风，与其展开坚决的斗争，作为教师的鲁迅，则和同事们毫不犹豫地站到许寿裳一边。在众多老师支持下，"木瓜之役"由许寿裳一方大获全胜而告终。

两年后，困守于绍兴城的鲁迅，不甘心浑浑噩噩的生活，想出来做事。便又写信给许寿裳，希望他能帮忙寻找工作。朋友之托，许寿裳时刻放在心上，找一切机会为鲁迅谋事。

1912 年元旦，中华民国在南京成立，蔡元培成为首任教育部长，他将许寿裳招至教育部中，许寿裳则借此机会，向蔡元培郑重推荐鲁迅，"一荐成功"。

鲁迅成为教育部的一员，与好友许寿裳成了亲密同事。

这年的 5 月，鲁迅随中央政府北迁，来到北京。正是在这片广阔天地里，鲁迅的才能始得到全面的发挥，不过六七年之后，他便由一个默默无闻的政府公务员，一跃而成为中国思想界之领导者。

1923年，许寿裳被任命为北京女子高等师范学校校长，对此新职，许氏十分投入，不但借债为学生宿舍安装热水器，置办图书仪器，而且多方延聘学者专家来校讲课，鲁迅也是在此时被聘请来讲授中国小说史。由于许氏的努力，女高师的教学质量得以极大提升，不久后便升格为女师大，成为我国最早的女子最高学府。

也正是在这所学校里，鲁迅结识了热情活泼的许广平，并意外地收获了爱情。自此，鲁迅的人生彻底改写。

鲁迅曾因支持女师大风波，被时任教育总长的章士钊免去佥事一职，许寿裳为此十分愤怒，与另一教育部同事齐寿山发表声明，指斥章士钊，与好友鲁迅同进退。其后，许氏及其他友人鼓动鲁迅提起诉讼，状告章士钊滥用权力，居然打赢了这场官司，鲁迅因而官复原位。

1927年，鲁迅离开广州到达上海，决心不再教书，专心著述。此时，又是许寿裳，再向蔡元培推荐，使鲁迅获聘"大学院"特约撰述员，每月领干薪300元，极大地缓解了鲁迅的经济压力，使他可以从容安心地写作，而无后顾之忧。

许寿裳对鲁迅，实在没有话说，鲁迅之回馈，同样令人无话可说。只要老友出口，他断无不帮之理，几能做到有求必应。

凡著作、编译的图书出版，鲁迅都会赠送许寿裳，并题字留念。1909年，许寿裳结婚，鲁迅赠书做礼；他知道许寿裳爱读同乡李慈铭的文章，以自己搜集的《越缦堂四体文集》赠之。

绍兴的风俗，儿子上学，必定为之挑选一位品学兼优的人做开蒙先生，许寿裳的儿子许世瑛五岁时，请鲁迅为开蒙先生，鲁迅一口应允。待许世瑛考入清华大学时，又请鲁迅开书单，鲁迅认真开列书目。

特别是在百忙之中，鲁迅抱病参加许氏长女的婚礼；许氏的家属到上海看病，鲁迅亲自作陪，安排看病抓药……许寿裳的事，便是他的事。鲁迅对这个朋友，绝对是另眼看待的。

鲁迅到中山大学工作时，时时留心帮许寿裳在中山大学谋取职位，待觅得合适职位，又立马写信给许氏，催他到广州就任。在广州，鲁迅热情招待好友，两人每日下馆子，喝小酒，看电影，远足旅行，不亦乐乎。

两人同在校外租住，鲁迅挑选了大而风凉朝南的房子给许寿裳住，自己住在一间朝西的小房。

鲁迅与许寿裳亲如兄弟，从无患得患失之心，许广平叹为"求之古人，亦不多遇"。

据许广平回忆："鲁迅先生无论多忙，看到许先生来，也必放下，好像把话匣子打开，滔滔不绝，间以开怀大笑，旁观者亦觉其恰意无穷的了。在谈话之间，许先生方面，因所处的环境比较平稳，没什么起伏，往往几句话就说完了。而鲁迅先生却是倾吐的，像水闸，打开了，一时收不住；又像汽水，塞去了，无法止得住；更像是久居山林了，忽然遇到可以谈话的人，就不由自己似的。在许先生的同情、慰藉、正义的共鸣之下，鲁迅先生不管是受多大的创伤，得到许先生的谈话之后，像波涛汹涌的海洋的心境，忽然平静宁帖起来了。"

好的朋友，犹如一帖凉药，能够时刻让你感受其中的惬意和清新，驱除你的坏情绪。

1936 年 10 月 19 日，鲁迅逝世，消息传到北平。

许寿裳大哭一场，"那时候我在北平，当天上午便听到了噩音，不觉失声恸哭，这是我生平为朋友的第一副眼泪。鲁迅是我的畏友，有三十五年的交情，竟不幸而先殁，所谓'既痛逝者，行自念也'"。

便是在鲁迅死后，许寿裳亦一直关怀着许广平和周海婴，时时挂念在心。1946 年夏，许寿裳应台湾省行政长官陈仪之邀，就任台湾省编译馆馆长，之后任教于台湾大学，并兼国文系主任之职。

许寿裳特地从台湾写信给许广平，筹划着让周海婴随他到台就读："海婴来台甚善，入学读书，当为设法，可无问题（现已修毕何学年，盼及）。舍间粗饭，可以供给，请弗存客气，无需汇款。此外如有所需，必须汇款，则小儿世瑛本每月汇款至小女世管处，可以互拨也。大约何日成行，务望先期示知，当派人持台大旗帜在基隆船埠迎候。"

在发出这封信后一个月零三天，即 1948 年 2 月 18 日夜里，许寿裳在睡梦中遭逢不幸，被入室的歹徒杀害。行凶者十分残暴，许氏被砍数刀而亡。

有人说是政治阴谋，有人说是与宣传鲁迅有关，许氏被害真正原因至今仍是谜团。

而许广平，对于许寿裳的帮助，一直心怀感激，她说："许先生不但当我是他的学生，更兼待我像他的子侄。鲁迅先生逝世之后，十年间人世沧桑，家庭琐事，始终给我安慰，鼓励，解纷；知我，教我，谅我，助我的，只有他一位长者。"

许寿裳作为鲁迅人生的重要参与者，撰写了许多怀念鲁迅的文章，他之撰述，亲切庄重，持论客观，是研究鲁迅不可多得之材料。

不靠谱青年

鲁迅与青年多有交集，特别成名之后，成为文坛领袖，思想界之权威，大凡当时的青年或学生，皆以结交鲁迅为光荣。那情形，大约跟说"我的朋友胡适之"一样，令自己倍有面子，极易满足当下的虚荣心。

与鲁迅交往的青年，有真心求教文学问题的，有想要解决思想苦闷的，有来倾诉情感的……也有一些是来求取物质帮助的。

林子大了，什么鸟儿都有，夹杂在众多上进青年当中的，也不乏骗取钱财、借机成名、忘恩负义之辈，这一类皆可归之于"不靠谱青年"。

许多青年寄稿给鲁迅，要求他替他们改稿，鲁迅大都会认真处理，尽量回复。但某些青年不像话，自己写的稿，都不看第二遍，寄过来让他改，结果错误百出，看得人内心窝火。有次，他给一个青年改了稿子寄回去，那青年却写信来把他骂一顿，说是改得太多了。回头这人又寄一稿要鲁迅改，改了再寄回去，又来信责备，说是改得太少。多也不成，少也不成，还真难伺候。

做人难，做名人难，做鲁迅这样的超级大V着实更难。

他跟郑振铎抱怨："现在做事真难极了！"伟人有伟人的苦恼，他的不惜精力提携后进，却常被责难为"世故老人"。

青年对鲁迅的要求太多，苛责太多，是他和青年们决裂的重要原因。面对这种种要求和苛责，鲁迅也常常表现得很无奈。

有个跟他通信的叫金性尧的青年，在信里让鲁迅帮他改稿、回答问题之诸多要求，鲁迅大多都有回应，但信写得短了，回得晚了，他都要责备鲁迅。看鲁迅的回信，我们大约能揣度出其中的心态：想尽力帮他，又因此人的苛责为烦。最后，鲁迅实在忍无可忍，终于写了一封大约算是绝交的信，但口气还尽量委婉："我现在确切的知道了对于先生的函件往还，是彼此都无益处的，所以此后不想再说什么了。"

你看看，年轻人就是这么欺侮鲁迅的。

青年们对他，有求全责备的一面，就像许多人对他的误解，以为他只知道骂人，岂不知别人也骂了他。鲁迅一旦骂人，人们便说他刻薄，说他斤斤计较，但别人骂了他，大家却又视而不见。谁让他的名声更大呢！

骂他的人，也有别一番目的，可以借着与鲁迅的骂战成名。

对论敌，他可以针锋相对，但对青年，鲁迅常持一种过于宽容的态度，而这态度，令鲁迅与青年们产生了矛盾，以至于最后，他竟成了曾受他提携过的青年们所攻击的目标，高长虹、钱杏邨、叶灵凤……直接或间接地受他帮助过的青年们，笔伐不辍，生猛狠毒，让他常有受伤之感。

青年怀着野心，希望凭借努力，在文坛上获得一席之地，一方面，他们挑战权威，勇往直前；另一方面，他们又需要有人提拔。鲁迅则是最好的人选之一。因此，双方的关系，在鲁迅提拔他们时尚好，一旦他们觉得鲁迅的利用价值减少时，或者不能答应他们的要求时，埋怨也就是必然的结果了。

他与高长虹等人之间的矛盾，便可以说明一切。

1924 年年底，山西青年高长虹来到北京办杂志，他带着自己的杂志拜会孙伏园，从孙氏那里听到鲁迅对他的夸奖后，相当振奋鼓舞，便跑到鲁迅家里访他。

这是一次愉悦的谈话，两人一见如故，并由此开始密切往来。

1925 年的 4 月 11 日，鲁迅买酒，招待高长虹、向培良、荆有麟、章衣萍，五人共饮，一醉方休。鲁迅很少喝多，喝多一般系思想苦闷引起，而这次的醉酒，却因为他们形成了一个共同的设想——办《莽原》杂志，并定下了调子——这是一本极具战斗精神的刊物。

《莽原》颇耗费了鲁迅不少心血，他出钱出力，亲自编稿，提拔优秀青年作者。只可惜，由于彼此之间的误解，以及高长虹等人的挑拨，鲁迅竟被这一帮先前亲近他的青年们完全孤立起来。

这里说的误解，指退稿事件。鲁迅南下后，将《莽原》的编辑工作交由韦素园负责，而韦素园拒用高长虹等人的稿件，令高长虹等人将矛头指向鲁迅，以为他是幕后指使，这一次他不幸成了中间的牺牲者。

鲁迅曾将《莽原》杂志的一些作品编辑成丛书，叫"乌合丛书"。

丛书里有高长虹的一本，结果高长虹四处对人讲："他把我好的作品都选掉了，却留下坏的。"

另一本是向培良的，向是鲁迅喜欢的有才华的年轻人，但因高长虹，向培良也同鲁迅决裂了。

而青年作者尚钺，也本在鲁迅的编选范围之内，但他因为别人的挑拨，毅然把鲁迅编辑好的小说集，生生地从"乌合丛书"里抽出来，改给另外的单位出版。

鲁迅死后，尚钺为此事后悔不迭，在纪念鲁迅的文章里曾做过深刻的忏悔：

> 先生对我的某些缺点，虽曾给以暗示，忍耐，说服与等待，但因第三者不断有意地将事实加以曲解，和第四者的挑拨离间，我青年的轻信性便因之伴着空洞的自信心，抹杀着许多事实而走向误解的道路。

在鲁迅开罪的这些青年眼里，他成了"爱发脾气"的"世故老人"，是青年的"绊脚石"，是纸糊的"思想界的权威"，如此这般的大帽子，一个又一个套到了鲁迅的头上。

便有好心人劝鲁迅，不如节省精力，全力从事自己的工作。鲁迅对这等事非常无奈，但他说："我不能因为一个人做了贼，就疑心一切的人。"

鲁迅是名人，骂鲁迅最吸引眼球，自然也是成名的捷径之一。如此看来，鲁迅的树敌甚多，在一定程度上，也有他本人的"贡献"。

因此，有人说，得过鲁迅最多帮助的人，也是利用鲁迅最多的人，多少人利用他享受了荣誉和安乐，而他却过早地去世了。

——这是一件不公平的事。

鲁迅在厦门大学教书时，有一个学生廖立峨，是鲁迅忠实的信徒。鲁迅去了广州，这学生跟去了广州，鲁迅到了上海，他又跟去了上海，住进了鲁迅景云里的家中。鲁迅对他好，他却误解了这好意，以为鲁迅没有儿子，想把他收了当干儿子。

他还给鲁迅带来一位"儿媳妇"，同住鲁迅家里，吃他喝他，还要他给自己找工作。

一般人会觉得这有点过分，但鲁迅却真的把这青年当回事了，给这青年四处谋职，横竖没有找到合适的。

不得已，便去求郁达夫，想让他帮助寻一家书店或报馆，名义上给这青年一些事做，而薪水则由鲁迅付出，然后由郁达夫转送给书店或报馆，再发放给廖立峨。郁达夫认真地去找了一家书店，谈得差不多时，那青年和女朋友却离开鲁迅走掉了。

这一类的青年并不在少数，他们试图通过接触鲁迅，达到自己的某些目的，或实现其野心，或获得物质的帮助。

与鲁迅曾有过往的陈学昭，记述过这么一件事——某次她去往周宅，正遇一个青年敲鲁迅家的门，许广平开门问他有什么事找鲁迅先生，那青年说："我要出国去了，想听听鲁迅先生的勉励。"

几个月后，身在巴黎的陈学昭偶遇了这青年，此人却在她面前大骂鲁迅。

这也能够解释，为何鲁迅对某些青年，有时候是闭门不见，有时候则推辞见面。不是摆架子，实在是受不起来自青年的伤害——我本将心向明月，奈何明月照沟渠。

与他关系密切的青年当中，李小峰当然不能不提。

李小峰是鲁迅在北大的学生，成立北新书局，靠发行鲁迅等人编辑的《语丝》杂志起家，后来更是靠出版鲁迅的作品完成出版事业的扩张。鲁迅对北新感情颇深，尽管有人曾许以优厚的条件要他移交出版，他都未曾答应。

但就是这样，北新却在他的版税上做起文章，之前的各种承诺基本都未兑现，却又把资本挪出去开纱厂了，弄到鲁迅非常气愤，决定要同北新打官司。老板李小峰这才慌了神，打电话催促郁达夫来为此事斡旋。

后来这事才不了了之。

大伯子和弟媳妇

　　鲁迅与周作人的失和，已成历史公案，纵有多种猜测，终究也只是猜测，当事人没有留下任何答案，使各路专家的各种猜测都归于苍白。

　　"东有启明，西有长庚"，中国文坛的双子星，因失和而成陌路人，老死不相往来，这真是中国文坛的遗憾。

　　此属"家丑"，自然不可外扬，鲁迅生前没有一个字发表，周作人也持"不辩解"的态度："大凡要说明我的不错，势必先说对方的错，不然也总要举出些隐隐的事来做材料，这都是不容易说得好，或者不大想说的，那么即使辩解得有效，但是说了这些寒伧话，也就够好笑，岂不是前门驱虎而后门进了狼么。"

　　尊重历史和当事人计，咱不添乱，不必再增加一种可能性以满足人们无穷的想象力。

　　不过，可以肯定的是，兄弟之失和，与周作人的日本老婆有相当之关系。这个日本女人，在兄弟俩失和的过程中，无疑起着催化剂的作用。从这个角度看，娶这个日本女人做媳妇实属周门之不幸。

1906年，鲁迅应母亲鲁瑞之召回乡完婚，婚后不几天，便和弟弟周作人一起到了东京，住进鲁迅原来居住的本乡区汤岛二丁目的伏见馆。1907年春，兄弟俩迁居本乡区东竹町的中越馆。1908年4月，许寿裳找到了本乡区西片町十番地吕字7号的房子，拉着鲁迅和周作人还有另外两个留学生一起居住，共五人，因此这个住地被称为"伍舍"。在这里，鲁迅和周作人同时认识了脸盘圆圆、做事利索的贫穷姑娘羽太信子，她是为住客们办理伙食的服务人员。

不久，信子对周作人有了特别好感，两人就慢慢地亲近起来。

在"伍舍"住了不到十个月，1908年冬，周氏兄弟和许寿裳迁居到西片町十番地丙字19号。羽太信子继续为他们办理饭食。不久，周作人就向鲁迅提出，他要和羽太信子结婚，鲁迅表示并不反对。

鲁迅当初回国被迫就业，本是因为经济情况恶化，老母需要赡养，再加上周作人已经成婚，但仍无经济收入，需要接济，他这个做兄长的，只好中断自己的学业回国找工作了。

除奉养母亲外，他还得寄钱到日本，以接济羽太家的生活。在鲁迅日记里，可以找到多次寄钱的记录。

在亲近鲁迅兄弟的亲友的各种版本的描述中，大致可以判断出羽太信子的个性：她强悍泼辣，自私任性。生性懦弱的周作人，几被这个女人挟持，对老婆言听计从。早在绍兴时期，羽太信子泼辣的作风便已初露端倪：她对家人无理，随意撒泼胡闹，有时还躺在地上打滚——她有癔病，经常歇斯底里地发作。

及至到了北京的八道湾，羽太信子已成为周家的大管家，所有大小事务支出，一律由她定夺，周母鲁瑞乐得清闲，便也自愿地把大权转与儿媳妇。

鲁迅和周作人的薪水定期上交，然后统一开销。羽太信子大手大脚，极尽挥霍之能事，因此在信子的主持下，周家过上了入不敷出的生活，竟然需要借钱度日。周作人少管家事，借钱的事也需鲁迅去做。

本来，周家兄弟的薪水，在当时算是丰厚，用来应付全家的生活，满可以过得富足些。但因了信子的不知节俭，而落入窘境。对此，鲁迅当然不满，他行事一向朴素，看不得浪费的作风。

周作人的儿子上学，都要坐包车前往，鲁迅对此很看不惯："少爷派头，坐包车。"

信子讲排场，雇了用人，做饭做菜要请饭店里的厨师来。以这样的支出，鲁迅再多的薪水，也都是肉包子打狗——有去无回了。

鲁迅后来曾对许广平说："我总以为不计较自己，总该家庭和睦了罢，在八道湾的时候，我的薪水，全行交给二太太，连周作人的在内，每月约有六百元，然而大小病都要请日本医生来，过日子又不节约，所以总是不够用，要四处向朋友借。有时借到手连忙持回家，就看见医生的汽车从家里开出来了。我就想：'我用黄包车运来，怎敌得过用汽车带走的呢？'"

还有一件事，颇能说明大伯子和弟媳妇的矛盾，当家的信子想要赶走周家多年的用人王鹤照，怕他揭露自己在家里的诡计，王鹤照因此不高兴，也想走了。鲁迅却拦住不让，对他说："鹤照，不要走，在一起多年了，人熟性格熟，再照顾照顾老太太。"

由此可见，鲁迅与弟弟及弟媳妇之间的龃龉，可能有性格的因素，最根本还是经济的原因，有这个日本媳妇，兄弟失和是迟早的事，而不管导火索到底是什么。

即便鲁迅与周作人失和之后，鲁迅对羽太信子家仍有接济之举，1925 年 10 月 7 日，周作人的妻弟羽太重久在致鲁迅的信中说："上月蒙兄长给予及时补助，非常感激。长期以来，有劳兄长牵挂，真是无言可对。对您长年以来的深情厚意和物质援助，真不知说什么才好。"

鲁迅对羽太家，可谓仁至义尽。

兄弟矛盾公开后，许寿裳曾以同门学友身份从中调和，他对此事的看法有助于了解真相。他说："作人的妻对于鲁迅，外貌恭顺，内怀忮忌。作人则心地糊涂，轻听妇人之言，不加体察，我虽竭力解释开导，竟无效果。"

从"轻听妇人之言"这句便可知道，信子在周作人面前应该说了不少鲁迅的坏话，否则不至于有郁达夫所言

"周作人氏的那位日本夫人，甚至说鲁迅对她有失敬之处"。而这"失敬之处"必是兄弟失和的原因之一了。

羽太信子捏造和诬蔑的功夫也不浅。

这件事情的直接后果是，鲁迅搬出了八道湾，遂了周作人夫妻的意，三进的大院子实际上也成了周作人夫妻的财产，虽然所有者仍是周树人。

兄弟闹翻后，周母鲁瑞坚定地站在大儿子一边，她和朱安随鲁迅搬到砖塔胡同暂住。她跟房东的女儿俞芳姐妹谈及此事时说："你们大先生和二先生不和，完全是老二的过错，你们大先生没有亏待他们。"说起兄弟失和的原因，鲁瑞似乎也不甚清楚，她自己的解释是："这样好的兄弟突然不和，弄得不能在一幢房子里住下去，这真出乎我意料之外。我想来想去，也想不出个道理来。我只记得：你们大先生对二太太当家，是有意见的，因为她排场太大，用钱没有计划，常常弄得家里入不敷出，要向别人去借贷，是不好的。"

清官难断家务事，鲁迅写得了万千华章，但对家庭矛盾却一筹莫展，这也算是相当悲哀的事情吧。

鲁迅后来取了个笔名，叫宴之敖，按许广平的说法，实在是借机表达对日本弟媳妇的讨厌之情："先生说：宴从门（家）从日，从女；敖从出，从放；我是被家里的日本女人逐出的。"

由此可见，鲁迅深知周作人的个性，他以为，若无这个日本女人羽太信子，他不会从八道湾搬出来的。

周作人的悲剧是，他作为学者或文人，杰作不断，斐然天下，但为人丈夫，他又过于唯唯诺诺，缺乏大丈夫气概。后来出任伪职，在民族大义面前折腰，不得不说有耳根子太软听信夫人之言的原因在。

大师过从录

鲁迅的老师、同学、朋友辈中，堪称大师级人物的，不乏其人。章太炎、钱玄同、陈衡恪、黄侃、胡适、陈独秀、周作人……在各自事业里都颇有建树，均系领一时风骚之人物。

鲁迅自己，尽管亦有深厚的学术功底，却无意在学术上有更大作为，这大约可以解释为——他个人的雄心，全然不在学术上面，而是要用一支笔，来救治国人的灵魂。

除交往密切的大师外，尚有一些大师，与鲁迅有或多或少的关联，但又无太多正面接触，他们彼此的关系，却也值得说道一番。

陈寅恪

鲁迅到日本留学，便是与陈衡恪陈寅恪兄弟同船前往。他们先在弘文馆学习日语，于此期间，鲁迅和陈衡恪同住一室，两人因此而熟络，并渐渐成为好友。也是在这段时间，鲁迅认识了同在东京的陈衡恪的弟弟陈寅恪。大约因为两人年龄有九岁的落差，未来清华园里的史学新贵、国学大师，在当时鲁迅的眼里，不过小弟弟一枚。

陈寅恪在日本待了一年后，因得了严重的脚气病，而不得不回国治疗。

民国初建，鲁迅与陈衡恪同在教育部任职，由昔日同窗到当下的同事，彼此往来更为频密，不但一起逛街、购买画帖，且常讨论艺术创作、今古得失，志趣和爱好相仿处多多，陈氏也成为鲁迅初来北京的朋友圈里谈得来的重要人物之一，他们每月都有数次相聚。

翻翻鲁迅日记，可以经常看到陈衡恪的大名。只可惜，陈衡恪后来因病英年早逝，年仅四十八岁，此君当时已是名重京城的画坛大家，若假以数年，成就当更大矣。后来的国画大师级人物，不管齐白石还是张大千，在当时都对陈衡恪画艺佩服之至。

陈寅恪从日本回国后，又奔赴欧美诸国游学，学问与智识俱增，但因时间和空间之局限，他与鲁迅的交往几为空白。

1915年春，陈寅恪回国，担任全国经界局局长蔡锷的秘书，只是时间很短而已。大约是在此期间，陈氏与鲁迅有过来往，估计是在其兄陈衡恪的带领下，与鲁迅会面。

《鲁迅日记》1915 年 4 月 6 日载，"赠陈寅恪《域外小说集》第一、第二集、《炭画》各一册"，除此之外，再无鲁迅与陈寅恪交往的记录了。

傅斯年 & 顾颉刚

傅斯年才华过人，早在北京大学做学生时，就在《新青年》上发表文章，支持新文化运动，对大名鼎鼎的周氏兄弟更是佩服有加，他欣赏周作人的翻译，赞扬鲁迅的小说，支持两人的主张，周氏兄弟二人，是其学生时代的偶像。

但至后来，傅斯年与二兄弟反目成仇，是值得观察之课题。

傅斯年曾发表文章，把鲁迅夸到肉麻，对于小说《狂人日记》，傅斯年曾有精彩的诠释：

譬如鲁迅先生所作《狂人日记》的狂人，对于人世的见解，真个透彻极了，但是世人总不能不说他是狂人。哼哼！狂人！狂人！耶稣、苏格拉底在古代，托尔斯泰、尼采在近代，世人何尝不称他做狂人呢？但是过了些时，何以无数的非狂人跟着狂人走呢？文化的进步，都由于有若干狂人，不问能不能，不管大家愿不愿，一个人去辟不经人迹的路。最初大家笑他，厌他，恨他，一会儿便要惊怪他，佩服他，终结还是爱他，像神明一般的待他。所以我敢决然断定，疯子是乌托邦的发明家，未来社会的制造者。至于他的命运，又是受嘲于当年，受敬于死后。

鲁迅亦是很早便注意到傅斯年，还曾就其关于戏剧改良的观点发表文章，表示赞成其观点。两人一唱一和，也算一种默契。对于这位北大的编外讲师和思想界之前辈，傅斯年非常尊重。待傅氏创办《新潮》杂志时，曾特写信向鲁迅征求意见，鲁迅认真复信，并对其提出的问题一一予以解答。

后来，鲁迅兄弟与陈西滢论战时，傅斯年时在欧洲留学，在给罗家伦的信中，傅斯年说出了他对论战的看法："通伯（陈西滢）与两个周实有共同处。盖尖酸刻薄四字，通伯得其尖薄，大周二周得其酸刻，二人之酸可无待言。启明亦刻，二人皆山中千家村之学究，非你们 damned 绍兴人莫办也。仆虽不才，尚是中原人物，于此辈吴侬，实在甚不敬之。他们有些才是不消说的。"

其态度较此前，已有较大转变。

赞扬也好，批评也罢，之前一直都是写在纸上的文字。后来却当面不可避免地交恶，事情起自顾颉刚。

1926 年 12 月，傅斯年受中山大学校长朱家骅之邀，到该校任教。一个月后，鲁迅也离厦门来到中山大学。傅氏被委任为文学院院长，鲁迅则成为教务主任兼中文系主任，两人成为同事，刚到校的一段时间，彼此间还有往来。但到3月份，当傅斯年意欲邀请顾颉刚来校任教时，却激起鲁迅的强烈反对，两人也以此事结怨。

傅斯年与顾颉刚，都出自胡适门下，先前是同窗，亦系好友，中山大学急欲延揽人才，傅便有意邀请顾颉刚前来。

而顾氏与鲁迅，亦有一段渊源。

先前，顾颉刚是胡适的学生，对胡适之学术，发自心底地佩服，及至毕业，顾氏留在北大，跟从胡适治学，成为其得力助手，个人也在学术上取得了极大进步。鲁迅与胡适二人，本属不同的派别，观点相异，鲁迅曾写文章把胡适臭骂过几回，因此对胡适及其身边人，也基本持一种先入为主的排斥态度。又加上顾氏曾支持陈源、徐志摩等人所持"鲁迅的《中国小说史略》是抄袭自日本学者盐谷温"一说，自然讨厌又加一层。因此，早在他任教厦门大学时，就因听说顾颉刚要到厦大任教而心怀不满，现在顾氏又来中山大学，难怪他气不打一处来。

因此，鲁迅扬言，顾颉刚来，我就走。

傅斯年本想说服鲁迅，接纳顾颉刚来校，但鲁迅态度坚决，绝不相让。

山东人的倔脾气也上来了，傅斯年不顾鲁迅反对，再加上自己身后有校长朱家骅的支持，硬是将顾颉刚弄到中山大学。

如此不给鲁迅面子，鲁迅当然也不会留面子给校方，即刻提出辞职，并移居白云楼以示决心。傅斯年则毫不相让，亦向朱家骅撂了挑子，甩手走人，中大的事从此不再过问。

顾颉刚面对这尴尬局势，非常难堪，只好主动站出来，宣布辞职。

一时大乱，校方束手无策，索性发扬民主，交学生开会自行选择，哪一位该走哪一位该留，全由学生决断。学生们开会后认为，三人均是不可多得的重量级学界大腕儿，最好都不要走。

没有办法，朱家骅只得硬着头皮出面调停，对鲁迅表示"挽留"，同时想出一个调和的办法：委派顾颉刚到江浙一带为学校图书馆购置图书以示让步。伤了自尊的鲁迅决心已下，仍无退让的表示，声言鲁、顾决不两立，非此即彼，无半点调和余地。

最后他还是递了辞呈，远走上海滩。这事情才算告一段落。

仔细看这件事，不管傅斯年还是鲁迅，难说是谁的过错，不过是站在个人的立场上，维护各自的主张和信仰而已。

刘文典

北大教授刘文典，乃一十足狂人，常自命不凡。

但当他在北大听过鲁迅和学生的一次谈话，竟也忍不住起了佩服之心："从那天之后，我便开始佩服他，崇拜他。"

当他与鲁迅有过几次长谈，鲁迅对他的意见表示赞成时，刘文典则深受鼓舞，称"我十分高兴"。那情形姿态，完全是一副粉丝面对偶像的样子。能让如此狂人佩服的，当世无多，鲁迅算其中之一。

刘文典与鲁迅的交往，实在寥寥，最多算点头之交的同事。

但刘文典所做的一件事，确也得到过鲁迅的夸奖。1927年，刘氏出任安徽大学校长不久，恰该大学闹起学潮，蒋介石亲自到安庆，召见刘文典，责令追查共产党，严查肇事者。与蒋谈话，刘文典竟然不称主席而称先生，并以情况复杂为由，当面顶撞之，蒋介石恼怒不过，现场把他拘押起来。

几年后，鲁迅发表《知难行难》一文，对刘文典的行为加以赞赏："安徽大学校长刘文典教授，因为不称'主席'而关了好多天，好容易才交保出外。"这篇文章是借刘文典不称主席来讽刺胡适"我称他主席"。

只可惜这个狂人晚节不保，思想逐渐退步以至于堕落到为金钱而自取其辱：为获报酬不惜为地主官僚撰写墓志，如蒋介石六十岁生日时，他替云南省主席卢汉撰写祝寿文章，等等。

他对鲁迅的态度，也由粉丝转变到对立面，说鲁迅"不懂佛学，更不懂印度学术，所以他把中国小说源流并说不清楚","鲁迅的人品、性格有缺点，私德不好","人生态度更是过于小气和偏狭"。

钱锺书

鲁迅与钱锺书，属于八竿子打不着的关系。

就客观原因来讲，不外是年纪差距过大之故，正所谓"君生我未生，我生君已老"。鲁迅生于1881年，钱锺书生于1910年，相差近三十岁，整整隔了一代人，再加上时空的变换，彼此间的往来基本属于不可能。1929年，钱锺书入清华大学读书时，鲁迅早已定居上海；1938年秋天，钱氏学成归国时，鲁迅已长眠于地下两年。

他们离得最近的时间是1933年，钱锺书清华毕业后，应邀到上海光华大学任教，两人算是生活在同一个城市。

主观的原因有二：其一，钱基博钱锺书父子对当代学者文人评价普遍不高，不只鲁迅，倡导白话文的胡适也不入钱氏父子法眼；其二，钱氏的工作重心乃是研究学问，而鲁迅的工作重心乃是启发国民的心性，做思想启蒙，即所谓"志不同，不相与谋"也。

钱锺书父亲钱基博在其著《现代中国文学史》中，对鲁迅创作有自己看法：

> 然而胡适之创白话文也，所持以号于天下者，曰："平民文学也，非士夫阶级文学也。"一

时景附以有大名者，周树人以小说，徐志摩以诗，最为魁能冠伦以自名家。而树人著小说，工为写实，每于琐细见精神，读之者哭笑不得……后生小子始读之而喜，继而疑，终而诋曰："树人颓废，不适于奋斗……至树人所著，只有过去回忆，而不知建设将来；只抒小己愤慨，而不图福利民众。若而人者，彼其心目中，何尝有民众耶！"

曾有人引用钱基博的评论在报上发表文章，鲁迅对钱氏所论的回应也颇有意思：

真"评"得连我自己也不想再说什么话，"颓废"了。然而我觉得它很有趣，所以特别的保存起来，也是以备"鲁迅论"之一格。

钱锺书对鲁迅作品所持的态度，亦不免受到父亲影响，从他的研究来看，不只对鲁迅，对其他同时代之学者文人亦提及不多。

因此，某些学者所研究"为何钱锺书一生不提鲁迅"，这本是一个伪问题。他干吗非得所有人都提上一遍？

其实，钱锺书是提过鲁迅的。1985年4月26日写给李国强的信中，钱锺书提到，"三年前鲁迅纪念时出版之传记，即出敝所人撰著，中间只字不道其原配夫人，国内外皆有私议而无声言者"。

还有一点儿八卦不得不说，女师大学潮中，学生们所反对的校长杨荫榆，也因被鲁迅唾骂而留下大名，这杨氏非别人，正是钱锺书的夫人杨绛的三姑母，不知道这一点关系是否会影响到鲁迅在钱氏心中的评断。

但于鲁迅来讲，大概根本不知道钱锺书为何许人吧。

与用人的关系

鲁迅对用人的态度，颇能说明他的为人。

周家的佣工长妈妈是鲁迅文学的间接启蒙人之一，在鲁迅小时候，长妈妈曾为他买了一本令他牵肠挂肚的《山海经》——长妈妈不识字，称之为"三哼经"。这事让鲁迅一直念念不忘，直到长妈妈去世三十年以后，鲁迅特别写了一篇文章《长妈妈与〈山海经〉》来怀念她，后此文收入《朝花夕拾》中。

长妈妈的夫家姓余，有一女一子，儿子是过继的，叫五九。长妈妈在周家的重要工作之一就是看孩子，是鲁迅实际上的保姆。长妈妈长得不好看，看护起孩子来也有些粗心大意，她是农村人，肚子里也没有多少故事——讲来讲去，大都是有关长毛的。

在鲁迅的印象中，长妈妈有几件事令他印象深刻：一、长妈妈曾踩死过他的隐鼠；二、睡觉时一人独占了床，侵占了他的领地；三、用很多礼教严厉地管教他。

因此，小樟寿跟长妈妈算不上亲近，甚而有点讨厌。但当他拿到长妈妈送他的《山海经》时，"谋害隐鼠的怨恨，从此完全消灭了"。

　　长妈妈的善良、真诚，给鲁迅留下深刻的印象，他感念这个儿时的长辈，在《长妈妈与〈山海经〉》中，笔调一向以冷峻著称的鲁迅，竟罕见地抒起情来："仁厚黑暗的地母呵，愿在你怀里永安她的魂灵！"

　　这在他的文章里，是很少见到的。

　　对待家里的用人，鲁迅的态度非常敬重。他从不呵斥他们，也不以主人的派头无故支使他们，更不会因他们的身份而低看了他们。

　　这与他个人的经历和身世不无关系，家庭由富有转入贫困的变迁流离，让他饱尝人世的酸辛，看够别人的白眼。正如他所言，"有谁从小康人家而坠入困顿的么，我以为在这途路中，大概可以看见世人的真面目"。

　　当然，更重要的是，经历了民主和科学洗礼之后，平等和自由在心中早已开花。

　　对于弱势人群所遭遇的苦难，他往往怀了同情心，帮助他们爱护他们。

　　1909年7月，鲁迅时在杭州教书，鲁瑞让用人王鹤照往学校给儿子送棉被，棉被送到后，王鹤照打算趁夜航船回绍兴，因为下了雨，走不了，鲁迅便留他在杭州待了几天，在学校的食堂用餐，还特意安排工友烧韭菜炒肉丝给王鹤照吃。

在杭州教了一年书后，鲁迅回到绍兴，跟王鹤照的接触更多起来。在家里，鲁迅很少支使王鹤照做事，也不呼来喝去的，待之如家人一般。

有次，王鹤照和周建人下棋，输了，一赌气就走开。这情景刚好被鲁迅看到，便笑着说："鹤照，棋输了，发脾气了！"王鹤照这才不好意思起来。

鲁迅带王鹤照下过馆子，看过电影，带他去采集过标本，拓过碑帖，周家的主人和用人关系是如此融洽平等。

从绍兴举家搬到北京八道湾时，王鹤照跟周家一起来。及至羽太信子当家，许多挥霍钱财的证据，都被王鹤照看在眼里，因此信子想要王鹤照离开，王鹤照自尊心受损，很不高兴，赌气想走，鲁迅跟他说："鹤照不要走，在一起多年了，人熟性格熟，再照顾照顾老太太。"

等鲁迅去了南方，周作人的老婆更加有恃无恐，对王鹤照的态度越来越差，王鹤照实在待不下去了，才由鲁瑞给他一些钱，去东北做厨师了。

1932年，王鹤照在东北失业，回到老家绍兴，无事可做，鲁瑞知道了，又召唤他重新回来周家做事。

周家曾有两个女工王妈和齐妈，二人发生口角，声音越吵越大，鲁迅被吵醒，整夜失眠，第二天就病了。

晚上俞家姐妹去看望鲁迅，说起夜间女工吵架之事，俞芬问："大先生，你为什么不去喝止她们？其实你就是大声咳嗽一声，她们听到了，也会不吵的。"

鲁迅摇头道："她们口角，彼此的心里都有一股气，她们讲的话又急又响，我听不懂，因此不知道她们吵嘴的原因，我去喝止或大声咳嗽一声，可能会把她们的口角暂时压下去，但心里的一股气是压不下去的，心里有气，恐怕也要失眠；再说我呢，精神提起，也不一定就能睡着，与其三个人都失眠或两个人失眠，那么还是让我一个人失眠算了。"

能从用人的角度考虑问题，算难能可贵了。

在上海的时候，周家曾有两位年老的女用人，行动有所不便。来了客人，都是许广平亲自倒茶，需要麻烦到用人时，也是许广平亲自下楼去吩咐她们，从来不会有站到楼梯口就大声呼唤的情况。

鲁迅和许广平还找过一位叫王阿花的女佣。平日里，王阿花性格开朗，有说有笑。但有那么几天，她突然忧心忡忡起来。看见算命的瞎子或者化缘的和尚，还会跑过去算个命。

鲁迅和许广平细问究竟，才知道她在乡下时，不堪丈夫虐待，逃到上海来当女工。结果走在路上，被一个同乡发现了，虽然紧急回避，但还是被发现了。她的丈夫追到上海来，准备抢人，而王阿花死也不肯回去，要求离婚。

鲁迅同情王阿花的遭遇，决定为她主持公道，立即代为聘请律师，准备通过司法来解决问题。还好，此事并未真正进入诉讼程序，不久即由同乡调解而解决，而这个负责调解的人，叫魏福绵，还是鲁迅的学生。双方很快达成了协议：王阿花夫妇离婚，由鲁迅垫付银钱，好让她丈夫另娶一房媳妇；垫付之资此后陆续从王阿花工资中扣还。

　　但王阿花在鲁迅家只继续干了两个月，就因另有所爱，离开周家别去了——也不知道周家垫付的钱还完了没有。

　　拿用人的事，当自己的事，鲁迅对用人的态度由此可见一斑，堪称最佳雇主。

失和之后

兄弟失和这一无法更改的事实，究竟令人遗憾，但假如有"度尽劫波兄弟在，相逢一笑泯恩仇"的情况发生，亦不失是美好的结局。

当然，并没有。

失和之后的鲁迅与周作人，在实际上已未有任何直接的往来，但值得留心的是，他们也不可能完全无视对方的存在。

二人都是文坛的著名人物，又有许多相同的朋友，有同一个老母需要供养……报上有采访，坊间有传言，朋友有交流，家事要沟通……要想不发生点关系，也很难。

从1924年到1927年，兄弟俩仍系《语丝》杂志的共同撰稿人，周作人又是该杂志实际的主编，鲁迅的稿件他须看的。1926年鲁迅离京赴厦，稿子依然照写。

这一情形维持到《语丝》被张作霖查封为止。从第154期起，《语丝》迁至上海出版，这一次主编又换为鲁迅，轮到他编辑弟弟的稿件了。

对照鲁迅和周作人日记，便不难发现，两人之间仍有不少关联。

鲁迅南迁之前，不断有朋友或青年造访周氏二兄弟，上午找周作人，下午来找鲁迅，今天去周作人家，明天到鲁迅家。周氏兄弟与拜访者之间，遇到相关的事务需要交流时，全然不提对方几乎是不可能的事。

因为无法直接接触，而有些事又不能不进行时，只得转求第三者。如1924年1月11日，鲁迅写信给孙伏园，托他向周作人询问许钦文的小说出版之事。周作人也曾通过章廷谦，向鲁迅询问事情。

1927年10月，鲁迅初到上海，与三弟周建人说起八道湾的生活，从头至尾并未责备周作人，他只是感慨万分地说："我已经滴涓归公了，可是他们还不满足。"

无非又一次证明，兄弟失和是由经济情况引起的。

1927年11月7日，鲁迅致信章廷谦，表达对周作人的关心，信中有"他（指周作人）之在北，自不如南来安全"的句子，牵挂之情溢于言表。假如彼时周作人能听乃兄相劝，或许附逆之事断无发生的可能。

作为周氏兄弟的同乡以及来往密切的青年朋友，章廷谦是兄弟俩最合适的中间人，他向双方传递彼此的消息。而处理有关家事，周建人则是最佳人选。

周作人和鲁迅，这对失和的兄弟，分居两地，一北一南，但当他们拿起报纸或杂志，却可以看到彼此的新作或者消息。

他们以这样的形式，维持着一种扭曲的兄弟关系。

亲情淡漠，兄弟之间的思想和见解也越来越走向歧路，各向着不同的方向。周作人跟鲁迅闹掰时，便说"我要订正我的思想"，乃至再无来往之后，这思想的差距愈发明显，以至无同向之可能。

鲁迅偏热，周作人偏冷，鲁迅偏爱战斗的檄文，周作人偏爱生活的艺术。鲁迅提倡革命，号召猛烈的战斗，而周作人则躲进了自己的见解里，提倡起个体的修行和体悟。

失和之后，鲁迅对周作人，大抵上算是一种积极的态度，不中伤，不贬抑，把亲情挂在心上；与之相比，周作人对鲁迅，则心存轻蔑，常常话中有刺，除了信子所说的"失敬之事"在他心里留下的阴影之外，这思想的不可调和自然也是重要原因。

有意思的是，因周作人的《五十自寿诗》，又引起一段故事。1934 年 2 月，周作人在《现代》杂志上发表了这首诗：

> 前世出家今在家，不将袍子换袈裟。
> 街头终日听谈鬼，窗下通年学画蛇。
> 老去无端玩骨董，闲来随分种胡麻。
> 旁人若问其中意，且到寒宅吃苦茶。

这年的 4 月，林语堂主编的《人间世》创刊，林语堂把这首诗要去，又重新发表一遍，不过周作人又多写了一首：

> 半是儒家半释家，光头更不着袈裟。
> 中年意趣窗前草，外道生涯洞里蛇。
> 徒美低头咬大蒜，未妨拍桌拾芝麻。
> 谈狐说鬼寻常事，只欠功夫吃讲茶。

诗中有自嘲的意味，也有对世事的淡漠，虽是打油，趣味十足，却可以借此一观五十岁的周作人的心路及其人生哲学。道之不行，不妨追求生活意趣，过悠闲雅致的生活。

同期杂志上，还刊登了周作人的几个朋友沈尹默、林语堂、刘半农的和诗，此后，文化界众知名人士如蔡元培等也诗兴大发，纷纷发表和诗为周作人祝寿，十分热闹，竟成轰动一时的文化事件。

有捧的，自然也有骂的，不少左翼青年如胡风者站出来，纷纷在报上发表文章，把周作人声讨一番，骂他远离现实，一味逃避，扮佛装道。

鲁迅当然没办法凑这个热闹，但在写给曹聚仁的信中，他也表达了自己的看法：

> 周作人自寿诗，诚有讽世之意，然此种微

辞，已为今之青年所不憭，群公相和，则多近于肉麻，于是火上添油，遂成众矢之的，而不作此等攻击文字，此外近日亦无可言。此亦"古已有之"，文人美女，必负亡国之责，近似亦有人觉国之将亡，已在卸责任于清流或舆论矣。

很久之后，周作人从《鲁迅书简》中读到这封信，他自己承认鲁迅"能够主持公论，胸中没有丝毫芥蒂，这不是寻常人能够做到的了"。

鲁迅创作的小说《伤逝》，在周作人眼里有另一种解读，他认为《伤逝》不是普通的恋爱小说，它是借了男女的死亡来哀悼兄弟之情的断绝。

1935年年底，北平爆发"一二·九运动"，在全国范围内掀起抗日救亡的新高潮，文化界不甘落后，平津104位教授于1936年10月12日发表《平津文化界对时局的意见书》，实为救国宣言，鲁迅看到钱玄同、顾颉刚等人具名其上，却找不到周作人的名字，便让三弟周建人转告周作人："遇到抗日救国这类重大事件，切不可过于退后。"鲁迅的担心，最终不幸成为现实。可见，周作人对鲁迅的劝说并未听得进去。

鲁迅接受美国记者斯诺的采访，回答"中国最优秀的杂文作家有哪些"时，毫不犹豫地把周作人放在第一位，可谓举贤不避亲，当然也不避失和的兄弟。与此相呼应的是，鲁迅死后，周作人评价其兄作品，态度与鲁迅如出一辙："鲁迅写小说散文又有一特点，为别人所不能及者，即对于中国民族的深刻的观察。大约现代文人中对于中国民族抱着那样一片黑暗的悲观的难得有第二人吧。"

但周作人在鲁迅生前对兄长的态度，却乏善意，几乎当其为真正的敌人一般。

对鲁迅与许广平的爱情，周作人非常看不起，在文字里影射攻击鲁迅，与其妻信子宣扬鲁迅纳妾如出一辙。

比如，他说："世间称四十左右曰危险时期，对于名利，特别是色，时常露出好些丑态……"比如，他说："譬如普通男女私情我们可以不管，但如见一个社会栋梁高谈女权或社会改革，却照例纳妾等，那有如无产首领浸在高贵的温泉里命令大家冲锋，未免可笑，觉得这动物未免有些变质了。"

这样的例子，在周作人的文章里并不算少。显而易见，他的字里行间流露着道德的优越感。兄弟失和之后，周作人对大哥的偏见并没有减少一二，两人之间的鸿沟更为分明。周作人不只攻击鲁迅的私生活，也拿鲁迅的思想、创作说事，这个性格平和懦弱的人，攻击起大哥来颇有其兄对敌人斗争时的风采，只不过火力不如鲁迅为足。

他心中到底有一个多大的结？

若说周氏兄弟的失和，既有家事的成分，却也有思想的分歧。但在亲情上，作为一母同胞，他们并未有深仇大恨。

兄弟之情不可能彻底地从周作人心中完全抹去。

当鲁迅逝世时，消息传到北平，周作人正在北大上六朝散文课，课程每次为两小时，上完一小时后，他面带悲痛，对学生说，鲁迅去世，下一节课暂时告缺了。

鲁迅逝世的第二天，在北平出版的《世界日报》上，刊登了一篇报道，称"其二弟北大教授周作人，及老母及其夫人朱女士，得讯后，皆悲戚万端"。

那一刻，周作人是真的伤心了，本来在这世上尚有对手，鲁迅一走，他的对手就没了，他感到空前的寂寞。

鲁迅和他的伯乐

韩愈在《马说》一文里不无感慨：千里马常有，而伯乐不常有。意思是，即便有优秀人才，但没有伯乐，也只能徒留遗憾。即便优秀如鲁迅这般，如无伯乐之存在，一样有被埋没的危险，泯灭为芸芸众生中之一员。

仔细观察文化史上的细节，不难得出结论：任何卓有成绩的伟人或智者，至少都会有一个伯乐。鲁迅亦无例外。

鲁迅之伯乐，最早露脸的是蒋抑卮，蒋氏是浙江有名的银行家，1902年自费留学去日，在东京结识许寿裳和鲁迅，蒋氏颇有见识，旧学也好，与鲁迅这个同乡一见如故，相谈甚欢。后来蒋氏因为耳病回国，先是继承了父亲的产业，后成为浙江兴业银行的最大股东。因耳疾未得根治，故1908年到东京寻医。

此次老友再相见，分外亲切。蒋氏夫妻因一时找不到房子住，鲁迅便热心地将自己的房间让出来，请他们暂住，然后又托人为自己找住的地方。

蒋抑卮是个闲不住的人，闲来无事便找鲁迅闲聊，上天入地，无所不包，谈意浓时，亦是兴高采烈。

当他听闻鲁迅有译印外国小说的想法，相当赞同，当即答应为其垫付资本，全力促成这件美事。有了钱，余下的事便不难办。不久之后，冒着油墨香气的《域外小说集》两册相继出版。在鲁迅看来，原本出版这个小说集是天大的困难，却因蒋氏的解囊相助轻易地化解于无形——有时候，须要相信金钱的力量。

《域外小说集》出版后，东京和上海两地均有出售，而上海的售卖点是一家绸缎庄，或有人觉得奇怪，小说为何会出现在绸缎庄？事实上，这家店铺就是蒋家所开。蒋氏可谓知鲁迅者，不但助其印刷，还帮助他做发行工作。

本来是说垫付，但《域外小说集》卖得并不好，这笔钱也就没有还。

归国之后，两人还多有来往。鲁迅到北京工作，蒋氏每回来京，必往周府拜访。鲁迅的日记中，也曾多次提到蒋氏的名字。如1914年的4月1日，鲁迅到长巷二条的来远公司拜访来京的蒋氏，并一起午饭，饭后同游历史博物馆。

鲁迅到上海之初，也曾特意跑到兴业银行拜访蒋氏。不巧，蒋氏正去汉口开设分行，未得一见。1930年以后，因各自生活及事业的原因，几乎没有什么来往了。

不过，还有后话。

1936 年 10 月 19 日，鲁迅病逝，蒋抑卮闻讯，委派儿子蒋世显代他去万国殡仪馆吊唁，以尽挚友之谊；1937 年胡愈之、郑振铎主持出版《鲁迅全集》，蒋抑卮再度出资，捐助促成。

《鲁迅全集》问世后，出版方将蔡元培先生题字的《鲁迅全集》（纪念本）一函二十本赠送给蒋氏，编号为"第七九号"。

诚然，《域外小说集》选得再精妙，若无蒋氏慧眼，它不可能得以出版。因此，蒋氏堪称周氏兄弟最早之伯乐。

鲁迅一生中最好的朋友许寿裳，也是早在东京时就成了他的伯乐。

当许寿裳接手浙江同乡会创办的《浙江潮》杂志主编一职时，他第一时间想到的，就是周树人，许氏素来敬佩周树人的才华和见识，因此便与这位好友商量如何办好杂志。周树人爱看《浙江潮》，这回好友当上主编，他当然要助一臂之力，不但应允帮忙看稿，并表示不管设计封面或者撰文，他都没有什么问题，凡有要求，必定尽心尽力。一天之后，他就交来一篇稿件，名曰《斯巴达之魂》，许寿裳对此鼎力支持，自然十分感激。

1909 年春，原本预备留欧的许寿裳因学费无着，只得归国谋职，担任浙江两级师范学堂的教务长。几个月后，鲁迅亦因生活的压力所迫，准备回国谋事，托许氏帮忙。许寿裳对老友的请求当然不会推辞，热心地向学校的监督沈钧儒推荐，于是鲁迅顺利地进入两级师范学堂当了老师。他人生的第一个饭碗，便是由许寿裳帮他谋到的。不久之后，发生"木瓜之役"，鲁迅自始至终站在好友一边，给夏震武以最坚决的打击，并取得最后胜利。

到 1912 年，许寿裳因被蔡元培邀请至南京帮忙建设新的教育部，其间亦不失时机地向蔡氏推荐鲁迅，蔡氏应允后，许寿裳连写两信给鲁迅，于是鲁迅得以脱离了令他苦闷的环境，到教育部任职，好友成了同事。

许寿裳一度外放江西任教育厅长，回京后担任北京女子师范大学校长，他又邀请鲁迅来校讲课。鲁迅在几所高校的教职，不但发挥了他的长处，还挣到一些钱财，极大地贴补了家用。

1927 年鲁迅到上海之初，不愿再去高校担任教职，只想专心著述。又是许寿裳站出来，向蔡元培力荐，请其邀请鲁迅担任"大学院"撰述员，每月可领取 300 元薪水，相当丰厚。撰述员只是一个虚名，无需做任何事情，但这份相当硬实的薪水让鲁迅着实没有了后顾之忧，可以安心地进行创作。

鲁迅逝世时，许寿裳名列治丧委员会；其后，又始终关心着许广平和周海婴母子；他还一直怀念和宣传老友，其所著关于鲁迅的文章，都是今日鲁迅研究的宝贵史料。

鲁迅的另一位伯乐，乃是钱玄同。钱氏对鲁迅的意义，并不下于蔡元培。倘若说蔡氏给了鲁迅生存的条件，钱氏则给了鲁迅一个舞台，将他从一个公务员彻底地变成思想界之先驱者。

钱是鲁迅的浙江同乡，亦是留日时的同学，其人活泼好动，曾与鲁迅、许寿裳等人一起听章太炎讲课，别人老实听课，他则一听得兴起，就在屋内爬来爬去，便被鲁迅取外号"爬来爬去"，钱氏则以"猫头鹰"回敬。

钱氏来北京后，担任北大和北京高师的教授，兼做《新青年》杂志的编辑。他以为周氏兄弟的思想，在国内是数一数二的，因此跑到绍兴会馆内鲁迅所居住的补树书屋，竭力地劝他为《新青年》写点文章。彼时，鲁迅正处思想的灰暗和迷茫时期，全然觉得这世界已无希望，虽然答应为《新青年》撰稿，不过是出于同情心，并非革命的希望和热情。因他在日本的经历，深知办杂志的艰难，愿意帮忙而已，这算得上一种消极的态度。

正因为钱氏的邀请，才有了《狂人日记》的诞生，这篇小说，在其后让鲁迅一发而不可止，立时声名鹊起，成为新文化运动的重要领袖之一，深得世人瞩目。鲁迅发表第三篇小说《药》时，钱氏赞叹不已："算是同人做白话文的成绩品。"待到鲁迅第七篇作品《风波》问世后，一向不喜夸人的主编陈独秀亦大呼过瘾："鲁迅兄做的小说，我实在五体投地的佩服。"文艺青年们的偶像胡适之，更忍不住在日记里将周氏兄弟大大夸上一番："周氏兄弟最可爱，他们的天才都很高。豫才兼有赏鉴力与创作力，而启明的赏鉴力虽佳，创作较少。"

后来，鲁迅离京南下，和北方友人大多隔绝，又因钱玄同的某些言论不符合他胃口，两人的关系才渐至疏远。鲁迅曾专门写过一首诗讽刺钱氏，说他是"肥头"。

1929年，鲁迅回北京，写信给许广平，其中有"遇金立因（即钱玄同），胖滑有加，唠叨如故，时光可惜，默不与谈"的句子。有意思的是，钱玄同后来亦有文章回应："我想，胖滑有加，似乎不能算做罪名，他所讨厌的大概是唠叨如故罢。不错，我是爱唠叨的……这十三年当中，我与他见面总在一百次以上，我的确很爱唠叨，那时，他似乎并不讨厌，因为我固唠叨，而他亦唠叨也。不知何以到了十八年，我唠叨如故，他就要讨厌而厌不与谈，但这实在算不了什么事，他既要讨厌，就让他讨厌罢。不过这以后，他又到北平来过一次，我自然只好回避了。"

字字句句中，亦有对鲁迅的不满。不过，二人并无明显的过节，大都是性格的差异而已，说不上谁对谁错。

当然，要提的伯乐，自然还有蔡元培。

蔡氏并未直接提携过鲁迅，但鲁迅的事业和生活却与他有千丝万缕的联系。当初，若不是他接受许寿裳引荐，鲁迅自然没办法到教育部任职；后来，若不是他接纳鲁迅为"大学院"特约撰述员，没有那每月300元的薪水保障，鲁迅后期的生活难以得到根本的保证，鲁迅之所以可以租住复式小楼、坐汽车、看电影、雇佣保姆，跟这300元的丰厚薪水有脱不掉的干系。这份薪水鲁迅领了49个月，共计14700大洋，折合黄金490两。

此外，蔡元培还聘请周作人来北大，他对周家两兄弟，可谓尽力尽心。

鲁迅初到北京时，是部中一小吏，蔡元培是教育总长。后来，蔡元培任北大校长，鲁迅成为特聘讲师，都算是领导与下属之关系。二人在工作层面上，因级别差得多，直接面对面的机会甚少，两个人的关系亦显不咸不淡，给人的感觉自始至终总隔了一层，并不显得特别亲近。虽在同乡聚会时有机会交谈，但人多嘴杂，谈不上有多深入的交流。

起初，蔡元培的某些思想和理念尚能在鲁迅这里得到呼应，但发展到后来，两人在思想上出现了极大分歧。1926 年，蔡元培任国民党中央监察委员后，倡导"潜心研究与冷眼观察"，与自由主义者胡适的主张趋同，鲁迅并未客气，作文《无花的蔷薇》，公开点名批评了蔡氏。在写给江绍原的信中，他亦直言相告："其实，我和此公，气味不相投者也。民元之后，他所赏识者，袁希涛、蒋维乔辈，则十六年之顷，其所赏识者，也就可以类推了。"

语气里充满了牢骚。此中原委，值得仔细研究。但对鲁迅的不满，蔡元培倒表现得宽容大度，在其需要帮助的关键时期，总给予自己力所能及的爱心。

公允地说，这两个同乡的个性着实大不相同，蔡元培和善开阔，于人于事颇能转圜；鲁迅则深刻执拗，富有斗争精神，由此造就不同的人生走向。

鲁迅去世，蔡氏为治丧委员会成员之一，他于次日前往万国殡仪馆吊唁，送挽联"著作最谨严，岂唯中国小说史；遗言太沉痛，莫作空头文学家"。在鲁迅葬礼上，蔡元培亲为执绋，并为之致辞。

《鲁迅全集》编定后，蔡元培写信给当时的宣传部长邵力子，请其亲自审查。后许广平希望蔡元培为《鲁迅全集》作序，蔡元培花了一个多月，浏览了鲁迅的主要作品，慎重地为《鲁迅全集》写出了序文。《鲁迅全集》20卷本出版后，鲁迅纪念委员会为答谢蔡元培，赠送一套纪念本。其实，蔡元培早已按价付了100元的订金，当许广平知道此事后，立即让人将100元钱退还蔡元培。蔡元培坚持将钱交与纪念委员会，并复函一封说："鄙人对于鲁迅先生身后，终不愿毫无物质之补助，请以此款改作赙敬，仍托王君转致许景宋女士。"许广平收信后，只得遵从蔡元培的吩咐，收下这100元钱。

蔡氏为人，实是真君子也，不但光明磊落，而且时时有助人之念。

可以说，没有这几位伯乐的慧眼，难成后来的鲁迅。

忽如远行客

鲁迅一生，论敌无数，这本不稀奇，以其尖锐和深刻，没有些敌人是说不过去的。

但鲁迅也有不少相熟的朋友，从交情甚密变成无比疏离，有些看似是偶然事件所致，不过细究下来——形同陌路的原因，还是在于思想与见解的差异，从而导致彼此的敌意，各各走上不同的人生道路，这是令人惋惜的事。

其中以鲁迅与钱玄同和林语堂的分道扬镳最具代表性。

钱氏可谓鲁迅人生的伯乐之一，他们既是早年留日的同学，又是志趣相投的朋友，算得上交谊深厚。正是由于他的极力劝说，鲁迅才答应为《新青年》杂志写稿，从而一鸣惊人，跃升为国内思想界之领导者，由此大名远播，传颂天下。

若只是个性的缘故，彼此并无交恶的可能。钱玄同个性活泼开朗，鲁迅对友人也热情有加。

相处既久，想必二人都很了解对方，对彼此优缺点也甚熟悉。世上之人，谁还没个毛病，包容实是维持友情的不二法门。

真正让鲁迅不爽的，是钱玄同各种稀奇古怪的论点。

钱氏实为新文化运动一员干将，是反传统文化的激进主义者，他主张废除汉字，采用罗马字母，是文化界与教育界的知名人物。然而此君述而不（少）作，只以自己的观点启发别人，特立独行，怪论迭出，正是这些怪论，成为鲁迅真正远离他的原因。

比如，钱玄同称"人过四十，就该枪毙"，这大约是玩笑话，但也引起鲁迅的不满，便作诗嘲讽：

作法不自毙，悠然过四十。

何妨赌肥头，抵当辩证法。

鲁迅 1924 年 12 月 15 日在《语丝》杂志上发表《我来说"持中"的真相》一文，开篇就把矛头指向了钱玄同，说"风闻有我的老同学玄同其人者，往往背地里褒贬我"，并言明自己写这篇文章是寻了之前一期钱玄同所发表的《随感录："持中"底真相之说明》的漏洞，特别"回敬一箭"，两人在媒体上公开交恶，这关系无可挽回了。

离京之后，在给许广平的信中，鲁迅对老友的态度尤为厌恶，说他"胖滑有加，唠叨如故"，自己懒得与他交谈。

两个老友的关系愈来愈淡，甚至于紧张起来。到1932年鲁迅来北平，北师大学生邀请鲁迅到校演讲，遭到时任师大国文系主任钱玄同的极力反对，并声言："如果鲁迅到师大来演讲，我这个主任就不再当了！"

抵触情绪极为浓烈。

不只是疏离，而是绝交了。

鲁迅去世后，钱氏发表《我对于周豫才君之追忆与略评》，对鲁迅作了一番精到的点评：

> 至于我对豫才的批评，却也有可说的：①他治学最为谨严，无论校勘古书或翻译外籍，都以求真为职志，他辑《会稽郡故书杂集》与《古小说钩沉》，他校订《嵇康集》与《唐宋传奇集》，他著《中国小说史略》，他翻译外国小说，都同样的认真。这种精神，极可钦佩，青年们是应该效法他的。②日前启明对我说，豫才治学，只是他自己的兴趣，绝无好名之心，所以总不大肯用自己的名字发表，如《会稽郡故书杂集》，实在是豫才辑的，序也是他做的，但是他不写"周树人"而写"周作人"，即是一例；因为如此，所以他所辑校著译的书，都很精善，从无粗制滥造的。这种"暗修"的精神，也是青年们所应该效法的。③他读史与观世，有极犀利的眼光，能抉发中国社会的痼疾，如《狂人日记》《阿 Q 正传》

《药》等小说及《新青年》中他的《随感录》所描写所论述的皆是。这种文章，如良医开脉案，作对症发药之根据，于改革社会是有极大的用处的。此三点，我认为是他的长处。

当然，也要说说这位老朋友的缺点：

但我认为他的短处也有三点：①多疑。他往往听了别人几句不经意的话，以为是有恶意的，甚而至于以为是要陷害他的，于是动了不必动的感情。②轻信。他又往往听了别人几句不诚意的好听话，遂认为同志，后来发觉对方的欺诈，于是由决裂而至大骂。③迁怒。譬如说，他本善甲而恶乙，但因甲与乙善，遂迁怒于甲而并恶之。以上所说，是我所知道的豫才的事实，我与他的关系，我个人对他的批评。此外我所不知道的，我所不能了解的，我都不敢乱说。

可以看出，多年交往下来，钱玄同对鲁迅还是相当了解的，持论也基本客观。

林语堂与鲁迅的交往，亦值得关注。

林氏与鲁迅之友情，发端于《语丝》时代，二人同进退，肩并肩与现代派展开笔斗，彼此是得力的伙伴，互为助益。及至1926年林语堂到厦门大学任教，积极为鲁迅谋职位，促厦大聘其为教授，友情更加笃实。及至厦大亏待鲁迅，但鲁迅对林语堂却无半点怨言，林氏在内心实是充满感激之情。

两人关系的破裂竟是在南云楼的饭局（具体可参见《谁和鲁迅一起晚餐》），先是鲁迅疑心林语堂说他的不是引起，再是林语堂也不相让，两人由此发生争执，成为陌路。想来这只是一场误会，还绝不至绝交的程度。

其实在此之前，两人思想已出现罅隙，鲁迅嫌弃林语堂将现代派诸将引入厦大，背叛了自己早前的思想，而林语堂也在日记中表达对鲁迅的不满，亦多有不恭之辞。

而此后，彼此的分歧愈发明显。林语堂提倡幽默，而鲁迅却以为在敌人黑暗统治之下，没有任何幽默可言，因此，对林语堂如是主张，他也时时予以讽刺。但显而易见的是，他很客气地把林语堂与论敌区别对待，对敌他骂得无所顾忌，淋漓尽致，而对林语堂，只是加以讽刺而已。

到后来，二人都参加了"中国民权保障同盟"，同是会员，复又相得，又站在了同一个战壕里。

1933年6月18日，中国民权保障同盟总干事杨杏佛被害，6月20日举行吊唁活动，林语堂不知何故，未参加此次活动，这让鲁迅非常不满，他说"语堂太小心了"，说："这种时候就看出人来了，林语堂就没有去，其实，他去送殓又有什么危险！"

而自1934年下半年起，左翼作家增强了对林语堂和论语派的批评，把他们视为和新月派、"自由人""第三种人"一样，大举攻击林语堂文学上的趣味主义和自由主义，斥责幽默刊物为"麻醉文学"。

林语堂却固守着他的《论语》和《人间世》两本杂志，坚持着"幽默与俏皮"的文风，鲁迅曾苦口婆心地劝林语堂，不要再搞这类小品了，翻译一些英国文学名著比这个更好。

林语堂不买账，他回信说，这些事"等老了再说"。令鲁迅疑心，林语堂是不是在讽刺他老了。

又因这样的小误会，两人彻底地疏远了。

但可以肯定的是，误会只是两人关系破裂的导火索，思想的差异，才是二人分崩的根本原因。

参考书目

时为公务员的鲁迅（吴海勇）

鲁迅年谱（鲁迅博物馆鲁迅研究室《鲁迅年谱》编写组）

鲁迅全集（鲁迅）

鲁迅的故家（周作人）

鲁迅评传（曹聚仁）

笑谈大先生（陈丹青）

周作人传（止庵）

中国小说史略（鲁迅）

鲁迅传（许寿裳）

鲁迅传（林辰）

回忆鲁迅——郁达夫谈鲁迅全编（郁达夫）

鲁迅回忆录（许广平）

我与鲁迅七十年（周海婴）

书里人生：兄弟忆鲁迅（周作人、周建人）

两地书（鲁迅、许广平）

人间鲁迅（林贤治）

一个人的呐喊（朱正）

百年五牛图（梁由之）

亡友鲁迅印象记（许寿裳）

鲁迅小说里的人物（周作人）

鲁迅的青年时代（周作人）

中国现代思想史（李泽厚）

鲁迅书信（鲁迅）

高山仰止——社会名流忆鲁迅（柳亚子等著）

我记忆中的鲁迅先生——女性笔下的鲁迅（俞芳等著）

鲁迅先生二三事——前期弟子忆鲁迅（孙伏园等著）

如果现在他还活着——后期弟子忆鲁迅（萧红等著）

孙氏兄弟谈鲁迅（孙伏园、孙福熙）

被亵渎的鲁迅（孙郁）

鲁迅与周作人（孙郁）

文化人的经济生活（陈明远）

图书在版编目（CIP）数据

鲁迅：大先生，小日子 / 菜馍双全著. -- 北京：作家出版社，2021.7（2023.9重印）

ISBN 978-7-5212-1427-7

Ⅰ. ①鲁… Ⅱ. ①菜… Ⅲ. ①鲁迅（1881-1936）- 传记 Ⅳ. ①K825.6

中国版本图书馆CIP数据核字（2021）第085154号

鲁迅：大先生，小日子

作　　者：菜馍双全
责任编辑：向　萍　翟婧婧
装帧设计：棱角视觉
出版发行：作家出版社有限公司
社　　址：北京农展馆南里10号　　　邮　　编：100125
电话传真：86-10-65067186（发行中心及邮购部）
　　　　　86-10-65004079（总编室）
E-mail:zuojia@zuojia.net.cn
http://www.zuojiachubanshe.com
印　　刷：北京盛通印刷股份有限公司
成品尺寸：130×185
字　　数：190千
印　　张：10
版　　次：2021年7月第1版
印　　次：2023年9月第3次印刷
ISBN　978-7-5212-1427-7
定　　价：58.00元